浙江文叢

傅雲龍集

〔第七册〕

籑喜廬文三集
籑喜廬詩稿初集
不易介詩集三種
附録

〔清〕傅雲龍 著　傅訓成 點校

浙江出版聯合集團
浙江古籍出版社

簣喜廬文三集

饔喜廬文三集目録

饔喜廬文三集卷一

簣喜廬文三集卷二

饕喜廬文三集卷三

篹喜廬文三集卷四

籑喜廬文三集卷一

算學比例説 示圖算學堂生

算術生問單雙比例，答曰：單雙非比例目也。比例有相連相當之理，有合數分數均數借數之屬。厥法大要有三：

曰正比例，實即異乘同除也。一名準測，或名順單，以原二爲一二率，以今一爲三率，以求一爲四率也。曰轉比例轉一作反，實即同乘異除也，一名變測，或名逆單，又名互視，以原二爲二率三率，以今一爲一率，以求一爲四率也，求數少於原數，是之爲『轉』。曰合率比例，實即同乘同除也，一名重測，或名『順較』、『逆較』，蓋合衆四率爲一四率也。其理其屬不離乎是，而析言之法又有七：

曰正比例帶分，曰轉比例帶分。此即《御製數理精蘊》所謂『諸法中帶分』者，皆由約法而得也。曰按分遞折比例，如二八三七四六差分皆以十分爲率，此相連者也。曰按數加減比例，蓋差分中有遞加遞減或互和折半，皆相當者也。曰和數比例，即《九章》所謂差分，蓋以分數而與總數比也。曰較數比例，即《九章》所謂『匿價差分』，蓋數相較而成比例也。曰和較比例，

《九章》謂之『貴賤差分』，亦謂之『貴賤相和』，其求相差之較，或分或合，或互乘，要皆和數爲體，較數爲用也。

凡此皆線之比例，若面若體，可類推也。權度比例求之實數，而借根方比例則求之假數，若線若面若體，皆可以借根方比例御之，與借衰疊借法同而不同也，而第曰單雙，豈比例專目也哉！

季漢昭烈帝論

往順德師命擬《三國志人表》，而雲龍未敢輕筆也，有見輒論，存梗概。今課九兒范鉅學散文，偶于佚艸堆中見舊作論，遂付録，凡三十有九。

論者謂昭烈帝仁，欲攬人心耳。雖然，迹其不收黄權妻子，視高祖夷彭越宗族韓信之夷三族亦未必盡吕后意，武帝負李陵，陵之妻子爲戮，爲何如耶？

後主論

後主迹近齊桓而實不如。諸葛亮非其所用，繼亮有若姜維而遠之疑之，豈克任人者而若是哉？桓幸易牙，未亡其國，儻列《人表》，後主應下桓二等。

劉表論

劉表與袁紹，初以爲無甚軒輊也，細爲條品則否。夫觀人必于其友，八顧八友，視好游俠何如耶？勝一。張濟攻穰而死，受弔不受賀，視枉殺胡母班輩又何如耶？勝二。荆州糜沸，表威懷兼洽，肅清悦服，此又非不恤疲敝者比，勝三。在荆州二十餘年，家無餘積，問驕心盛者克若此乎？勝四。起立學校，求儒綦母闓等撰《五經章句》，謂之『後定』，此又豈樹恩養死士者比？勝五。外寬内忌，好謀無決，表誠不免。然紹有才而不克用，而表則欲用而未得其人。如韓嵩者，其錚錚也，迹其所説，坿操而外，絶無長策，較沮授論時之計，田豐强諫之言，許攸進襲之謀，不啻上下牀，表之不從，非表之失也，而第囚之，未嘗以紹之待田豐者殺之，勝六。廢嫡立庶，其同也，而琦、琮之生不爲譚、尚之死，未可一概而論，勝七。雖然，勝亦僅矣。

張肅論

張肅所謂大義滅親，非與？不然。闇弱如璋，肅而不發弟松之謀，即他人發之，亦未必信。王累之倒懸，黄權之陳利害，初固一無所納也。人第援《益部耆舊雜記》，謂有威儀，末矣。

張任論

涪州從事張任，璋之忠臣也。雖與劉璝、泠苞、鄧賢等未克拒昭烈于涪，而未嘗乞降如李嚴。既而與璋子循守雒被禽，昭烈聞其忠勇降之，厲聲曰：『不復事二主矣！』殺之惜哉！

劉永論

憎黄皓一事，已勝後主遠甚，而其無位，不其惜哉！

嚴顔論

古今嘖嘖稱斷頭將軍者，嚴顔非與！然頭未斷，或以貳疑。雲龍曰非也。張益德釋之引爲賓客，終未聞臣于蜀漢也。《華陽國志》曰：『初先主入蜀，顔拊心歎曰：「此所謂獨坐窮山，放虎自衛也。」』其始非法正比，其終非李嚴伍，顔之于璋，君臣之分猶未正也。顔之可死可生，可賓而不可臣，猶義也夫！

許靖論

靖一生少可議者，獨降先主耳，然未可深議也。靖之于劉璋，謂之委質可也，君臣之義則猶未正，况靖之巴郡太守命自朝廷，其奔避董卓也，自表曰：『黨賊求生，情死不忍，守官自危，死不成義。』竊念古人當難詭常，權以濟其道，然則進退之際，亦非苟焉已也。璋之招靖即以巴郡、廣漢太守，未必非因朝命以爲招也。其降昭烈，與陳平之［事］項羽有以異乎？視法正、張松兩端攜貳，固未可同日語。友于失由子將，選官任于卓前，裴《注》、孫盛之論允矣，審矣。而况收恤親里出于仁厚，前則汰濁拔幽，無黨卓者，後則愛樂人物，誘納後進，以視法正報怨縱横，又何如耶？而正乃曰『虚譽』，陽揚之，實陰抑之矣。不然，亮何如人，而亦爲之拜耶？而吾終惜其就璋也。其人下龐統一等。

秦宓論

宓出處無疵，而陳壽曰『始慕肥遯』，非知宓者。宓豈肥遯者哉？不苟出耳。迹其報借《戰國策》者之言，知與譎權家異，薦任安之直道，則其量可知，重文翁之倡教，則其學又可知。昭烈東征，宓陳天時必無其利，坐下獄幽閉，然後貸出。使當日者征以言止，何敗乎猇亭！獨惜其以才掩也，而壽遂以文藻才之，末矣。

杜微論

微居中人以上，有説乎？曰有。其受學也，于任安得師，其疾去也，以劉璋無爲，其稱聾乞病也，不欲一再委質，匹亦罕矣哉！

張裕論

裕下獄，諸葛亮表請其罪猶言不知其罪，蓋惜之也。昭烈答曰：『芳蘭生門，不得不鉏。』曰芳蘭，非小人矣，而曰生門，則其死［非］死于不遜，實死于漏言。好數且不可，況多言乎哉，況危世而多言乎哉！　善夫杜瓊之言曰：『明術難，復憂漏泄，不如不知。』

閻宇論

方姜維聞鍾會治兵關中，即有遣諸軍防未然議。閻宇非右大將軍歟？　如與維同心，維何疑何懼，不復還成都也？　皓之啟寢其事，恃宇比之耳，即事不寢，而宇阿于內，維危于外，亦不亡不止。　然則宇之罪與陳祇等，而陳壽乃以精勤多之，何耶？　宇字文平，南郡人。見《華陽國志》。

陳祇論

蜀漢之覆，覆于黃皓，黃皓之弄權柄，始于陳祇之代董允爲侍中。大將軍姜維率衆在外，權輕于祇，繇是祇寵固而國日益不固。　嗟嗟，若祇者，非陳壽所謂矜厲有威容者耶？　而媚如是。意者其厲于外也，乃其所以媚于内與？

孟光論

陳壽以孟光與來敏同列，一好《公羊》，一好《左》，所尚異，好學則同也。雖然，光豈敏伍哉？責費禕赦，猶亮意也，問太子習讀，曰『當務其急』，此又典學之津梁，百世不可易者也。光之言直，官免何嫌，敏之言不節，官復當警。光而敏伍哉？

譙周論

陳壽論亮有苛辭，而周獨寬，周固壽師也。國亡與亡，古今通義。北地王諶『背城一戰』語至今猶有生氣，與亮『不濟則已，安能復爲之下』語意正合，而况甲士十萬，斛米四十萬，乘姜維將士拔刀斫石之怒，何亡之有！豈第曰羅憲兵投白帝，霍七［弋］兵鎮夜鎮［郎］已哉。而周乃孜孜焉爲全要領獲爵土計。噫！臣而盡周，安在其爲大居正者？又安在其克守忠義者？國亡主徙，周之謀也，而不翼從，又郤正不若矣。

馮習張南論

猇亭之敗咎繇輕寇，雖然，昭烈憤兵，楊戲所謂『患生一人』，非與？諫之無一納者，死而後已，此則習、南臨危同心也，何負乎忠，何歉乎義？不然，傅彤先其子僉戰死，論者嘖嘖忠義不置，獨非是役乎哉！

鮑信論 劉岱坿

讀《魏志》至購求信喪不得，衆乃刻木如信形狀，祭而災［哭］焉，未嘗不歎信非以力服人者比。先是，董卓乘何進召至，信以卓有異志，説袁紹及其初至疲勞襲之，紹儻如言，卓可禽也。其沈毅有謀類此，惜乎其死也。雖然，死于擊黄巾，蓋爲漢舉兵以擊漢賊，黄巾之降，曹操收其功，誰之力與？戰死得所，嗚乎正矣。劉岱不從信先守後擊之諫，其識遠不及信，然死黄巾則同。

李歷論

韓馥以之冀州讓袁紹也，陳壽《魏志》曰：『馥長史耿武、别駕閔純、治中李歷諫不聽。』范氏《後漢書》無李歷。據《英雄記》，武、純又于讓州杖刀而拒被殺，而歷未詳。然觀其諫，亦可想見其人矣。

郭修論

修刺費禕，裴松之《注》已比之折柳樊圃矣，狂且非歟，無足深論。

郭圖論

郭圖爲操軍所斬，可不謂死袁譚難歟？雖然，譚不睦尚，棄親即讐，大率繇圖也。劉表諫譚曰：『無忌游於二壘。』審配獻書於譚曰：『凶臣郭圖曲辭諂媚，待望讐敵。』譚得配書，登城而泣，悔可知已，而刼於圖，遂戰不解見《典略》。王修曰：『斬佞臣復相親睦。』佞臣非它，圖也。而況沮授進策，圖首沮之，逢紀不毁審配之烈直，而圖又譖之，不然，譚、尚而和諍臣規失，則自守有餘，安在操易乘耶？圖罪難擢髮數矣，死奚塞責？然眎不死猶勝。

郗慮論

漢伏后之廢，持節者郗慮也，而魏曹芳之廢，慮又同奏，是何等事而慣爲之！人而無憚，獨慮也歟哉！

關靖論

《魏志》八注引《英雄記》曰：『關靖，字士起，太原人，本酷吏也。諂無大謀，特爲瓚死，信幸。』是言也正史不載，不必盡信亦不必不信。然迹其策馬就死，與瓚同難，所謂從容赴義非與！人有一死可蓋前愆者，此類是也。

眭固論

張楊將楊醜殺楊以應曹操，楊將眭固又殺醜欲合袁紹，殺一也，而等奚以異？曰：醜，事楊者也，固爲楊將，亦事楊者也。醜殺所事是爲不忠，固殺不忠於所事之人是不得謂之不忠，況戰死耶！嗚乎，無負張楊矣！

曹爽論

曹爽，犢也，駑馬也，而非餓虎也。智不若桓範，學不若何晏，峻不若丁謐，雅不若畢軌，議不若李勝，戒懼不若弟羲，而皆能用之。雖然，拘謹有餘，明決不足，其負己以此。謂負己則可，謂負君則不可，謂負司馬懿則可，謂負曹叡之托孤則不可。爽而不死，芳必不廢，而懿之權必不得專，惜乎其戀棧豆也。然爽雖不才，其繫曹氏盛衰，不其重與！壽，晉臣也，蓋有難乎其爲其言者，曰爽有無君之心，不幾餓虎爽耶。

何晏論

何晏所箸有《孝經注》、《論語集解》、《官族傳》、《魏明帝謚議》諸書，而陳壽皆隱之，獨舉《道德論》，以名其好老莊也，兼及諸文賦，以明其尚詞章也，下其手之形狀如繪如貢。嘗讀《何晏別傳》見《初學記》、《御覽》諸書，裴《注》不及，嫌奪：『方七八歲，慧心大悟，衆無愚知莫不貴異之。魏武讀兵書，有所未解，試以問晏，晏分散所疑，無不冰釋。』是其智也。又云：『魏武欲以爲子，晏微覺之，於是坐則專席，止則獨立。或問故，答曰「禮：異姓不相貫伍。」』是其守也。爽之重在此，懿之忌亦在此。殺之無名，壽以『疑』字了之，而《魏略》、《魏末傳》、《魏氏春秋》，遂因懿黨誣詞，市虎而杯蛇之。其最甚者莫如妻同母妹一語，裴《注》曰出舊史，猶莫之信，況底下之書乎！沛王出自杜夫人，公主若與沛王同生，焉得與晏同母？裴言甚晰，它無足辨。總之，不阿操斯不負叡，不黨懿愈不負曹，非從經學中出，烏足語此？第曰不負爽，末矣。

桓範論

桓範經學不及何晏，而義過之。迹其集《皇覽》，作《世要論》，蓋留心經濟者，不與蔣濟輩阿懿，亦未嘗與鄧颺輩昵爽。使當日者浮橋初屯，智囊不往，兩端躉持，三族何夷？而範則以爲爽不敗則懿不專，懿不專則芳不廢，與其翼虎，曷若引犢，此所以奔爽也，而孰意不克用也？然猶有詔復位，則平日之落落可知。司蕃首範，遂共爽族，酷矣！其自言曰『我亦義士』，信然。

丁謐論

《魏略》《魏志》九注引》載謗書曰：『臺中有三狗，二狗崖柴不可當，一狗憑默作疽囊。』三狗云者，謂何晏、鄧颺、丁謐也。晏自有論，颺事無它書可白，若謐者，即就《魏略》論，已無足爲謐病。何也？其言曰：『謐少不交游，博觀書傳，沈毅有才略。』呵王繫獄，原出曹爽輔政，轉尚書，數有彈駮，臺中患之，事不得行。又輕貴多所忽略，雖何晏、鄧颺而皆少之，故于時謗書言三狗，而謐尤甚，司馬宣王深恨之。據此，謐之學、之守、之爲，皆無可訾。既曰謗書，明明出所患所恨矣。時又有謗書云：『曹爽之勢熱如湯，太傅父子冷如漿，李豐兄弟如游光。』曾是懿、師而冷如漿耶？爽、豐皆名，懿、師獨曰太傅，非出其黨誰爲之耶，而獨以三狗爲定評耶！

夏侯尚妾論

妾而奪適當死，適而爲曹氏女，則難乎其爲妾矣。壽《志》亦僅得而言曰『寵奪適室』，猶言妻不得專寵也。其禍伏愛，其絞由妒，其夫悲且病，坐不敢言妒而無以全其愛。適室之非曹氏女者而欲概論焉，則又否否。

賈詡論

讀《魏志》至《賈詡傳》，未嘗不悵然于陳壽之不倫：攸、詡同列且非其匹，况荀彧之心不忘漢者乎！　或曰詡調傕、汜，非無功也。雲龍曰：功不敵罪。方卓臍膏燈，牛輔又死，傕、汜輩已欲解散間行歸鄉里矣，詡片言以階之，則王允不死，而曹操可不入，而漢室可不失。少時維［惟］閻忠異之，忠非它，説皇甫嵩以畔不從，遁而爲涼州賊主者也，可不謂鍼芥相投與？　而壽視與攸等，何攸之不幸也！

田疇論

田疇功遜荀彧而節過之，不忘漢之心同而哲又過之。或先從紹而疇則否，或無計離操而疇又否，或殺其身僅保其族，疇保其族而終保其身，何也？　劉虞不失忠節，故署從事而不辭。曹操實爲漢賊，故與征烏丸而不臣，操非不知之也，知之真，忌之愈毒，曰：『田子泰非吾所宜吏者。』其初見也必有落落難合意。既而已許其讓，復劾其違，荀彧等原之，又以夏侯惇喻之。噫，危矣！　誓死而竟未死，豈操之忌疇獨淺哉？　則以疇盡將其家屬及宗人三百餘家居鄴故。

王肅論

或疑孔《傳》作僞於永嘉間，非也。惠棟、江聲疑即王肅撰，而或又以無據詬之。雲龍按：孔《傳》無誰僞稿據，其書果僞則王肅近之。王肅解與古文相類，陸德明早已見及。既僞造《家語》，又何不可自作孔《傳》邪？不然，則私見孔《傳》而秘之也。魏不負肅而肅則黨于司馬，何也？迎高貴鄉公者非他，肅也，被殺罔聞，而以女適昭，生炎，雖曰不貳，吾不信也。幸而死少早耳，學則未可以人而盡廢之。

董遇論

董遇與周生烈歷注經傳等，而軒烈輕遇，何也？烈以出處勝，遇則以侍講爲漢獻帝所愛信，而復仕曹，可並論邪？

董昭論

董昭初除柏人令，雖小，亦漢也。繼事袁紹，復與張楊，後阿曹操，此皆程昱、郭嘉所不爲者，尚不足爲昭責。幸許之駕，五等之封，皆議自昭，雖昱、嘉不死，未必不與，然論事則昭倡之，豈獨荀彧之罪人哉！蘇則評曰佞人，信然。

蔣濟論

《魏志》蔣濟與程昱、郭嘉、董昭、劉曄、劉放、孫資同評，皆鮮德者。平心論之，濟猶勝。方曹爽被害，上疏曰：『論謀則臣不先知，語戰則非臣所率。』《世語》濟書與爽言宣王旨惟免官，遂誅滅，濟發病率［卒］，是其仁心猶有未盡梏亡處。

蘇則論

讀《蘇則傳》，始歎厥剛，繼而條品難曲解矣。少以行聞，薨以剛謚。其舉孝廉、茂才，辟公府，雖皆不就，然既起家酒泉太守，轉安定、武都矣，其植品如彼，其臣漢又如此。聞魏代漢，僅而哭，而居侍中如故。于漢爲虧臣節，于魏又爲持兩端，不知自居何等也。詬董昭曰：『蘇則之膝非佞人之枕！』若昭誠佞，然昭以佞阿魏是真小人，則以剛貳于漢魏，是僞君子。

張遼論

張遼功矣，雖然，爲郡吏，爲并州從事，領魯相，皆漢職也。漢德雖微，天命未改，委職互移固難苛論，而以漢臣事漢賊，則非樂進自魏起者比。類此視遼可也。

徐晃論

徐晃之功勝于朱靈而抑之，何歟？ 晃曾被漢帝封都亭侯，固漢臣也，靈雖爲袁紹將，君臣之分未正，助操又紹所使也，故異。

孫觀論

觀從陶謙助吕布而後詣曹，出處近輕，雖然，以戰被創而薨，殉難非與？ 吴敦、尹禮難可同語。

文聘論

聘曾爲劉表大將，雖然，表子琮舉州降，呼與俱，欷歔流涕，有忠臣稱。 迹其威恩，非無功矣，較之受漢職而助移漢祚者有間。

會典圖彝器［斠］勘記

光緒十五年冬始立《會典》館繢圖處，雲龍與纂修之役。 明年秋，纂《彝器圖》，即乾隆三十四年欽頒范十器於國子監先師廟大成殿者也：康侯鼎一，犧尊二，内言卣三，犧首罍四，雷紋壺五，召仲簠六，盟簋七，雷紋觚八，子爵九，素洗十。

謹按：《會典》原書與《國子監志》説同而圖有微異。光緒十二年上丁釋菜，敶設十器，宗室盛祭酒煜以《監志》舊圖歲久漸蝕，令國子生阮申仲摹圖拓紋，備刊《續志》，而以黄士陵定其樣本，凡三分，存盛祭酒、蔡學録右年、黄士陵處。尋以所圖上石，然樣本、刊本説了無異，而紋又不盡同，藉仍傳疑，奚云徵信！於是行文國子監，於七月廿一日，雲龍携子范初按器實測，一以《會典》縱黍尺爲準，而形影相參，力洗臆説。如康侯鼎之耳，犧尊之口與耳與足與尾，犧首罍近足之犧首，其顯焉者。范初時充會典館之測繪謄録，輒用三角射影法圖之，依圖立説，遂述異同梗概，以爲《會典圖彝器斠勘記》。

周康侯鼎

周康侯鼎通高八寸七分，横六寸三分，縱四寸八分，耳高一寸六分五釐，腹高三寸三分四釐，足高三寸六分一釐。四面饕餮雷紋，銘曰『康侯手作寶鐏』原書『周康侯鼎，高八寸四分，横六寸六分，縱四寸三分，耳高一寸八分，腹高三寸三分，足高三寸五分，上爲饕餮紋，有銘曰「康侯手作寶鐏」』。

雲龍謹按：康侯鼎耳直立，非斜外也。饕餮雷紋非僅饕餮紋也，器紋亦與原書異。木蓋玉花頂木座皆非鑄器時物。凡後配者不圖，後仿此。其分寸較之原書通高贏三分，横縮三分，縱贏五分，耳高縮一分五釐，腹高贏四釐，足高贏一分一釐。十器中若康侯鼎，若内言卣，若子爵，若素洗，皆其最也。

周犧尊

周犧尊爲全犧形，鑿背爲尊，口出尊背五分，口圍八寸七分五釐。其長徑内二寸四分，外二寸七分二釐。其短徑首尾面内二寸四分，外二寸七分五釐。通高九寸，横一尺三寸。通體雷紋，惟耳龜紋。頂嵌石一十有三，皆橢圓無銘原書『周犧尊爲全犧形，鑿背爲尊，口徑二寸八分，高九寸，横一尺三寸五分。上爲雷紋』。

雲龍謹按：犧尊與原圖異者有五[七]：鼻有巨孔，一也，尾内向，二也，尊口出背，三也，頂上橢圓，四也，雷紋細而微起，背訖腹約紋十有奇，五也，耳尖向後，六也，後足翹者有勢，七也。

周内言卣

周内言卣通高一尺有九分。口橢圓，其長徑内三寸五分，外三寸九分，其短徑内二寸四分，外二寸七分五釐。卣底長徑内五寸三分，外五寸七分六釐，短徑内四寸，外四寸二分九釐。蓋高三寸五分，頂高一寸。蓋徑四寸三分三釐，蓋圍一尺四寸七分七釐。足高一寸八分，足圍六寸三分。梁高五寸五分。腹高六寸，腹圍二尺，腹四圍起稜，凡四蓋足如之。卣爲饕餮、雷紋。梁爲夔紋，梁之兩旁飾夔首。卣底爲斜方井紋。蓋銘在内近頂處，曰『内言』，器銘在底亦如之原書：『周内言卣通高一尺，蓋高二寸一分，頂高一寸，腹圍五寸二分，足高一寸九分，梁高五寸八分，蓋圍一尺四寸，腹圍二尺三寸，足圍一尺四寸。上爲饕餮、雷紋。有銘曰「内言」』。

雲龍謹按：原圖多與實測殊。

周犧首罍

周犧首罍通高一尺二寸九分一釐。口高肩以上。二寸四分九釐，内徑四寸五分，外徑五寸六分。腹高一尺，圍三尺二寸二分。罍底内徑五寸六分，外徑五寸八分。足高一寸。頂圍線二，有凹紋一周。兩肩有犧首二，各銜環一。近足飾犧首一，無環無銘原書：『周犧首罍高一尺二寸四分，口圍一尺七寸七分，腹圍二尺二寸九分，口高一寸八分，腹高九寸八分，足高八分。兩肩有犧首二，上各銜銅環一，近足處亦飾犧首二。』

雲龍謹按：實測尺寸既異，而近足犧首是一非二。

周雷紋壺

周雷紋壺通高一尺三寸七分。口高四寸二分五釐，内徑五寸七分，外徑六寸。腹高八寸四分，腹圍二尺九寸七分七釐。足高一寸七分，足圍二尺有六分七釐。腹半大雷紋包小雷紋，肩以上無雷紋。兩旁犧首各銜環一，無銘原書：『周雷紋壺高一尺四寸四分。口高四寸二分，腹高七寸七分。足高一寸九分，口圍一尺八寸四分。腹圍三尺八分，足圍二尺五寸。壺旁有兩耳，上爲雷紋。』

雲龍謹按：尺寸斠異無一合者，雷紋彰彰在目，何亦未符實測？未敢沿譌。

周召仲簠

周召仲簠通高七寸六分，器高四寸四分五釐，會高三寸一分五釐，腹高二寸三分，足高一寸八分。口縱七寸四分，横九寸九分九釐。器飾夔首，兩面各一會，飾夔首四，兩面各一。兩耳亦飾夔首。通體蟠螭紋。銘曰：『維六月初吉丁亥，召仲考父自作壺，用祀用饗，多福滂用，蕲眉壽萬年無疆，子子孫孫，永寶是尚。』原書：『周召簠高七寸七分，蓋高三寸五分，腹高二寸四分，足高一寸八分。蓋徑九寸八分，上爲蟠螭紋，蓋腹相承處面飾夔首，一旁出夔耳一。』

雲龍謹按：器之夔首二，會之夔首四，此未敢沿原書之顯焉者。斠異不獨尺寸。謂蓋曰『會』，本《儀禮》『敦啟會』，注曰：『蓋也。』『宰夫東西坐啟簋會』，注曰：『簋蓋也。』『命佐食啟會』，注曰：『謂敦蓋也。』

周盟簋

周盟簋通高七寸五分，器高五寸三分，會高二寸三分，足高二寸五分。口内長徑六寸七分，短徑五寸二分。口外長徑六寸九分，短徑五寸四分。口圍二尺一寸五分，斜徑七寸。腹圍二尺四寸四分，足圍一尺九寸五分。兩耳飾夔首，有雷紋，通體夔紋。器會皆有銘，曰『大師小子師盟作𩰫彝』原書：『周盟簋通高七寸三分，蓋高二寸四分，足高一寸七分。周圍二尺三寸五分。上爲夔紋，旁出夔耳二。』

雲龍謹按：夔首，《國子監志》有紋，而《會典》原書無紋，今測實有雷紋。尤可異者，黄拓廢寢饋久而一無實測，且僞[謁]『盟』爲『塱』。

周雷紋觚

周雷紋觚通高一尺有七分，口高五寸五分，腹高二寸五分，足高二寸七分。口徑五寸八分，圍一尺八寸一分。腹圍除稜四寸五分，足圍九寸。有饕餮、雷紋。腹以上作鍔形，四腹足皆有稜無銘原書：『周雷紋觚通高七寸八分，口圍一尺六寸，腹高三寸六分，足圍九寸，口高三寸二分，腹高一寸八分，足高三寸。上爲饕餮雷紋。』

雲龍謹按：項紋，《國子監志》作三尖葉形凡四，而《會典》圖原書無，今測原器則鍔形也，色有緑有紅。

周子爵

周子爵通高八寸，衡高一寸九分，足高三寸六分，喙二寸八分，流二寸七分，尾二寸。口長徑六寸，短徑二寸，其邊起鋭，故無内外徑之分。腹徑一寸七分。一耳，飾夔首。器有稜，凡三，作鋸齒形。有饕餮、雷紋，衡亦有雷紋。腹間小雷紋中突起，大雷紋有文曰『子』原書：『周子爵通高七寸七分，口徑二寸五分，腹徑一寸七分，足高三寸五分。口圍雷紋，腹圍饕餮、雷紋。』

雲龍謹按：原書與《國子監志》皆與器紋不同，即黄鏞石本亦僅有小雷紋而失大雷紋。

周素洗

周素洗高一寸九分五釐，圍二尺八寸，内徑八寸五分五釐，外徑八寸九分五釐，口邊外出四分。無銘原書：『周素洗高一寸五分，圍三尺。』

雲龍謹按：洗色有藍有緑，座非初製，難可入圖。

會典圖樂律黄鐘斛斠勘記

黄鐘長九寸，其圍九分，積八百一十分。空圍九分者，圓面積九分也。置黄鐘古尺體積八百一十分，以九十分歸之，得面冪九方分，用面線相等面積不同之定率，比例圓面積一十萬爲一率，方面積一十二萬七千三百二十四爲二率，今圓面冪九方分爲三率，得四率一十一分四十五釐九十一毫六十絲。

雲龍謹按［按］：『六十絲』三字原無，今補。

爲與圓面冪徑線相等之正方面積以開平方得三分三釐八毫五絲一忽三微八纖，乃黄鐘古尺之徑數也。求周則用周徑定率，比例徑一萬萬爲一率，周三萬一千四百一十五萬九千二百六十五爲二率，今徑三分三釐八毫五絲一忽三微八纖爲三率，得四率十分零六釐三毫四絲七忽二微四纖六沙六塵零三漠五糢糊七逡巡。

雲龍謹按：舊圖説無『三微八纖』四字，今補。又云徑一百一十三爲一率，周三百五十五爲二率，今徑三分三釐八毫五絲一忽爲三率，得四率十分零六釐三毫四絲六忽。改用今率。

爲黄鐘古尺之内周數也，通諸今尺，而求體積則以古尺一百分自乘，再乘得一百萬分爲一率，今尺八十一分自乘，再乘得五十三萬一千四百四十一分爲二率，黄鐘古尺積八百一十分爲三率，得四率四百三十分零四十六釐七百二十一毫。

雲龍謹按：舊圖説無『零』字，今補。

爲黄鐘今尺之積也，如求面冪，則以今尺長七寸二分九釐歸之，得面冪五分九十釐四毫九十絲。

雲龍謹按：舊圖説云得面冪五分九十釐四十九毫。

如法求徑得三分七釐四毫一絲九忽六微一纖八沙六塵。

雲龍謹按：舊圖説云得二分七釐四毫一絲九忽。

是爲黄鐘今尺之徑數。

里差算法通例表

寒暑之差視日光爲轉移，春分後日斜入於北，由北地漸暖，而北熱帶而北温帶，及晝長圈而轉。秋分後日斜入於南，由南地漸暖，而南熱帶而南温帶，及晝短圈而轉。其北寒帶之北爲北極，南寒帶之南爲南極，皆日光所不到。南極之寒不減北極。据知寒暑繫日之南北，不繫地之南北也。雖然，東西同度之國寒暑無異，南北不同線之國寒暑難同，此測南北緯度有定者也。東西經度則自以其國之都爲中線，東方日出，西方夜半，里差非歟？雲龍曾撰《中國與日本等國較時里差表》，或者疑之，難概喻也。述里差算瀀通例表：

	析算	里差
一日	十二時即二十四點鐘析之爲九十六刻，又析之爲一千四百四十分	三百六十度即二萬一千六百分
一時	兩點鐘，析之爲八刻，又析之爲一百二十分	三十度即一千八百分
四刻	一點鐘即一小時，亦曰半時析之爲六十分	十五度即九百分
一刻	十五分，析之爲九百秒	三度四十五分即二百廿五分
一分	六十秒	十五分

翔鳳輪船運京程表

北洋機器局雖無造輪船專廠，而攷工亦能爲之，難在無塢耳。就料課工，即小見大。光緒二十年五月雲龍督工造翔鳳輪船成，首與恒春同，艙與捧日同，其輪明，其汽百磅，其馬力二十二，其水線英尺十八寸，其長五丈七尺，其寬丈四尺。凡木、鐵、油工萬五千有奇，計日百八十有奇。時倚虹堂至萬壽寺河道初浚［濬］，雲龍捧檄運船，員司輒援積習謂非三旬不可，斥之。由津局而通州，資仙航輪船力，易水而陸，起通州北關外浮橋口，訖京都西直門外麥莊橋，凡六十里有百七十三丈六尺，阻雨一日，凡十日耳。後此之京通鐵道修成，轉運或易。然城西麥莊橋未必盡有鐵道，以此日之程數爲比例，未始非他日之借鏡也。述翔鳳輪船運京程表：

年月日	行地	里	連前里數
光緒廿年五月十一	浮橋口至草房	六里四十四丈六尺	
十二	草房至長營西	六里七十九丈	十二里百二十三丈六尺
十三	長營西至平房	八里百二十丈	二十一里六十三丈六尺
十四	平房至同和窑	七里八十丈	二十八里百四十三丈六尺
十五	同和窑至大橋北	六里百三十丈	三十五里九十三丈六尺
十六	大橋北至地壇	八里	四十三里九十三丈六尺
十七	地壇至土圍小西門東	八里五十丈	五十一里百四十三丈六尺
十八	雨未行，戽道水		
十九	小西門東至大佛寺西	五里	五十六里百四十三丈六尺
二十	大佛寺西至麥莊橋	四里三十丈	六十里百七十三丈六尺

急則治標疏 光緒二十年九月

雲龍前由兵部保送總理各國事務衙門考試，奏派游歷日本等國，所箸《圖經》進呈御覽。嗣蒙召見，兩承面諭箸書詳細。感荷天語重褒，彌媿千慮而無一得，以裨時艱，蒿目棘心，烏能已已？謹陳蠡測，其略有五：

一、重帥不宜分心力也。東三省兵防不及北洋十之一二，得宋慶而耳目一新。然募勇未濟，扼防未久，山川險要方虞彌隙有未周至，尚何暇察辨他將事宜哉！畏首畏尾，宋慶當不出此。而或操之過嚴，則威望不足以攝之，稍涉調停，則聲聞又將自此而減。即使措置裕如，而於公事多一分肆應，未免於軍情少一分縝密，似不若專事戰守之爲愈。

一、旅順不宜兵力轉單也。百餘萬之帑項，十數年之經營，可不謂海防最要哉！毅軍本爲旅順勁旅，今既移軍而東，則所以增益其後者，當更有在。否則敵目所乘，全局安危繫之矣。

一、海口宜絶奸宄也。水雷之遏駛，地雷之阻登，敵覺之而得失已虞參半。敵覺之而復誘宵小翦電，引以損之，其爲害何可勝言！天津爲畿輔咽喉，大沽、北塘之宜守固然，而永平府之樂亭一帶深恐百密一疏。俗有所謂營混混者，其奸更勝民蠹。應責成專辦團練大臣，迹其詭踪，以輔帥目所未逮。

一、商輪可暫改礮船也。雲龍前游南北美利加洲，於美利加南北兩黨之交惡，智利、秘魯兩國之修武，訪其於兵艦不敷時未嘗不借用商船。竊以爲，招商局輪船可以四五安置礮位，不恃以戰，而恃以防，且不專恃以防，而先借以作聲東擊西之計。募敢死士，伺其兵輪無至，即由上海進向長崎。彼艦一出，我舟急旋，數四游駛，彼必不敢專以重兵守朝鮮而出鴨緑江也。既不分鐵甲之力，而可助鐵甲之功。

一、神機營鎗礮舊隊宜改也。至今日鎗非軋火，礮非後膛，不足以摧堅，且不足以自守，人無智愚皆知之矣。而練鎗礮法亦愈新愈勝。與其糜餉而練不可恃之舊技，曷若行權而改大可恃之良法。

六[五]者之外，又有武備一端，似非所急，而非急改無以臻實濟也。弓矢之沿古不必遽廢，而鎗礮之宜今不可不增，否則所用非所習，且所習一無可用。此今天下之大患，武試尤顯焉者。

雲龍游目所見，實有由此則治、不由此則不治之策，如操券然，而未易瀝膽陳也。謹先略言其萬萬不可緩者如是。可否代奏，伏乞訓示。

搗巢疏

爲舍搗巢無他策，敬陳管見，仰祈代奏事。竊以敵人由九連城而來，戰不勝戰，防不勝防，惟有直攻日本爲釜底抽薪第一要策。謹撮大要，其利有八：彼因餉難久支，遂盡驅國中數十萬犯我東土。其勢雖猛，其國則虛，有可乘之隙，利一。日本四面環海，其險要以長崎、横濱爲最，其他口岸即使有防，未盡周密，避密擊疏，利二。攻日本非兵輪不可，論者難之，不知日本外强中乾，一聞將入其穴，未有不急遽失措者，必欲爲平穩計，莫若以北洋兵艦守隘，而盡駛南洋兵船爲聲罪之師，復以招商局輪舟暫改礮船爲接援之旅。彼得操江小舟尚改礮船，我何不可以運船改耶？利三。即使征東未必盡勝，彼軍既以回顧而力分，我軍即以乘間而攻易，利四。説者曰，伐日本如水雷何？不知美利加南北黨之水戰先以無足輕重之船探其水雷，在水面者以網取之，在水底者以扒除之。即或因取與除而轟，所損非關緊要，而兵輪得以無阻。推彼成法，存乎其人，懸重賞格，安在其無勇夫耶？利五。德人漢納根既荷恩獎，必感奮立功，如可馳助東征之舉，必克有功，利六。不伐日本，無論戰無把握，即和亦無把握，不敢謂畿輔咽喉易危爲安，計無逾此，即先以爲聲東擊西之計亦實有益，利七。彼之孤注計既不行，其下議院之與上議院勢必自相矛盾，安知不由争而悔？利八。

雲龍既於游歷知其情僞，復於圖説参其詭謀，不敢信增壤益涓之慮，而不敢爲浮光掠影之談。是否有當，伏乞代奏。

光緒二十年十月初八日總理海軍事務恭親王等代奏。留中。

緩議和疏 二十年九月十六日代

爲請從緩議和恭摺仰祈聖鑒事。竊惟日本侵奪藩封，衅肇自彼。皇上赫然震怒，命將興師，誰敢謂非天經地義也！而或謂日本非草莽比，其後未必不歸於和。雖然，不必不和，而要難於未大勝時議和也。此其誼宸謨固自有權衡，特恐浮議滋多，臣□與其貽當言不言之悔，曷若受不必言而言之譏。由彼而論，有不必遽議和者五；由我而論，有萬萬不可輕議和者十。

何言乎不必遽議和也？日本分黨凡六：一曰守舊黨，皆隱居者流，而尊漢文居多，慨千百年學中國之規模，著書立説，輒欷嘘不置。二曰自由黨，不以改學西法爲然，彼亦一是非，此亦一是非，聚訟紛紛，是其所是。三曰大同團結黨，意主調停。四曰順政黨，一視國政爲唯諾。五曰漸進黨，恐欲速滋悔而徐爲圖。六曰改進黨，此學西法如不及，改時易服，猶以爲未慊也，倡議半出其中。一或師北，則他黨必自相矛盾。其弊一。日本地截長補短，不過五萬方英里，民數不足五千萬。其陸軍在營者僅四萬二千三百八十九，其海軍在船者僅止千三百五十四，雖有所謂豫備兵者，較之額兵，練技遜矣。徵兵之網太密，民以爲苦，平居多藉游學而遁他國。此時增調既急，有入伍而自縊者，士氣亦可見已。其弊一。日本兵新募皆平居赤足，或曳木屐者也。驟著泰西兵靴，行路且艱，何克進退自如於戰場？其弊三。其國輕舉師出，而年荒民食且歉，兵食何敷？其弊四。日本恃紙幣爲國用，然可行之無事，而不可行之用兵。其弊五。

況我中國有萬萬不可輕議和者哉！籌餉雖難，尚不至如日本之甚。一也。雖互勝負，而人多則勇易招，百倍不庶之日本。二也。平壤之未克全勝，固由將心不一，抑亦勇力未齊耳。兩月而後，百十營之新練可用，一萬五千鎗之利器可至。宸威既振於上，將命益用於下，何城不復，何堅不摧？三也。即使利頓盡難逆料，而朝鮮爲中國門户，既開衅非我，豈能操縱由人？四也。日本一島國耳，其大不及中國兩省，而敢据我藩屬，轟我海艦，襲我陸軍，可戰不戰，不必和而和，效尤接踵，其有已乎？五也。中國尺寸皆皇上之業，實我朝聖祖列宗之業也，倘彼不求和而我先厭戰，殆不僅納幣而已，天下後世其謂之何？六也。與其饋彼之貧，曷若飽我軍腹？代償兵費之説有損無益。七也。彼或以和餌我，猶恐其爲懈軍心計。軍心一懈，海防百疏，其言益甘，其患彌甚。八也。輕於允和，其和必不能久。九也。誠不敢謂勇無退縮之足，而要不敢誣民無同艤之心。明明搆亂自彼，於商務大有妨礙，不但華商之歸自日本者争欲食其肉，寢其皮，即彼商言旋，罔弗枵腹蹙額而自怨其國之渝盟背理也，儻虚聲罪，轉拂輿情。十也。

此皆知彼知己之實情，未敢信千慮一得，而區區志願，不能不恭摺具陳。伏乞聖鑒訓示。

請一度量衡疏 光緒二十四年八月初四日

爲請一度量衡恭摺仰祈聖鑒事。竊維變通者，趣時者也。雖使堯舜復生，亦無以易皇上變通美意。然尚有復古之常經，即爲宜今之大法者。敢竭愚慮，恭候采葑。

臣前由總理各國事務衙門奏派游歷美利加等國，考其長短多寡輕重之則，晚出彌精。其初則或視足爲尺，或視指節爲寸，亦云疏矣。法郎西患互市滋疑，議更通用之準，於是美利加遣厥重臣與英、法、俄、德會議久之，量地周午線得其四十萬分之一爲一邁當，以白金爲尺，取其無伸縮也，準之爲量爲權。其一邁當合中國工部營造尺爲三尺二寸三分四釐二毫一絲二忽八微，由是十乘十分，以計長短大小，由是自乘以計面積，由是自乘再乘以爲立方之積，由是量立方瀛水以爲權衡之因，互市者便之。商通於同，而民則自習其異。英之度量衡且不與法同，何論美利加、巴西、日本諸國也？然當互市時無不可以英比例，而知者無他，其度量衡之行於本國固無參差也。《書》曰『同律度量衡』，古以度量衡爲用，必以同律爲體。嗣以水爲比例而法益密，《論語》亦以謹權量爲政行四方之大本，凡以期其一也。至於今匠尺、廣尺諸目與工部尺異，即以工部尺較載在典籍者，亦因版有燥溼，不免尺有伸縮。若量若衡亦皆時異地異，而衡尤甚，天津用平異同有三十餘種，他無論已。每遇購製礮船、機器與夫流質、定質之物料，非借英、法之度量衡無以徵信，西人輒爲齒冷，而在高下其手之媒孽，則深恐合各行省之度量衡而一之，錮弊日紛，難逃聖鑒。擬請旨飭部精製鐵尺、鐵斛、鐵秤、銅碼，通行直省，或繪式通衢，或榜張互市，從前沿用之與部頒異者一律禁止不得復用。再由工部以白金造尺，以爲頒尺之母，即準之以爲量與衡之根，寓創於因，以變爲正，立萬變不離之宗，實裨於百度維新之用。是否有當，伏乞聖鑒。

請設京師武學疏 光緒二十四年八月初四日

爲請設武學恭摺仰祈聖鑒事。京師奉旨立大學堂，儲材要圖，莫先於此。惟文武之學，古合今分。自武別於文，識字輒鮮。西人最重武學，其文人不盡知兵，其武人未有不知圖算者。水戰、陸戰之地先算，而非圖則測量不精，而火線亦不顯。快鎗、快礮之屬有圖，而非算則低昂無準，而遠近亦有差。武學所包甚廣，總之不離圖算者近是。

方今京營選鋭漸改西操，先以毛瑟鎗課其手法，繼以德國兵鎗補其利器，分衆小綜以自習其行伍，合一大軍以共習其攻守，誠乘時之聖武，制勝之先聲也。然非設立武學，不足以資興起而廣取材。擬請旨飭於京師立武學堂，選旗營識字通文者二百人爲頭班學生，入堂肄業，即調南北洋武備學堂之學業有成者十人以爲教習，進退步武一以德操爲法，擇其不泥古不薄今者以爲總辦，一二年後學生可充隊長，相觀而善，英鋭必多。不惟教習出其中，即將材亦未嘗不出其中。分班遞學，有勇知方，干城之選不可勝用矣。此爲必不可少之學。是否有當，伏乞

聖鑒。

請於京師立製造銀錢總局疏 光緒二十四年八月初五日

爲請立製造銀錢總局恭摺仰祈聖鑒事。竊臣前游歷海國，見其利權以金錢爲歸宿，莫不以銀錢爲肇端。而其銀錢總局大率設於國都，居中出入，以收利權，非若他局散置都外，誠重之也。

中國銀錢始於粤楚，北洋初無製者。前北洋大臣王文韶籌辦及此，檄臣試造。時臣辦理北洋機器局，先以舊存製銅錢機器改造銀錢二角、一角、半角三種，增購一元、五角兩種印花機器，其餘壓片、製坯、印邊、自行天平等器，洋購者半，局製者又半。創議於光緒二十二年秋，六閲月而工竣，又六閲月而銷暢，時在二十三年冬津市錢荒，王文韶以銀錢輔銅錢之不足，垂閉錢莊賴以支持者百十。自是厥後，不惟津市暢行，即旅順、營口亦舍鷹洋而取龍圓，所謂龍圓者即北洋銀錢也。自二十二年七月試製起至二十四年五月十三日止，其暫支成本惟淮軍銀錢所銀二萬兩，又息借道勝等行銀八萬兩耳。隨製隨用，收值復鑄，轆轤周轉，按月結報，北洋大臣察核凡十六結，計成大小五種，合整元二百六十四萬五千零七十七圓七角。二十三年十一

月以前盈餘有限，十二月以後行用漸暢，每月盈餘七八千兩不等，計共盈餘銀七萬兩有奇，除工料息費外，净餘庫平銀三萬七千三百零六兩一錢四分四釐，所存代製工料銀四千有奇尚不在內。設使工本寬裕，所餘尤多，此其成效可以共信者也。然事權不一者不能辦，義利不嚴者辦如不辦，此中消長之機要，王文韶實深知之。京師爲國家重地，士商輻輳而錢缺如是，銅貴銀賤，舍製銀錢別無長策。京局早立一日，則圜法早濟一日。

綜厥利權，大要有四：盈餘之多寡以行用之遲速爲衡，官鑄官用，交納通則周轉易，其利一。銀錢著效捷於鐵路、鑛務百倍，彼有盈即有歉，此則無歉而有盈也。操券而獲，可以便商，可以裕國，其利二。鐵路、鑛務之興利歸公不過分成，此則工費而外涓滴歸公，其利三。如撥官房以改工廠，築地基、修煙筩、購辦機器在半載以前，調工試鑄即在數月以後，需本非鉅，先籌十萬足矣。鑄成試用乃增成本，成本愈厚則盈餘愈多，其利四。京師總局之重與外局異，然局規、局章則一也，按之非虛，推之則皆準，雖高下其手者必騰謗毀以爲不便，而國用則莫便於此。

方今度支未足，宵旰焦勞，臣既確有把握，儻仍緘口不言，豈不深負闢門達聰之至意？是否有當，伏乞聖鑒。

上北洋大臣仁和總督試造銀圓添購機器奏咨立案詳文 光緒二十二年二月十五日

光緒二十一年十二月二十四日奉札行知案准户部咨，議復御史陳其璋奏請飭部設局鼓鑄銀圓，並令各省推廣仿鑄一摺。十二月初一日奉旨：『依議，欽此。』欽遵在案。雲龍遵查，職局前經試鑄制錢，停止尚存機器十副，其機力可改造二角以下銀圓之用，祇需添購造一元及五角等機器，需費尚不甚鉅。雖廠屋不能不添，工匠不能不撥，而較之另起局廠所省實多。奉札飭會同藩運兩司、津海天津兩道，妥議章程詳請試辦等因，竊以爲章程以試造爲準，試造以機器爲先。今造銀圓，不能不先將應用各種機器詳加核實。除局存機器十副、並由局添造鍋鑪等機器二十餘種外，尚須添購製一圓及五角銀錢兩種機器各一分，又隨用切錢板、壓邊花、壓粗細銀片機器六種各一分，又粗細兩種轉軸各二對，又較準分厘小機器五件。以上應購各項由各洋行開報價值比較，以禮和洋行需價較爲極省，連一五成脚險，共計英金二千三百二十三磅一喜林十一本士，按現在磅價約合銀一萬四千四百八十一兩有零，以後隨時價核付，限六箇月包運至華。此皆急需購用之物，曾開摺呈核，自應詳請奏咨立案以昭核實。除將銀錢廠認真考核，實力舉辦，鐫模試造，稍有把握即行會議章程詳請具奏外，所有添購機器呈請立案緣由理合詳請察核照章奏明立案，並請分咨户、工部查照。

再，此項暫由職局節省常年經費内借支，合併陳明。

二月二十七日批：此案業經本大臣於二月二十四日具奏，另檄行知，並咨户、工部察。此繳。

上北洋大臣仁和總督試鑄銅錢申請奏咨詳文 二十二年四月二十一日

雲龍面奉諭即試製銅錢等因，遵即就職局可以試辦之錢極力經營，以仰副整飭圜法之至意。竊以爲前此之旋鑄旋停，先由運費之支絀；今玆之亦壓亦鑄，宜杜漁利於私銷。就時局論，錢價奇貴，各省皆然，而北洋市面拮据不獨通商口岸已也。製造工多，職局爲最，日計二千餘人，月需制錢一萬數千，每當軍火促需，刻不容緩，則加工加夫，動輒增三之一。入銀有常，出錢無定，即如向章每夫支銀一錢，而非日支制錢百五十文則裹足不前，相沿久矣；時價則銀一錢僅易制錢百二十有奇。此其一端耳。

職局舊存制錢機器十副，以四副擬改製銀錢二角以下之用，以一副擬俟修竣備換，其餘五副可製銅錢。遵諭修補如式，就剏設銀錢廠同一機軸，一俟辦有成效，另詳請奏。惟機器製錢無多，藉以化無用爲有用則可，而欲以足局需而平市價，則未敢遽必其可，是以有設鑪鑄錢與機器並行之議，亦蒙諭照辦，遵即增廠招工，以陸續置至十鑪爲率。現辦事宜敢陳大要：

一、錢難從重也。光緒十三年職局鑄錢，每文約重一錢，以銅五成四、鉛四成六攙對。其時東洋銅百斤不過銀十二兩，洋鉛不過銀四兩，今則銅價直銀十八兩零至十九兩零，鉛價六兩。數錢鑄重則虧本既滋，私銷更甚。職局擬照户部議准粤、鄂奏章每文重八分，雖試鑄難遽畫一，而總以每千約重五斤爲率，銅鉛酌攙。所以異於私鑄者，輪廓必求其顯呈，字畫亦求其清楚。

一、火耗宜較也。前此局鑄制錢火耗二成，每千准銷工價錢百五十文、焦炭錢五十六文、繩串雜費三十二文，後因不敷，改支工價、炭、雜錢三百文，廠鑪及員司、夫役、薪工等費核銷有案。兹擬工價仍按制錢一千工價百五十文，而火耗則嚴加比較，以賞興利，以罰除弊，所費俟試辦著效再定廠章。

一、收支宜清也。先設四鑪試鑄，日成制錢五十千，後此可增六鑪。平均計之，日成五百千，七日一卯，歇工一日。除歇工外月鑄制錢一萬二三千貫，職局即可無庸以銀易錢，藉自然之通轉，以濟圜法之奇窮，省解運之開支，以免局費之虧累。此以局款仍歸局用之實在情形也，然與軍火報銷似不相涉。所需物料，理應核明銀價作爲錢廠購用，每年將錢廠用銀若干、鑄錢若干，另造專款清册呈請咨報，職局仍將鑄成錢數庫收若干、局支若干，按季册報鑒核，以清款目。

一、鑪頭宜慎也。鑄錢之工招自鑪頭，然火耗之多寡，鑄圜之輕重，成色之高低，非置員弁以董察之，工役以區别之，則有防不勝防之弊。

一、工屋宜修也。十鑪需工二百數十人，散之難稽，聚之則易察，此類眠食未可與局匠相雜，不能不增修土屋廿九間。

一、設廠宜專也。十鑪之分置，光錢之同軸，磅錢、貫錢之區處，用屋既多，範圍宜密，已折舊增新，築垣置柵，其費由職局常年經費内暫行借支，辦成再行議詳。

一、錢宜通用也。局鑄每文既重八分，擬將錢樣呈請行飭地方官傳示當商一體通用。

以上七條是否有當，理合詳請鑒核奏咨。

五月初二日批：已核奏另檄行知矣。此繳。

上北洋大臣仁和總督局鋼堪造快礮詳文 二十二年六月二十三日

職局鋼廠自光緒十八年九月初九日開造鋼鑪，其鑪名瑞提克立夫，鑪成而鋼屢窒，因之鑪亦屢改。二十一年夏四月雲龍接辦局務，與洋工苦心經營，改前此之不合法者自一至九，始於閏五月二十四日第一鑪鋼成。其火力二千餘度，其受火力一千七百六十度，除苦酷暑暫停鑄鑪外，至今實鎔鋼六十鑪，得快礮料大小一百四十二，其餘六十可作鋼開花彈及他零件，約重一百五十一頓。已經壓出快礮身坯十件，快礮後節套坯八件，又二十一生開花彈大坯十件，又快礮子銅盂模撞大小三十件，又二寸至五寸六分見方長短鋼條三十四件，又一寸六分徑至三寸二分徑長短鋼條三十六件，又八分寸徑一丈六尺長壓鋼機備用鋼柱料四副，又九寸寬四尺八寸長一寸厚扁鋼料一副，又毛瑟鎗子機器偏輪二副，又鑽二十一生礮子膛之鑽桿四件，又熟鐵廠汽錘料二副。以上壓製坯料共重二十五頓九擔二分十五磅。此成鋼大數也。

竊以爲鋼之用以所需爲先，鋼之利以快礮爲重。快礮之大以五十七密里爲最，其機巧與四十二密里之那非登同，其礮筒不長於四十二密里者，每遇山行可拆可馱。惟礮筒改爲二層，內鋼尚硬，外鋼稍輭，欲其多受漲力也。職局既借機器廠工力試穿鋼礮身坯，已通其四，據洋工考驗，實爲合用之鋼。然非有造快礮專門機器，則借他機者半，借人力者又半，其工千倍，其費百倍。總計製礮機器約三十九種。與其全購自外洋而所費太鉅，莫若以職局可以自成者歸之局工，則所省實多。洋行、洋廠之萬不欲計或出此者，爲其賣機器計耳。雲龍等與洋教習施爵爾再四區別，有職局能製者如通軸、起重架、皮帶輪、瀛機、鍋鑪、鑽牀、車牀、小切牀之類不下十種。其必購者，大力活起重架一副，又其次一副，又三付齒輪大力車牀一副，又其次一副，以上車牀所需車刀等類全副，又礮身外套車牀一副，又其次一副，又礮膛長鑽牀一副，又其次一副，又礮身車牀一副，又其次一副，又橫鑽牀一副，又其次一副，又大力造來福線機器一副，又小力造來福線機器一副，又直刨牀一副，又其次一副，又直行磨後膛機器一副，又橫行磨礮耳機器一副，又橫直通用磨機器一副，又小磨機器一副，又造車刀鑽頭機器一副，又磨車刀鑽頭機器一副，又大鑽牀一副，又小鑽牀一副，又十寸車牀一副，又八寸半車牀一副，又七寸半車牀一副，又刨牀一副，又鑽頭及造來福線車刀等件。以上二十九項照此時廠價約計英金萬有餘磅，此外水脚保險按照部章不得逾一五成。其磅價合銀隨時漲落，擬請奏明訂購。約計每年可成快礮四十尊，不惟鋼不虛成，抑且緩急不致仰他人鼻息。如蒙奏准，其價照章先給三之一，擬由職局常年經費項下暫行挹注。此實爲中國自彊大端起見，是否有當，請示遵辦。

再，職局購辦機器向於購後詳請奏咨立案，蓋由洋行議價早晚不同耳。兹與洋教習照其廠書開價，可否先奏，出自鈞裁。

上北洋大臣仁和總督局鑄制錢辦法錢樣申請咨部詳文 二十二年十月二十九日

光緒二十二年五月初一日奉札行知，於四月二十七日具奏直隸制錢奇絀，擬就機器局試行鼓鑄一摺，抄摺内開天津市面制錢日形缺乏，若不設法接濟，誠恐物貴錢稀，窮民謀食維艱。接濟之法自以鼓鑄爲先，若議規復舊制，輒慮經費難籌。惟查，天津機器局每月應放匠役工食需用制錢一萬數千千，皆向市肆代收，市間之錢因之益絀；且值錢貴之時，以銀易錢，局款虧折亦鉅，莫若購辦銅斤就局鼓鑄。前於光緒十三四年間，該局曾以土法鑄錢，自可循照舊章核實辦理。錢質擬照廣東奏定章程每文重八分、每千文重五斤爲率，成本既可減輕，私銷亦無所利。以開鑄十鑪計算，每月可出制錢一萬二三千千，即以開放本局工食，無須求之市間。市錢既少此一大宗去路，而局錢放出後亦復流行於市，略一轉移，必可以平市價而便民用。所需添建廠屋、加雇工匠以及購買銅鉛等項，暫由該局常年經費内隨時借撥，輾轤周轉，鑄本既無庸另籌，而局款亦不至虧耗。至錢廠收支一切款目仍飭專案造報，以便稽核而免牽混，並奏明俟奉旨允准，再將辦法、錢樣咨送户部查核。

又於光緒二十二年五月初八日奉札行知，初一日奉硃批『着照所請，該部知道，欽此』，欽遵在案。職局奉飭以土法鼓鑄制錢，自本年四月間開辦以來，先增廠屋，繼修鑪座，復備器具，次第考核。先開十鑪，嗣因暑熱滋病，所鑄無多，又添輭垛兩鑪，曾將籌辦情形隨時禀報。每文重八分，每千文約重五斤，自四月十四日起至九月底止，夏秋兩季鑄成制錢七萬六千八百千文，曾將收支數目按季摺報鑒核在案。辦理既有規模，自應遵照原奏，將循照光緒十三四年土鑄章程從省辦法，開摺詳請核咨。當此經費支絀之際，鼓鑄工料不能不力求撙節，期於涓滴歸公，不使稍有浮糜，以仰副整頓圜法，慎重款項之意。

查上届鼓鑄章程按銅五成四、鉛四成六攙對，火耗准銷二成，每千文鑄價工食錢一百五十文，焦炭價五十六文，雜料價三十二文，廠屋、鑪座、器具每鑪請領銀二百二十兩，員役、薪工、紙張等項每月開支公費銀二百兩。此上届舊章也。此次鼓鑄制錢逐款考核，再四酌減，銅鉛各按五成搭用，火耗減至一五成。惟新購銅鉛價昂，不得不用局存舊購銅鉛攙搭，以後若無存項，局中歷年積存廢銅亦擬酌量搭用，核計尚不致虧折成本。第用廢銅則火耗較增，仍按舊章辦理，如廢銅用罄，專資新購，又視銅鉛時價，亦難一概而論。此次鑄錢工價每千文均攤一百三十二文，較上屆［届］節省十八文，焦炭價四十八文，節省八文，雜料價三十文，節省二文，統計每千文核工料成本庫平銀七錢三分九釐三毫五絲八忽，按市價每銀一兩易制錢一千三百五十五文，合制錢一千一文八毫，每千文僅虧耗一文八毫。但錢價之漲落不一，成本之盈虧亦難預定，惟有認真考察核實辦理。至廠房、鑪座等項，除撥用局中舊存外，其餘所增廠房並未請款，將來事竣仍歸局用，應另行核辦。又員役、薪工、紙張、公費等款，此次鑄成之錢係放本局工食，員司、匠役係由局調派兼辦，無庸另請開支，以節糜費。此實用實報之大要也。

除機器製錢另行稟辦外，所有職局土鑄制錢，酌照上届成案核減辦法合開清摺。附呈錢樣，詳請鑒核咨送户部查照。

再，以後如能改鑄每文僅重七分，愈杜私銷，且省成本，於圜法大有裨益。合併陳明。

上北洋大臣仁和總督會議試造銀圓章程式樣申請奏咨詳文 二十二年十二月二十日

前奉札飭，就職機器局試造銀圓，添購機器，曾於詳請奏咨立案時聲明試造有效，再議章程，另詳奏在案。兹奉札准户部咨催迅議詳奏，並呈式樣等因。遵查，職機器局自奉飭訂購一圓、五角等機器後，一面就局存鑄錢機器改爲試造二角、一角、半角三種銀圓之用，並自行添購製鍋鑪及壓邊等項機器二十餘種，鐫壓鋼模，建暫儲庫，修鎔銀、烘片各鑪，分設較準、碾片、撞坯、印文、光邊以及烘洗、摇篩等處，秋末冬初漸堪就緒。所以機器不盡買自外洋者，初未領款，僅由常年經費内暫行借支，不能不爲節省辦法。所購自行天平，外洋因須配製校準，明春始克運到。而壓捲機器於九十月間先後交運到局，隨到隨設，竭力經營。器以增新始備，工則以習舊而漸諳，數月以來，無日不就所改製者審器考工。

鎔料捲片借資於捲銅廠，帶輪轉軸亦引伸於機器廠。年底機器鑪告竣，而工之由配盾而鎔料，而鑄板，而碾片，而烘紅，而撞坯，而較準，而壓邊，而印文，而光邊，而捅摇，而水洗，而篩屑，而擦光，而準衡，皆將就熟矣。辦法粗周，章程有六：

一曰模範。非周密則僞易兹，非通曉則行易滯。所製銀圓，一爲龍面，一爲文面，曾繪圖呈請鑒定。嗣覓良工，於春秋間鐫製鋼模，其文曰『大清光緒二十二年北洋機器局造』，凡一圓、五角、二角、一角、半角五種，文概從同，此成物勒工意也。敬鐫漢文，遵國寶圜法例也；背增英文，便中外流通也。借支局費試製五種銀圓，至二十三年，鋼模亦已董匠精鐫，明正二十五以前可以鐫竣。

二曰輕重。中國權法庫、市不同，而墨西哥鷹洋通行於東南各行省。設或歧輕歧重，即無以便民用而收利權，是以局製一準通行鷹洋之輕重，以十分之五爲五角，以十分之二爲二角，以十分之一爲一角，以二十分之一爲半角。所購自行天平可顯千分釐之一，稍輕則重鎔之，稍重則修減之，必歸於準極合之數，固無慮其參差也。

三曰成色。過低則流行難廣，過高則虧折易多。機器局試造大小銀圓初按銀百分之九二五爲之，較九成者高，較八六成或八二成更高，然恐難繼。何也？房鑪機器之墊辦，工料雜用之支銷，火耗重鎔之多寡，出入行市之漲落，皆不能不取償於成色之盈餘。今就鷹洋一圓之成色以製一圓、五角，均以九二五爲中數，高不必過於九三，低不必過於九一。又依美利加小銀圓之成色以製二角以下三種，均以九一爲中數，高不必過於九二，低亦不必過於九成。如此通行洋圓無甚差違。至辨成色則化學濟目驗之未逮，其功雖有遲速，其效見於表裏也。

四曰暢行。明知製兑出入依輕重則無虧，依行市則有折，然非隨行就市，恐將壅積不行。所行愈多，所折愈少，而惟官庫雜課一律兑收，此爲利用第一關鍵。

五曰成本。以局製一圓機器計之，日成一萬三四千圓，五角以下視此，是以極少亦月需料銀三四十萬，否則停工待料。料儻不速，工亦必遲。嘗見外洋銀圓以數百磅一條之料供其鎔製，較之僅資銀錠所裨多矣。然本既未充，料難遽販，惟求借撥成本，約分數批，隨製隨兑，藉此周轉之法，庶供鎔壓之工。

六曰報銷。廣東、湖北自成一局，今就職機器局兼製，原爲省費起見，然事與軍火無涉，宜歸專案報銷，而以實用實報爲主。無論外兑各憑單册，即局用之收支亦必各清各款，其借支局額經費，俟有盈餘應歸墊，以免轇轕。所製按季申報鑒核，年終則以成數報部。

以上六者，舉其大要。此後工料之防弊興利未盡事宜，益當隨時考核。所有創議章程是否有當，理合會同詳請察核具奏。坿呈銀圓五種式樣，併請咨送軍機大臣處恭備御覽。另繕開具詳細章程坿呈式樣，請咨户、工部查照。

再，此詳係機器局主稿，合併陳明。

計呈清摺三份，銀錢式樣四匣。

試製銀圓詳細章程清摺

一、重數。銀錢一圓計庫平銀七錢二分四釐，合津市錢平七錢五分四釐四毫，此爲法二十六格郎木又百分之九十八。五角銀錢計庫平三錢六分二釐，合津市錢平三錢七分七釐二毫，此爲法十三格郎木又百分之四十九。二角銀錢計庫平一錢四分四釐八毫，合津市錢平一錢五分八毫四絲，此爲法五格郎木又千分之三百九十六。一角銀錢計庫平七分二釐四毫，合津市錢平七分五釐四毫四絲，此爲法二格郎木又千分之六百九十八。半角銀錢計庫平三分六釐二毫，合津市錢平三分七釐七毫二絲，此爲法一格郎木又千分之三百四十九。查東南各省通行鷹洋，茲照其重數試製二角以下，按數分計，以期便於行用。核與廣東每圓庫平七錢二分較重，因平各不同，是以所製未便鐫印輕重。

一、成色。每圓就庫平銀七錢二分四釐計之，一圓五角兩種以九二五爲中數，計銀居百分之九十二，紫銅珠居百分之八。查外洋製造有中數，如以九二爲中數，多不過九三，少不過九一。又如以九一爲中數，多不過九二，少不過九成。此亦與洋匠就墨西哥鷹洋及美利加各種小銀錢斟酌爲之，較廣東一圓者用銀九成，五角者八六成，餘皆八二成較高，以期中外通行。

一、火耗。每圓分計鎔化烘洗共耗銀一釐九毫五絲四忽。查鎔銀每罐一千一百兩，火耗一兩六錢五分，每圓合一釐八絲六忽。又捲撞烘洗每百兩消耗一錢二分，每圓合八毫六絲八忽。核計每百兩鎔耗一錢五分，較廣東多一分，捲撞烘洗耗一錢二分，與廣東同。然職局試造係借資捲銅廠化銅鑪，兹已修竣銀錢廠鑪，再當謹嚴考核，以期少耗。

一、行市。現在每圓合行平化寶銀七錢有三釐，合庫平足銀六錢七分四釐六毫六絲四忽。查銀錢行市漲落無定，今值價落，如遇漲時所絀較少，然非行市則行用不便。

一、綜核。每圓以庫平七錢二分四釐計之，如一圓、五角兩種按九二成言，每圓庫平足銀六錢六分六釐零八絲，紫銅珠五分七釐九毫二絲，加耗一釐九毫五絲四忽，每圓實用庫平足銀六錢六分八釐零三絲四忽，合現在市價計，每圓盈餘銀六釐六毫三絲，以資工料。又如二角、一角、半角三種，按九一成言，合計每圓庫平足銀六錢五分八釐八毫四絲，紫銅珠六分五釐一毫六絲，加耗一釐九毫五絲四忽，是每圓實用庫平足銀六錢六分零九絲四忽，合計現在市價每圓盈餘銀一分三釐八毫七絲，以資工料。

一、工料核計。成色抵數有無盈餘，應視所製銀圓多寡。查銅珠雜料各因製數而增，而員司、工徒以及巡弁，更夫之費則又以製多而減，是製成愈多費數愈少。曾以每日銀五千兩細算，工料每圓需銀三釐，如一日銀一萬兩計之，則每圓工料僅攤一釐五毫。

一、製坯。曰鎔銀。按成平準配合如數入罐，置每罐一千一百兩，既鎔即入炭末以養其氣，繼加硼砂以去其垢，傾於四分厚一寸四分寬一尺六寸長之模，即成銀板。每罐成板十七塊，每塊重六十餘兩。曰捲片。以銀板入軸壓至二分厚，入鑪烤透再捲。如製一圓，其厚捲至千分寸之八十六分，五角則千分寸之六十四分，二角則千分寸之四十八分，一角則千分寸之三十八分，半角則千分寸之二十八分。曰捲坯，亦曰撞餅。以銀片入機器撞之得銀餅五成，廢邊輒居其半。曰滾邊。機器一碾即成。曰烘洗。餅既滾邊，入鑪烤透，用局製一千八百度硝强水二成攙水八成，洗至純白爲度。曰印文。計印一圓銀錢龍字原購機器二座，局造滾花邊機器一座，又原購印一角銀錢龍字機器二座，局造滾花邊機器一座，又原購印半角銀錢龍字機器二座，局造滾花邊機器一座。每分鐘各印銀錢四十，每日作工八點鐘，除停輪澆油並擦機器約兩點鐘外，以六點鐘計，得三百六十分，可製一萬四千餘圓。其餘剪壓各機器難盡枚舉。

一、化試。用鈉緑蒸水化之，鎔後，以量流質表度之，若干度爲濃質。此中取出百分攙蒸水千分，是爲淡質。以此二者試驗銀色，試驗時謹避日光。銀以淡養五鎔之，加以蒸水，然後以濃淡二種鈉緑水求之，可得細數。

一、鐫鋼模。以精鋼火紅入白灰内，由温而涼，欲其稍柔且無剥也。陰文既鐫之，以之蘸火，使壓力手機器翻壓陽文，驗與原鐫絲豪無異方爲合用。復蘸火入壓力機翻成陰文，以此鋼模爇後浸水銀，則質仍堅。

一、廠工。層次承接各有專司，每日放工，銀片、銀餅、銀邊、銀屑，皆入暫儲庫，以昭慎密。

一、上工。於更衣處換着公衣，到工鎖門，不許私自出入。放工則搜檢更衣而出。凡工徒取連環保結。

一、巡弁勇。晝夜分值其班，次月一更易，以均勞逸。

一、嚴賞罰。凡賞，以重成色如法而耗少爲上，勤謹次之。其罰以舞弊爲最，偷漏次之，怠忽又次之。

一、銀錢廠應歸專案報銷，即局中撥用造成銀錢亦依行市歸價，以免多一牽涉。

一、製成銀錢，或數批或十數批一結之，巨細視成數之多寡年終截數報部，第二年另起。

批：此案已經本大臣於十二月二十三日附片具奏，另檄行知，並將銀圓式樣及原詳清摺分別咨送軍機處暨户、工部察核，此繳。

上北洋大臣仁和總督制錢可否改重七分候奏請旨詳文 二十二年十二月二十四日

前奉札行知具奏制錢奇絀就機器局試鑄一摺，奉硃批：『着照所請，該部知道。欽此。』欽遵在案。職局自本年四月間開鑄制錢以來，建廠招工，先後置鑪一十有二，較之光緒十三四年局鑄辦法力求節省，涓滴歸公。銅鉛各按五成，每文鑄重八分，每千文約重五斤。自四月起至十二月十六日放工止，鑄成制錢十四萬有奇。惟攙廢銅則火耗難以驟減，此後廢銅如罄，專資新購，則銅鉛時價昂於往昔，况錢價之漲落無定，即成本之盈虧宜籌。前將章程錢樣呈核轉咨户部請示，以後可否每文改重七分，尋奉部覆，如必改重七分，應奏明請旨辦理等因，遵察，本年六月間部議兩江總督奏江蘇購辦銅鉛坩鑄制錢，仍請每文七分，又議浙江巡撫奏浙江制錢每文鑄重七分，先後呈請恭候欽定，光緒二十二年六月二十三日具奏，奉旨『著准照廖壽豐、劉坤一所請辦理。欽此』，欽遵在案。職局開鑪鼓鑄，非錢較輕無以杜私銷，非銅較省無以裕成本。當此預籌明年開工事宜之際，可否仿照浙江、江蘇各省辦法每文改鑄七分，以期持久。理合詳請察核奏明請旨辦理，並咨户、工部察照。

上北洋大臣仁和總督已照部示改鑄銀圓呈樣詳文 二十三年二月二十六日

職局試造銀圓，前議章程詳請奏咨，輕重成色均倣墨西哥鷹洋之式，亦爲中外暢行起見。以成色言，職局化學洋匠施德林分驗墨西哥壹圓洋錢高者約九二成，如廣東所言九成之數當亦有之。今奉部文，即日遵改成色，以九成足銀鎔製，與廣東所製無稍參差，分計每圓僅多銅一分有餘，行用當可無滯。至廣東小銀圓由八六遞減八成，後改八成者爲八二成，津市用者寥寥，今亦照製試用，但求兑錢無折少之虞，何種可用即多製何種，此遵部示改製之成色也。廣東原奏據滙豐洋行議改重七錢二分，與向有洋錢一律，所謂向有洋錢者即墨西哥鷹洋也。職局初製重七錢二分四釐，亦係依鷹洋重數，職局之七錢二分四釐即廣東之七錢二分，廣東之平大於天津，庫市又自有參差，是以前議章程據實聲明，平各不同，未便鐫印輕重。惟外洋製造分上中下三數，亦於前程［呈］章程詳晰聲明在案。今加比較，不惟廣東銀圓與鷹洋未盡一律，即以鷹洋自較，亦有參差。斟酌再三，惟求不出上中下三數範圍而已。今以鷹洋三圓衡之，其中數得庫平七錢二分四釐，其上數得七錢三分八釐四毫，其下數得七錢二分三釐五毫。又以廣東所製三圓衡之，其中數亦得七錢二分四釐，其上數得七錢二分八釐五毫，其下數得七錢一分六釐六毫。又以職局所製三圓分而較之，中數與鷹洋同，與廣東亦同，上數與廣東上數同，下數又與鷹洋同。一俟職局前購權輕重極準之自行天平運到安置，再求密於三數之中，更可無或兩歧之慮。此遵部示比較之輕重也。惟計鎔耗於試造之初，尚當嚴密考核，一面咨取廣東章程互參畫一。至於盈餘之多寡視製造之多寡爲準，如成本之周轉有餘，則工料之取資自無不足，所有盈餘之數自仍涓滴歸公。謹將遵照部示成色改製銀圓錢樣三圓、附呈廣東墨西哥所製各三圓一併籤明輕重，又將改製五角、二角、一角、半角各種樣式呈請鑒核轉咨户部察核。

二月二十八日批：據詳已悉，候將銀圓式樣咨送户部察核，繳。

上北洋大臣仁和總督議撥練兵處火藥詳文 二十二年

本年十二月十六日奉札轉准欽命練兵大臣咨，本練兵處擬由北洋咨取每月所需火藥六千斤，准於某日賫送到外火器營軍需庫，飭即籌撥詳復合咨等因。伏察各營尋常操演所用土藥其價較廉，職局所製黑藥則照外洋法按磅計算，每百磅價銀十三兩二錢，以每月六千磅計之，歲需七萬二千磅，凡價銀九千五百零四兩。練兵既殷，何敢稍存推諉？惟火藥非物料可比，運多周折，危險亦增。若必按月籌撥，夏霖則通州之車道必滯，冬凍則運藥之舟路不通。擬請每年分兩次運送，以三九兩月天非凍潦之時派弁押船運至通州，雇車運交外火器營庫。輪車如成，改運較捷。如此辦理既可省時運之險，又無悮取攜之便。詳請核咨。

再，常年局費數有一定，此洋藥七萬二千磅在九千五百兩以外，加以運費，計銀萬兩有奇，年復一年，非調鎗比，出自何項，亦乞核示。

饔喜廬文三集卷二

上海軍衙門王大臣救時書 十九年十二月，時官海軍衙門章京

時至今日，安知非天之所以醒我中國耶！ 窮則變，變則通，是即孔聖所謂時也。 日本二十年前一貧弱國耳，而竟至此，無他，變通而已。 中國即今而論，地尚廣於彼，人尚庶於彼，通非無策，變尚有權，如再相仍，則以後不堪設想。 而況變通云者，不外用人、理財二端。 請先就『由此則治，不由此則不治』之綱領樸實言之。

曷言乎用人也？ 今中國人才輩出，患所用非所習耳，不獨武試爲然，而武試其顯焉者。 雲龍游歷外國時，知其武夫未有不知天文地理者，文人無論已。

中國豈無人哉？ 非所習也。 利禄所在，三年有成。 此育才之宜變通，一也。 治貪蠹宜嚴，支薪俸則不宜薄。 辦公之力充，營私之竇易塞，此中庸重禄意，而外國著效適多暗合，可借鑒也。 此待士之宜變通，二也。 文煩則弊滋，與其假手書吏，曷若分任群臣之爲愈。 部曹坐辦，行省佐雜，計功授食，虛縻何來？ 此胥吏之宜變通，三也。 兵在精不在多。 雲龍游美利加時，知其疆域不甚減於中國，而額兵僅萬，蓋一兵有一兵之用，入籍有限，精操有時。 中國緑營

兵多，有事則倉皇招勇，其勇屯有年者則又有驅頓勇不如驅市人之説。莫若精選二十歲以上、三十歲以下者補入兵額，選將管理，一依德國操法，老則更易，議定章程，不稍遷就，或可挽回積習。此陸軍之宜變通，四也。海軍恃船仍恃人，練技亦練膽，非擇外國之法之善者而用之，難期實效。此海軍之宜變通，五也。

曷言乎理財也？一曰入。雲龍游歷諸國，以美利加爲最富，蓋其利權操之自上也。其民以銀錢九千入官庫，换銀鈔一萬，是以實銀多歸於官。其税亦有紙，一如郵便之貼票，雲龍曾印全分呈總理各國事務衙門備采。他若招商開鑛，皆官辦不若商辦。一曰出。外國似費而省，中國欲省而轉費，何也？即如官吏薪水有限，而漏與飾日以滋。又如日本一兵月支銀三十圓，中國僅三兩有奇，而營勇以增多而彌費。

總之，患不在弱，而在用人之不實，患不在貧，而在理財之無以取信於己。信也，實也，皆非變通無以見也。雲龍未敢盡言，而又未忍默不一言，所爲一日而腸迴九轉，約千萬言而僅言其崖略如此。此不變通，更待何時！敬候垂詢，再述條目。

又上三策書 二十年

戰局既成，不出三策，請自下而上言之。下策不必用而亦不妨言。昔爲中國保護之藩，今已爲彼强言分護之國矣，即使到理不能喻時，以朝鮮議爲中東同爲保護之國，使彼不克專其利。此後朝鮮再有他事，雖我兵後至，亦無異言。曷言乎中策也？互有勝負而必有罷兵之時，言勢則兩不相下，言權則各有所執，於是以理喻。我兵本欲於朝鮮亂靖即日凱撤，所以不撤而增者，爲彼兵增也，兵費應由彼歸，先發制人，徐議其平。曷言上策也？增改戰艦，厚集兵力，且於陸路誘戰，而東三省之海南非增一重旅不足以斷其衝。或聲言搗倭以慴彼氣，或急樹別軍以爲淮援。我勇可以續衆而彼寡，我餉可以籌多而彼遜。得機得勢，安知無戰勝時也。

上海軍衙門王大臣呈日本海軍歷史書 十六年二月一日

雲龍遵朝諭游歷日本等國，不惟甄録見聞成圖經各種，即彼圖籍有關海軍事宜者皆欲兼收廣益，藉爲我國家山塵海露之益於萬一。日本國伯爵勝安芳所著《海軍歷史》二十五卷，雲龍已載其書目於《游歷日本圖經》之《藝文志》矣。言旋時其書未曾印行，兹已印成，不無可備葑采，呈乞察核。

上總理海軍衙門事務恭慶親王書 二十年九月

伏惟上孚帝心交儆之深謀遠慮，自非庸愚所能妄參於萬一。雖然，高於山而未嘗辭壤，大於海而未肯益涓。每仰吐握之虚忠，輒媿露塵之末益。雲龍前遵朝諭游歷日本，情僞盡知之矣。其黨有六，效西而搆衅者惟改進黨。其額兵不足五萬，而豫備兵不逮遠甚。其地截長補短不過五萬方英里，其民數不足五千萬。而敢如是，恃蓄謀久耳。中國籌餉雖難而易於彼，招勇雖後而多於彼，然非事事求實恐無以自强。雲龍自奉調海軍衙門幫總辦上行走以來，雖未嘗不言而未得即行，目擊時艱，敢擇急務之梗概繕摺陳之。儻辱下問，必當瀝膽披肝，冀稍有濟于事。

上合肥中堂議巴西招工書 十八年九月十一日

昨聆鈞誨，以曾游歷巴西垂詢招工情事，仰見籌畫植民不遺在遠。雲龍未盡欲言，深懼大負采葑至意，敢就目見心維竭愚陳之。

竊以爲外虞曠土，中患游民，而今日之急需華工莫巴西若，何也？ 自美利加禁止華工，效尤踵起。墨西哥蕞爾國耳，雖曰需工，所需無幾。遠矚五大洲，惟巴西可容二三十萬，非臆度也。光緒十五年春二月，雲龍游至巴西，見其國君，後即有曾使中國立約喀各、前上海副領事彭思德與其大臣等來言招工一事。雲龍語以『此來非爲招工也』，彼云『無其權不妨達其意』，於是暢所欲言。知其光緒之使名沿互市，實主招工，招工之議未定，是以通商之使未來。距游歷時八年矣，一面即殷殷瀝膽。蓋其需華工之要有三。泰西語茶曰『梯』，厥音轉自福建，而巴西語茶曰『沙』，據言傳自湖北，時在嘉慶十七年。嗣是植茶彼土，而焙茶之工專資湖北之民。今則華工凋謝，三年以前焙茶僅遺八人矣。相需甚殷，一也。農、鑛諸工，西直輒昂於華，二也。華工不似西工之隴斷，三也。而許招工之議難可再緩，其要亦有三。不乘西工未獲專利之時而安置之，後縱兼收，恐滋排擠，美利加之禁工職此，此其難緩者一。聞彼已有潛招自新加坡之船，是未許而並無必不一許之權。與其肆虐而挽救於後，曷若立約而周密於前，秘魯、古巴前車可鑒，此其難緩者二。數十萬之衣食繫於一時之轉移猶顯也。此時就工之民未必非異日回華之工之選，多一諳練西工之華民，即可少一教習華工之洋匠，非惟巴西爲然，而寓意於剏始，較易於挽積習於已頹，此其難緩者三。雲龍廉得厥情，雖游時適值旱虐巨災，亦不敢略懷趨避虛此一游。歸曾面陳鈞聽與總理各國事務王大臣，隨著圖經十卷進呈御覽，大恉亦以議招工爲第一要着。厥後召見一次，奏對及之。凡此機宜，早經燭照，復何須土壤細流之益。雖然，千慮雖無一得，一見或證百聞，此所以游歷不獨巴西而可免再游之費，不啻專爲巴西計也。爲今之計，似可以通商前約爲緣起，以游歷所言爲脈絡，奏遣一使往察近日情形，如其無大差違，即與議招工之路費若何，工值若何，或工病或工旋之養贍與資遣又若何。大要既握，由彼遣使至華聽候察核以聞，然後定議。至於載工之船、濟工之商、護工之官，皆議後應行之端，亦即議中應有之義也。

抑更有請者：使議固未可自定，使權亦不宜過輕，輕則難於取信，轉多周折。語曰：『狂夫之言，聖人擇焉。』幸辱下問，用敢貢其蠡測。所著圖經驟難畢繕，謹先録敘呈鑒。

上合肥中堂請印游歷巴西圖經書

奉檄行知巴西國遣使來華，竊以爲，他國使一而巴西使二，重招工議也。巴西境凡一千六百萬華方里，居大地十五之一。其人以雲龍游歷時計，僅一千三百二十有三萬。其土宜農，其鑛金、銅、鉛，而銀雜出他鑛。然非知冬夏與中國互易，北境熱度轉增於南，恐華工非趨於寒即趨於暑，非知部落之土有宜有不宜，恐華工不就其腆，轉就其瘠。且彼以爲便，未必皆華工之便，工以爲便，未必皆護工之官之便。雲龍愚以爲，官欲其少，少則費省，責欲其專，專則事有便宜。即見即行，否則權分而事紓，員多而帑縻矣。凡工不難於招而難於獲[護]。慎始而不授生厭之隙，庶持久而不伏議禁之機。有工即有商，美利加舊金山諸埠可證也，相爲表裏，亦自爲鍼磁，而商亦有居行應得之益。工商既集，學館、醫院之屬聽以時增，不獨工滿去留之資應先規畫也。

雲龍前著《游歷巴西圖經》，僅於日本鐫銅版圖。既歸，繕本由總理各國事務衙門王大臣進呈御覽，其時有排印說，將以斠字屬之雲龍而未果。不敢謂《圖經》有裨招工，而以備華工鄉導，儻亦證聞於見之一端歟。大匠之門，梗[楩]枏文梓下逮竹頭木屑之屬，罔有或棄。《圖經》亦竹頭木屑也，計篇不過數十，可否仰懇令水師營務處石印。如蒙俯允，其斠字雲龍願勉爲之。書敘前已呈鑒，謹繕目録，附巴西圖。

附：手禀

敬禀者：竊職道奉憲檄行知巴西遣兩使來華等因。他國使一而巴西使二，重招工議也。職道議補於後難，議周於前則易，彼以爲便未必皆華工之便，工以爲便未必皆護工之官之便。職道愚以爲，官欲其少而責欲其專，如古巴一島，再[既]有使臣遥攝之，復有總領事經理之，又有馬丹薩領事同居而同司之。委員翻譯，不一而足。權分則事紆，員多則費糜，工不難於招而難於護，不難於初而難於繼，慎始而不授生厭之隙，庶持久而不伏議禁之機。有工即有商，美利加之舊金山諸埠可證也，相爲表裏亦自爲鍼磁，而商亦有居行應得之便宜。工商既集，則學館、醫院之屬亦宜聽以時增。工滿去留之資，固應先爲議及也。

巴西國境以華方里計之凡一千六百萬，蓋居大地十五之一。其人以職道游歷時計之，僅一千三百二十有三萬。其土宜農，其鑛有金、銅、鉛，而銀雜出其中，此大較也。而非知冬夏與中國互易，北境之熱度轉增，恐華工非趨於寒即趨於暑，而非知部落之土有宜有不宜，恐華工不就其腴轉就其瘠也。職道《游歷圖經》一一筆之，先於日本鐫銅版圖，既歸，繕本由總理各國事務衙門王大臣進呈御覽。其時有排印説，將以斠字屬之職道而未果。不敢謂圖經有裨招工，然以備華工向導，儻亦證聞於見之一端歟。圖經不及百頁，可否仰懇憲恩即令水師營務處石印，如蒙俯允，其斠字職道願勉力爲之。書敘前已呈鑒，謹繕目録，附已鐫巴西圖一紙，禀請憲臺核示。恭叩爵綏，伏惟垂鑒。職道傅雲龍謹稟。

上合肥中堂策紅廟河口書 十九年秋八月

側聞紅廟河口合龍復決，如雲龍至愚極陋，何足爲益海涓流，而有不妨一言者。決口之難合固由衝刷之極窪，亦由上流之淤墊。常法有三：一濬上流，二宣下口，三開支河。由前二策似難急遽而行，由後一策又當視地勢爲之。雲龍昔日曾纂《順天河渠志》，歷年河工得以考究。嗣游美利加國密士昔比河，親履視工，目擊心維，聊竭千慮。凡河決難合，莫若用舊船重載巉石廢鐵之屬，於合龍前距決口若干遠同時沈下，既奪其溜，又護其基，然後合龍，自易爲力。

附：李鴻章覆件

太子太傅、文華殿大學士、兵部尚書、直隸總督部堂、辦理河道、一等肅毅伯李札：據稟已悉。紅廟口門堵合復決，該道擬用舊船重載石鐵於決口處陳[沉]下，合龍較易爲力，吴道等現已參用此法辦理矣。此繳天津機器局傅道。十月十七日奉。

上北洋大臣仁和總督接管機器局書 二十一年四月二十七日

雲龍於光緒二十一年四月二十日奉札委接管機器局務等因，劉道將賬房收支總數開單交明，庫房物料紛繁，亦據委員開具大要清單。雲龍即於四月二十六日接管局務，督飭委員司事各照舊章經管其事，並飭庫房隨時察核確數，造具四柱清册。

竊以爲責人以自問爲先，課工以適用爲實，經費以時艱而益慎，防盜以清源而漸除，未敢妄議更張，亦未敢稍避勞怨，謹遵鈞諭，逐事逐物悉心講求，以期無負委任。

四月二十八日批：該局爲北洋製造軍火總匯，事繁責重，務須仰體時艱，破除情面，將用人、課工、儲料諸大端認真講求，妥慎經理，勿稍瞻徇虚糜，以副委任。

上北洋大臣仁和總督擬裁派防機器局鎮標營四十名書 二十一年五月初一日

竊察前管局務劉道於光緒二十年七月十七日稟調天津鎮兵四十赴局巡察，每兵月給銀二兩四錢，二弁各支薪水銀十兩，自七月二十四日開支，十一月間又稟請於練軍左後兩營派兵四十夜巡局牆，酌給津貼亦在案。今雖軍事稍定，何敢遽弛巡防，而經費奇絀，最忌因循。擬暫留練軍巡兵以補警夜所未逮，一俟職局精選巡夜弁夫，密益求密，再議全撤營兵。至鎮兵四十，本非爲巡夜而設，應先稟裁歸標，以節糜費。二弁留局差遣。

五月初六日批：如稟辦理，仰即移明天津吴署鎮知照。

上北洋大臣仁和總督請由東征糧臺撥還軍火價銀書 二十一年五月十七日

職局製造軍火，雖爲北洋海防水陸各軍操戰而設，而於他軍多一分挹注，即於大局助一分支持，萬不敢斤斤較量，遽援外撥歸價之章。然軍火非工料無以成，工料非籌支無以繼。職局所造黑藥、栗藥、棉藥並後膛礮彈、毛瑟鎗子、水雷各種與夫機器之屬，歲入之款專資津海東海兩關四成洋税、江海關洋藥釐金及向來准撥之鋼彈栗藥經費，約共銀三十餘萬兩，而工廠有增無減，本非充裕，此常年經費實在情形也。軍興以來，職局供應北洋、防勦、淮練、水陸諸軍，以及各海口礮臺、兵艦之軍火，並雷電器具料物，皆由軍械局發單撥給，爲數已屬甚鉅，而支發在常年籌備外者，時則有東征客軍新招勇營所需鎗礮、子彈、藥帽、雷電器料，迭奉札飭由局撥發，職局罔弗添備料物，晝夜加工，隨時籌墊支應。凡此客軍新營所需，自光緒二十年六月起至二十一年四月止，已核價者約銀三十萬兩有奇，其餘電門、電表各款未經估價，及四月以後所領者尚不在内。撥單之軍火未已，局工之成物猶增，如職局工費稍充，目擊時艱，方欲以有餘濟不足，何敢昌陳？惟歷年局存支發殆盡，而加工購料數倍於前，並未另請撥款。上海購料局每年開支不過八九萬兩，光緒二十年添備料物由江海關劃撥三十二萬餘兩之多，所欠墊銀不下十數萬兩，萬分支絀，早邀鈞鑒。而本年鋼彈、栗藥經費八萬兩，支應局又以無款未能即發。常年工費日增，已虞入不敷出，而軍興欠款益巨，更屬歸補無從。况此後軍火所以備緩急之需者有加無已，而職局經費萬難周轉，惟有懇准將客軍及新招勇營領用軍火已估價銀三十萬兩有奇，由東征糧臺酌量核給，俾前欠之墊項可歸，後此之工費無缺。職局爲籌濟軍火根本起見，理合將支發客軍新營四月以前軍火數目計價開摺陳請鑒核批示。

附呈自光緒二十年六月至二十一年四月底撥發東征客軍新勇軍火核價總數清摺：

鎗礮藥六十八萬六千九百九十三磅每百磅約價銀十三兩二錢，合銀九萬六百八十三兩七分六釐。七孔黑餅藥一萬六千磅每百磅約價銀二十兩。合銀三千二百兩。栗色餅藥五萬磅每百磅約價銀二十兩，合銀一萬兩。棉藥一萬九千五百磅每百磅約價銀六十兩，合銀一萬一千七百兩。銅帽藥十五磅六兩每磅約價銀八錢四分，合銀十三兩二分。銅帽一千三百七十五萬二千二百粒每萬粒價銀八兩，合銀一萬一千一兩七錢六分。林明敦中針馬鎗子二萬箇每千箇約價銀二十兩，合銀四百兩。毛瑟鎗子六百五十一萬四千五百箇每千箇約價銀二十兩，合銀十三萬二百九十兩。無鉛箭毛瑟鎗子一萬五千箇每千箇約價銀十七兩六錢，合銀二百六十四兩。毛瑟鎗子空銅殼二百十箇每千箇約價銀十六兩二錢，合銀三兩四錢二釐。八生脱二倍五長包鉛開花礮子一百箇每箇約價銀七錢，合銀七十兩。七生脱半銅箍開花礮子八千二百七十箇每箇約價銀一兩一錢，合銀九千九十七兩。八生脱七銅箍開花礮子五百箇每箇約價銀一兩五錢，合銀七百五十兩。七生脱半打靶礮子二千五十箇每箇約價銀七錢五分，合銀一千五百三十七兩五錢。七生脱半鉛群子一千三十六箇每箇約價銀二兩五錢，合銀二千五百九十兩。格林子三萬二千箇每千箇價銀二十兩，合銀六百四十兩。枱鎗子五萬九千箇每千箇約價銀二兩四錢三分，合銀一百四十三兩三錢七分。背鎗子十萬箇每千箇約價銀三兩九錢六分，合銀三百九十六兩。劈山礮子六萬箇内大號三萬箇，每千箇約價銀八兩四錢七分，小號三萬箇，每千箇約價銀四兩一錢二分，合銀三百七十七兩七錢。劈山礮群子七百五十磅每百磅約價銀四兩六錢四分，合銀三十四兩八錢。枱鎗群子四萬箇每千箇約價銀一兩三錢三分，合銀五十三兩二錢。各式銅引九千三百九十副每副約價銀一兩五錢，合銀一萬四千八十五兩。二十磅生鐵旱雷五百六十箇每箇約價銀一兩三錢一分，合銀七百三十三兩六錢。六十磅生鐵旱雷八百七十二箇每箇約價銀三兩一錢五分，合銀二千七百四十六兩八錢。五百磅沉雷十箇每箇約價銀四十八兩，合銀四百八十兩。七紐單頭電線二十五萬五千八百八十尺每尺約價銀五分五釐，合銀一萬四千七十三兩四錢。印度膠帶電線四千六百三十尺每尺約價銀六分八釐，合銀三百十四兩八錢四分。纏絨電線十磅每磅約價銀二兩九錢，合銀二十九兩。四瓶電箱十箇每箇約價銀八兩二錢，合銀八十二兩。十瓶電箱七十箇每箇約價銀二十兩，合銀一千四百兩。英式銅拉火三萬九千八百枝每千枝約價銀十五兩，合銀五百九十七兩。克勒布銅拉火二萬一千九百五十枝每千支約價銀十五兩，合銀三百二十九兩二錢五分。銅螺絲拉火二百枝每枝約價銀二錢二分，合銀四十四兩。熟鐵鎗靶六十五架每架約價銀四兩二錢，合銀二百七十三兩。以上共約價銀三十萬八千四百三十二兩七錢一分八釐。

再，其餘撥發各式電門、電表、白金絲、雷信、棉藥、雷信、紙引、木引、打火藥帽、炸釘、隔針、鎗鑛、退子鈎、電線、軸架、地雷器具等項，均未計價，合併聲明。

五月十七日批：上年軍興以來，該局支發客軍及新募各營軍火等項約估價值爲數甚鉅。常年經費有定，無從挹注，自係實在情形。應候奏請飭下東征糧臺酌量撥補，以資製造。

上北洋大臣仁和總督裁兵省費就局整飭巡察書 二十一年五月二十一日

職局於光緒二十年間經前管局務劉道稟請，於鎮標巡兵四十外添調練軍左後兩營兵四十、哨弁管帶至局夜巡，自十二月初四日起，每夜津貼哨弁各津錢五百文，兵四十名各給一百，開支在案。二十一年四月二十九日，雲龍稟裁鎮兵四十，暫留練軍營兵，俟局選定巡夜弁夫再議全撤在案。竊以爲，巡夜之兵原爲軍興事緊而設，若不就局整飭，巡察之章何以持久？職局牆圍九里有奇，工廠紛繁，匠徒、夫役無慮一千數百人，良莠不一，防範難周。局中非無巡更，四十餘名加之坐更、守門、守栅、守椿之夫已不爲少，而乏人專管，雖有若無，偷漏竊取層見迭出，荷校之犯視若固常。今自四月二十六日起，用人不許濫增，而警察必求實效。非除內線，難杜外偷，於是有嚴飭工廠委員司事放工專走一門，省察加密之策。局門啟閉非時，弊何可言，於是有亥正鎖門，非照籤不許出入，並知照水師學堂事歸一律之策。雖有武弁，不知所爲，於是有分段凡十，各專畫巡之策。局之南水栅爲船漏鐵物關鍵，察於出栅處曷若察於裝物前，於是有察船出栅，出即關栅之策。就原有巡更之數重加精選巡夫四十名，每段四名，每夜分上下班接班則步巡無休息。又選分巡夫頭八名，亦分上下班，以糾巡夫之勤惰，而派武弁於永慶爲總巡夜以嚴分巡及巡夫之賞罰。兼旬以來漸就嫻熟，用人不多於前而盜隙可杜於後，繼自今密益加密，擇人而使，或可力挽頹習，於儲材惜費兩有裨益，冀以仰副委任於萬一。謹將整頓巡察四條録呈鈞鑒，而軍事既定，前調左後兩營巡兵四十不得不請撤回，以節兵勞而省局費。

附呈整頓巡察四條：

一、巡夜宜專責也。局中更夫原有四十餘名，而竊盜迭出，固由更夫疏懈，實由無專管巡更之人。兹派一總巡夜武弁，不曰總巡而曰總巡夜者，省其力於晝，正欲專其責於夜也。晚十點鐘以後天明以前，警察不容稍忽，其辦公所曰總巡夜處。自選長夫八名謂之分巡，每夜分爲二班。巡夫誤而不知，惟分巡是問，分巡言而不即定去留，惟總巡夜是問。巡分十段，不以里計，愈要愈密。巡夫凡四十名，每段二名，每夜分上下班，無論夜之長短，初更起，天明止，平分爲二，接班之夫不許入屋，不許憩卧，往來於分段地面，風雨一律，時至而止。凡巡夫給號衣、草帽，夏則雨衣，冬則皮襖，按分段記字，隨時移地，防熟則生弊也。每移則上半夜若干人皆移下半夜，均勞力也。日間許睡不許出外游蕩，其日間不睡者必夜巡不力也。凡用巡夫勿勞勿弱，勿以酗酒者充，勿以有家近局者補。凡關於廠院内者曰守更夫，擊梆可也。巡夫則恐盜得伺更梆一過，乘間而竊，莫若用哨，一哨聞聲，以次傳哨，捷於電馳。有緊則哨，以三聲爲號，衆夫皆警。用書手一，選自長夫。冬防則巡夜有加。總巡夜一年無過酌加月薪，分巡及巡夫、守更夫一年無悮賞一月工錢，兩年無悮賞兩月工錢；有過止賞，能改過而一年無悮賞如初；能於鄰段警傳哨破獲竊盜者賞。如鄰段覺而本段巡夫或卧或縱，罰懲視其事而定。擇要立鐙，便巡視也。

一、巡弁宜分段也。段分則責專。總之巡夜以夜爲主，巡弁則以晝爲主，且以散工後未上工前爲尤不可忽。天將明時察巡更本段有無悮失亦其責也。南營門水栅爲行船偷漏關鍵，然僅察於船出時非清源之法。派弁住水栅側，凡不開栅時責令沿河自南至北往來巡察近河之廠與河梁之道是其責成。如有船出，先由庫房知照該弁，於未裝物時往察其船有無預匿竊物，俟裝物後即由該弁沿河催出水栅，開栅放船，隨放隨關。如此認真巡察，從何偷運也？

一、局門啟閉有時也。夜以十點鐘爲限，届時則關，非遞公事不得擅啟。或住局人有緊要事，亦宜於有照籤處所請籤驗放，違則究懲。凡住局者夜十點鐘後非公事不許輕出本段，違以犯夜罰。

一、工廠宜自慎密也。局中工徒不下千數百人，良莠不齊，或私配門鑰，或預留地步，是在謹於放工專走一門，工頭後於工徒，而委員司事尤宜在後。必使窗户鎖封密益加密。凡盜入自外，責在巡更，盜出自内，則咎有應歸，可不慎歟！其設守更夫之廠隨時省察，勿得推諉。

五月二十二日批：該局工廠紛繁，匠徒夫役人數衆多，良莠不齊，防範難周，不免有偷漏情事。所擬巡察辦法四條試行兼旬，漸臻嫻熟，應即認真照辦，以挽積習而收實效。前調天津練軍左後兩營巡兵四十名並准即行撤回歸伍，停止津貼，仰即移知何提督察照。

上北洋大臣仁和總督代裝鎗子銅火宜審書 二十一年閏五月十七日

准軍械局咨，以庫儲光緒十年間由練餉購辦未裝藥毛瑟鎗子空銅殼五百萬分，解交職局飭廠裝齊備撥，並准軍械局承道聲稱，實因新到快礮庫無餘地起見，職局當飭廠員照收運到毛瑟子殼五百萬分。惟飭廠裝齊一層，迭據員匠議難速辦。蓋藥粒秋冬則縮，春夏則漲，子內所需黑藥遇暑藥性既漲，易於改變。炎夏之藥恒輕，職是之故，此項外洋鎗子宜秋分後酌量代裝，而裝不宜多。從前洋教習魏貝爾稟稱：德國裝藥之鎗子未滿三年者備戰，未滿六年者備操，藥性如逾三年將有不盡如法之慮。况軍械局所存鎗子購逾十年，藥性有無走變，裝成能否經久，已無把握。且外洋毛瑟鎗子所用小銅火有兩種，其暴藥一係堆積於中心，一係平鋪於底面，均以錫片封壓。所用暴藥比局造銅火略少，藥力亦遜。魏貝爾云錫片有凸凹形者，藥性已變。小銅火在彼國每年必考較一次。此次運局之銅火，前由軍械局先送五十粒，暴藥係平鋪底面，除將脱落者挑出外，其餘尚能打響，但錫片已鬆，藥力已退，久存斷難合用，不若換新藥銅火之較妥慎也。代裝時所需黑火藥原文未經提及，擬用二號鎗藥五格拉木即中國一錢三分，與局造同，亦毛瑟鎗子通例也。職局裝子機器尚未增置，每日祇能裝至二萬六千，遇急用時應由軍械局先行知照職局，計日代裝，庶免遲悞。光緒十一年九月由軍械局解到外洋未裝藥之鎗子七十五萬，職局已於本年三四兩月裝成，除揀廢四百外，又試放六百，實裝存鎗子七十四萬九千，可備軍械局撥發。抑更有不能不縷陳鈞聽者，職局新購製造鎗子機器尚未裝運到局，從前安設之機器歷年既久，固不若晚出之彌精，然考工日試不響之弊猶鮮。去年前敵營勇所言發或不響、響亦不遠者，不敢謂所發與鎗表低昂合法與否。其鎗子聞係光緒九年、十年前總辦經手代裝之子，久存則藥力不足，亦一明徵。而代裝之異於自製，此不可不審者一也。日後機器更新自非昔比，而即以舊機器所製論，亦後成者勝。軍興前敵以新製者争先支發，戰事既止，尚有光緒十四年至十七年所造鎗子可供操防之用，而以新造者備不時之需。備戰之異於備操，此不可不審者二也。光緒五年前所造格林礮子、林明敦鎗子，儲將廿載，擬請報廢。又防營繳回放過子殻局積七百萬有奇，鏽蝕既甚，除充銅料别無長策。此外有旋領旋繳者，箱彈固未開用，而戰場雨雪，一經轉移，藥性不少參差，以之供操則可，以之擊敵則未必其盡可。營繳之異於庫存，此不可不審者三也。凡此三者，軍械總局當亦知之，留防各營恐未盡悉，合無仰懇檄飭察照施行。

閏五月二十三日批：閱禀，明白如話，即門外漢亦頗領會。此後銅殻之多裝少裝，洋火之以新易舊，與夫給領之備戰備操，均由局隨時悉心酌核。慎重經理可也。候飭天津軍械局遵照，繳。

上北洋大臣仁和總督剏立庫房物料四柱清册書 二十一年六月二十四日

竊惟職局自同治六年五月十六日得旨開辦以來，已二十有九年矣。工廠日多，成物不少，向以庫房爲收發軍火物料總匯之處，其中分庫幾近二十，雜目動輒五百有奇，極爲繁重，而雲龍本年四月二十六日接管以前竟無四柱清册。前委員張家和所檢各種今加覆核，即銅鐵大宗亦多複漏，他無論已。自非澈底盤察，難期有條不紊，斷不於前手稍涉吹毛，而惟恐於後來偶滋疑竇。是以督飭庫房王委員率同在事諸人先擇大要，將銅、鐵、鉛、錫實存數目察確開摺，前已呈鑒，復勒限兩月檢察雜料，測量煤炭，至閏五月底一律察清。截至光緒二十一年四月二十五日止，實存數目造册兩分，蓋用關防，一存文案，一存庫房，謹照全册開摺呈乞鑒核。今以存數結至四月底作爲舊管，自此以後接造四柱清册，其册略依表式以歸簡明。此不能不盤察之實在情形也。綱領雖挈，條目難忽，稽核至再，厥要有三：一考事，二用人，三理財。

曷言乎考事也？事之分類曰收發軍火與夫季册、歲册，曰收發銅、鐵、鉛、錫，曰收發木炭、硝磺、磚瓦、土草之屬，曰收發雜料，曰長短夫役及起卸物料。

曷言乎用人也？職局從前惟庫房積習太深，在事株守，簿單取料一任夫役，問應存不答，問舊管不知。今欲簿料相符，是以王委員有必須添員六人之議，固系實情，而恐增費，遂調自他廠。因事擇人，如銅鐵之屬，其物雖珍，其事非瑣。此外收發日輒百起，而莫煩於雜料，既以諸廠日支改月支之約，即於庫房月發減日發之繁，於細事省一分力，正欲於群策多一分功。遇收大批物料，派員加察，仍當隨時察看，立功過簿，以激揚之。

曷言乎理財也？主庫之收發稍疏，則司會之支銷易縻。不第唯是，物或當購不購，即如無鐵道以通局廠之脈絡，則不能不多借人工。似省實費，此類是也，况不必購而購耶？且有購之久而未用者，時則有製帽釘、螺絲釘之器。一經清理，先於購物審緩急，次於用工求周密，工以器利而力省，斯物以事善而費省。

凡此三者，皆盤察後之條理，所欲實事求是而深懼未能者也。除再督飭機器等廠、圖算學堂、化學館清查存物造册存案外，是否有當，稟請訓示。

六月二十八日批：據稟並清摺均悉。該局工廠甚多，物料浩繁，凡經理銀錢貨物，四柱册必不可少，而向來無之，亦殊不解。該道澈底清察，創成此册，從此物以群分，有條不紊，下車新政燦然可觀，此後著手便當事半功倍。繳。

上北洋大臣仁和總督鋼已鍊成試製快礮書 二十一年七月初十日

職局鋼廠於光緒二十一年閏五月二十四日鋼始鑄成，曾經面陳鈞聽，辱承下問：『何以今成？前未成？』雖畣大要而未盡言。謹撮其所以然，爲左右陳之。

鑄鋼壓鋼機器係十五年經前爵閣督部堂李咨，由出使英國劉大臣購辦。其修鑪洋工鄧納於十八年九月初一日到局，初九日開工造鑪，此式鑪名瑞提克立夫。十九年二月鑪成而鄧納去，鑄鋼洋匠喬爾池到局在十八年九月二十日。化鋼洋工施德林等到局在十九年間，是年六月開鑪試鑄鋼彈而鑪屢窒，或鑪頂燒頽，或鑪底開裂，或鋼料火未盡鎔，久則凝結不得出鑪，拆修五次。凡修鑪非停火十餘日不能着手，修竣又非廿餘日不能生火，洋工喬爾池等亦無把握。今督同提調等與洋匠施爵爾推求其弊，不能不改刱者約有數端：

用開平礦煙煤，中含雜質，且輕於英國廠煤，爇度太速，火力不注於鑪膛而恣引於風管，風管一名暖氣筒，受此煤氣猛漲輒裂，風力不勻，火力從何而勻！不能不改用西門斯鑪法，其煤氣筩改遠，離鑪七丈有奇，繞以長筩，使煤氣所含雜質一經此筩停蓄於內，後可淘取。其煤氣入鑪之道，門分左右，由左入氣半點鐘後，改由右入時亦如之，更代未已，吸力較順。合法一也。

西門斯法其鑪有煤氣、天氣兩門，火至極熱，非曲即扭，二氣互換更非易言。施爵爾刱立空心通水氣門，配一空心中軸，水之所注可減火力，欲其勿化鐵氣門也，熱度在法倫海表百十二度，水亦一律，欲其煤氣入鑪罔或偏凉也。由中軸而氣門而外殼，裏以鐵渣棉墊，欲其既受熱又絶微滲也。於是水由氣門出，貫注於外，欲其熟[熱]度調和也。此爲西門斯法所未曾有。合法二也。

開平煤含磺質較多，磺隨煤氣入鑪，鑪磚易損，損則漏鋼。今煤氣筩距鑪既遠，曲折引吸始入鋼罏，而磺質早消。合法三也。

初修鋼罏，其磚運自外洋，磨角受潮，各居其半。今磚係電約洋廠封箱無恙，補砂既無大縫，經煉亦罔開裂。合法四也。

罏底前修太坦，今則考驗再四。合法五也。

罏嘴出鋼，前此非溢迸即停滯，今則閉啟應手，合法六也。

此罏雖容鐵鑛六頓，然在初鎔非顧惜罏力不可，酌鎔五頓有奇，合法七也。

西門斯法用生鐵廢鋼，俟其鎔時加鐵鑛以減炭氣，今則兼用西門斯麻聽法，於生鐵廢鋼內如[加]熟鐵十之七，炭氣較少，無須鐵鑛減之。合法八也。

今罏煤氣罔有或洩，較前罏省煤過半。合法九也。

有此九者，是以閏五月二十四日第一罏鋼成。不敢以畏難而中止，不敢以浮言而避怨，並不敢以偶爾倖成而誇功。以前此之一誤再誤激勵之，以後此之得尺得寸鼓舞之，計至七月初九日已鑄出精鋼十罏，凡鑄礮料四十有六，每罏約需時一日有奇，如天涼時則歷一日有半可鎔鋼二罏。此時溽暑，不能不稍容休息。其火力約二千餘度，其受火力約一千七百六十度有奇。外洋鋼罏亦未有永不損裂者，乘此罏尚無恙多製鋼料，蓋停而復鎔，則煤費工亦費，鎔而益進則工省煤愈省。

初設此廠爲鋼彈而設，而亦不僅爲鋼彈而設。與洋匠考究彈鋼之異於礮鋼者，彈以剛而銳，礮則以韌而固也，是以十鑪所鑄礮料居多。進未有已，工日彌嫻，從此造作快礮加製鋼彈不仰他人鼻息，未始非中國自彊之一大端，雲龍游歷外洋於此已三致意。今考快礮之造以整鋼者一曰三十七密里密達徑，三十五倍長，二曰三十七密里密達徑，四十二倍長，三曰四十七密里密達徑，四十倍長，四曰五十七密里密達徑，五十倍長，五曰七十六密里密達徑，四十四倍長。此哈乞開斯五種也。又有造自奧典非者凡四：一曰三十七密里密達徑，四十六倍長，二曰四十七密里密達徑，四十六倍長，三曰五十七密里密達徑，四十六倍長，四曰六十五密里密達徑，五十倍長。過此以往鋼筒迭套居多，礮大則難以整鋼成也。函詢軍械局有五十七密里、五十三密里、三十七密里三種快礮，理合稟請批由軍械局先借五十三密里、三十七密里兩種快礮與夫礮車、礮彈之屬，俾得考究，易其所短，集其所長，試造鋼礮呈鑒試驗，期於洋人無貶辭而於華軍有實用。此外五十七密里及他種快礮、快鎗，如職局續借參考亦乞批允，隨時借資互證。一俟鋼礮成效大著，即當詳候察核具奏。

七月十二日批：該局原設煉鋼鑪，幾經修改，現始合法。具見考證詳明，良工心苦。天下事不可以輕心掉，不可以躁心嘗，即藝事且然也。洋匠施爵爾巧思獨運，成效昭然，先行傳諭嘉勉，候鋼礮造成試用合法再行議給優奬。借礮各節悉准照行，候飭天津軍械局遵照。

上北洋大臣仁和總督北塘藥庫應歸通永鎮管轄書 二十一年八月二十五日

按外洋藥庫存數百萬磅爲率，多儲則危，少儲則曠。職局最得用之藥庫有三：一、蒲口，存藥凡一百十一萬七千五百二十八磅二兩有奇，火藥數百箱。一、韓家樹，存藥凡八十二萬二千七百八十七磅，又土藥七百八十五簍。一、金鐘河，存藥雖稍少於前二庫，而湘軍等營之客藥與夫軍械局寄存之火藥、土藥紛至沓來，更有塞滿之虞。此外北塘一庫雖有若無，而歲費不貲。飭據稽察藥庫委員禀復，此庫附於通永鎮標藥庫圍牆内，似可歸併鎮標管轄；復飭提調等議同前情。察北塘海口前通永吴鎮駐營於此，光緒十九年吴鎮議修其營藥庫，經軍械局張道商經職局前督辦張藩司，亦爲職局附修此庫。庫成，照蒲口、韓家樹、金鐘河例，由鎮與局分派弁兵、夫役，薪水、工食開支自局在案，如此庫存藥、領藥事同一律，可免急於增庫之役，豈不甚善？無如此庫僅儲棉藥五萬有奇，礮藥三萬有奇，鎗藥六千有奇，而支發不便，至今無一領用者。已成之工自不必言，此後之弁兵、夫役、歲修，尚費局銀數百兩，當此工增料增，經費又絀之時，已應省其虛縻[糜]，况他庫已滿，新製之藥與客軍之寄源源而來，萬不能不購地增庫。此庫既在鎮營牆内，與營庫緊連，於職局爲贅疣，於鎮營則爲擴充，擬請批行准將職局前建北塘之庫暫歸駐北塘鎮營營[管]轄，應如何就近派管庫弁兵兼管與夫自行由營歲修之處，鎮營必能照料周密，職局所派弁一夫二調回差遣。存庫之棉藥、礮藥、鎗藥爲數無多，留備海口支領，抑或由職局移儲他庫，應由吴鎮察核咨復辦理。將來如職局需庫增儲，再行隨時察奪。此爲省其可省，以增其所萬不能省起見，是否有當，候示遵行。

九月初二日批：如禀辦理，仰即知會吴鎮察照。

上北洋大臣仁和總督毛瑟鎗子應加工勻撥書 二十一年十月二十九日

職局軍火製造於平日，原以備征戰於臨時，然支發之多以毛瑟鎗子爲最，自本年正月至十月，所發毛瑟鎗子已不下六百萬。而西征未已，北洋防軍之請領又接踵而至。欲此後取攜之不匱，其法有二：一在職局之加工，一在軍械局之勻撥。

何言乎加工也？庫存之毛瑟鎗子除備發甯夏所需五十萬外，僅存一百餘萬，勢不能不多爲籌製，先於捲銅廠加銅皮工，後於銅帽房加鎗子工。惟鎗子工此時因專製無鉛箭毛瑟鎗子，限十一月初十日前成四十五萬，合之庫存十九萬始足應聶提督四十萬、練軍營四萬四千之用，自十一月十一日至十二月二十四日放工之日止，除去休息，實得三十八日，竭加工之力每日成毛瑟鎗子二萬，帶製無鉛箭鎗子一萬有餘，計此三十八日如機器無須修理，可成毛瑟鎗子七十餘萬，又成無鉛箭毛瑟鎗子四十餘萬，此加工籌備大略也。

何言乎勻撥也？用非一時，則發亦可不於一時，而所發之中似亦有别。職局庫存一百餘萬是指備戰者言，尚有舊存毛瑟鎗子數十萬，造自光緒十五年以前，以之備戰未見有餘，以之備操則非不足，然非軍械局揭明備操緣由於發單内注明『備操』字樣，則職局未敢出此，恐備操之數轉贏於備戰之數而久將無用。此不能不匀撥大較也。懇行飭軍械局知照。

十一月初四日批：該局撥發軍火以毛瑟鎗子爲大宗，現在庫儲既已無多，自應設法籌備，以免缺誤。所擬加工匀撥二法尚屬妥協，仰即督飭員匠趕緊加工製造並候札，飭天津軍械局察照辦理。

上北洋大臣仁和總督改頒機器局關防書 二十一年十一月二十八日

職局開自同治六年，屬於三口通商大臣，所用關防文曰『軍火機器總局關防』八字。九年閏十月改設總辦，由前直隸總督李改發關防文曰『總理天津機器局之關防』十字，今所用者即此。惟考初設此局，方隅地大而機器無多，僅足支應天津駐防各軍。其後工廠日增月益，海口之礮臺、海陸軍營之軍火、神機營之調取工料，大要取給於此，實爲北洋第一局，非淮練營製造局可同日語，名尚曰天津，名實似不甚符。擬請改給關防，文曰『總理北洋機器局之關防』。如蒙允改，即候刊發遵行。

三月初三日批：如禀刊發『總理北洋機器局關防』一顆，仰即開用報移察考，仍將舊關防呈繳銷毁，並候奏咨立案。繳。

上北洋大臣仁和總督局用員弁工徒非諮詢難許調取書 二十一年十二月二十二日

職局員弁以熟而駕輕，工徒以熟而生巧，雖不無可汰者流，而其中因事擇人，或久資熟手，或經手未完，或藝習自局，照章不許私謀他往，所以儲局材重局務也。若未一諮詢輒即指名調取，因而局易生手，則事慮叢愆相應。陳請准予立案，嗣後如調職局員弁工徒，先之以諮度，必於彼有益而與局無損，亦祇能調何才何藝之類，而不能指名何人。如有私自營謀，在藝徒則照章飭回，其餘亦難允許，此職局軍需人［才］不能不力加顧惜之實在情形也。是否有當，乞示遵行。

十二月二十八日批：據禀，該局員弁工徒須資熟手，定章不許私自營謀他往，以後如有調遣，亦祇應調何才何藝之類，不得指明姓名。此爲慎重局務防微起見，應准立案。仰即分移各營局一體知照。繳。

上北洋大臣仁和總督請派親兵護衛等營濬河情形書 二十二年二月二十九日

職局挑挖河道前經禀，奉檄飭親兵並護衛練軍等營於本月二十四日到局分段開工。各統帶營哨各官駐此親督工作，各營兵丁自朝至暮踴躍從事，極其勤苦，較之傭夫不啻功倍已也。惟河道自北局門外起至賈家沽海河口止，連局内方塘約共一千五百數十丈，前經估計河面寬自三丈五尺至七丈二尺不等，工已不少。擬就河挑挖面寬三丈五尺，底寬一丈五尺，深五尺。除原存底水一尺外，其挖深四尺之土約合一萬七千五百餘方。原議恐營兵未能多調，不得不酌準僱夫，經費從簡估算，且河道不即開通，職局急切轉運軍火物料萬難久待。茲蒙飭派親兵並護衛練軍等七營，人數既多，衆擎易舉，不日功將及半，就此通籌經久辦法以期一勞永逸，爲日亦不甚多，不致有誤他工。是以會同各營復察河道，各段情形不一，歷年修濬此河均未挖見河身老隄，所剩新土大雨輒刷入河内，加之潮水夾沙帶泥，最易淤積。除三岔河以北增房已多不能挖至老隄外，其三岔河以南至賈家沽海河口止，現就兩岸挖至老隄當可經久。局内河道雖必仍照原議辦理，而方塘一段淤泥甚深，原議挖深七尺，現擬挖至河底爲止，此段工作較他處難於十倍，而數十年未經深濬之淤積非得此一番群策群力甚難爲功。此不得不趁營勇既集規畫盡善之實在情形也。工段既酌量增改，則土方未能預定，應俟各段工竣後再行核計方數據實呈報。合將現辦情形禀呈鈞鑒。

上北洋大臣仁和總督濬河工竣照章津貼書 二十二年三月十三日

職局挑挖河道前經禀奉，批『飭統領練軍何提督、統帶親兵王副將撥勇疏濬』等因，練軍親兵等七營於二月二十四日到局分段開工，各統領、統帶、營哨等官駐此督工，業將開工日期禀報，並聲明，原議恐營兵未能多調，不得不酌準僱夫，經費從簡。估計奉派既有七營，衆擎易舉，就此通籌經久辦法。濬河應加寬深，請俟工竣再計土方，據實呈報，各節稟明在案。遵察，職局河道未經大濬已十數年，淤久則修難，所修河道或除土較遠，或老隄難搜，或河塘未易著力，經何提督、王副將及各營官親督兵丁，工作踴躍異常，備極勤苦。三月初十日河工一律告竣，計河面寬自四丈四尺起至七丈二三尺，底寬自一丈五尺至三丈不等，深自一丈至一丈一二尺不等，各就地勢濬河。寬深本難一例，今以實挖土方平均計之，上寬五丈八九尺，底寬二丈七八尺，深五六尺，自局北三叉河口起至賈家沽海河口止，長一千五百七十餘丈，實挑土三萬七千四百四十餘方。又局内方塘一段，長十九丈，寬十四丈，挖深七尺五寸，計土一千九百九十餘方。通工合計實土三萬九千四百三十餘方。雲龍於本月十一日會同統領、統帶、營官逐段驗收，均屬挑濬深通，兩岸已見老隄，較之僱夫辦理費省工倍，十數載之壅滯爲之一通，於職局轉運軍火料物利益良多。前修圍牆平地取土，此次則濬積淤所用布兜兩日一易，而畦地立棚分哨、分營墊草尤爲不貲，不獨鍬鋤、繩兜、扁擔車脚之賠累已也。除已由職局犒賞兩次，每營每次犒勇肉麪各四百斤外，自應援照歷年修補圍牆章程酌給鍬鋤、繩兜、扁擔、車脚、墊草等項津貼，以免賠累。擬請每營津貼銀三百兩，七營共合錢平銀二千一百兩。如蒙允准，即由職局移送各營察收。除將此案工程另行詳請咨部立案外，所有奉撥七營濬河工竣驗收擬給津貼緣由理合稟請察核，伏候批示祗遵。

再，職局歷年營兵修補圍牆犒賞津貼，均於常年經費内作正開支據實報部，向不按照土方核計，合併陳明。

三月十七日批：據禀，練軍親兵等營承修該局河道工竣，應准照擬每營給銀三百兩，以資津貼。仰即移送各營察收，仍歸常年經費内作正報銷。繳。

上北洋大臣仁和總督開辦銀錢書 二十二年正月

奉諭，以現議『試造銀錢，應如何酌定章程，令即公同參議，用備采擇』等因，查近年各處市面制錢短絀，銀價日賤，非如南省之通行銀圓，實無補救之方，而仿造銀錢又非向有機器製造之處，創辦爲難。故部議有上海、天津設廠較易之語，且局中曾以機器製造制錢，舊存機器用以改造小銀錢三種均可合用，只須添購一圓、半圓兩種機器，並酌添應用機件，經費可省一半。至銀錢局内雖未經製造，所有鎔板、輾片、撞坯、印字等法與造銅錢大同小異，惟究屬創辦，能否照粤省章程，並未經歷其事，即難據以爲實。應俟開廠試辦後逐事考校，再行詳細議定。先將開辦大致情形酌擬條款呈核。

一、動撥銀款。試辦之初或暫由賬房借撥，或由關署請領局存經費，均應專歸銀錢廠核計收支，不與賬房牽涉，以免報銷時多一出入款項。俟機器備齊開廠後籌定撥款。銀錢廠應有專案報銷，所借局中經費仍應撥還歸墊。如局中撥用，造成銀錢亦核價歸還，各清各款，以免轇轕。

一、支用物料。銀錢廠鑪座、房屋、機器、傢具等項，初立廠時有局内舊存之件，有由局添造及現議購辦之件，若均須核計，價值未能一律，將來只可歸入建廠工程各項下分别開報。惟開廠以後製造所需物料，銀錢本廠及庫房、機器等廠均應另立專簿逐一登記，按銀錢造成，或數批，或十批一結，共用工料若干核明價值，以便計算成本有無盈絀。

一、製成銀錢應編列批數，或數萬圓爲一批，或十萬圓爲一批，視每日成數之多寡再定。自第一批起，以後挨次遞算，至次年再另起批數，以便截數稽考。

一、試造。銀錢廠宜分派員司各專責成。若如粤省章程辦理一切與製造工廠各事，名目繁多，需人亦廣，第彼係獨剏一廠，局中如文案繙譯、化學庫房各廠均有，兼辦錢廠之事自較省便。第出入銀款究與别廠情形不同，工作過手次數亦多，自應派員酌量分辦，各專責成，以免事後互相推諉。擬將請領銀款發廠鎔造以及核收造成銀錢存庫轉解一切事宜，歸總管委員經理。至廠工如化銀鑪、攙對銀色、鎔化銀板爲鎔銀廠，銀板輾薄，連炏鑪各工爲輾銀片廠，銀片撞成圓餅連印字、印花、摇洗、光泡，至造成止爲銀餅廠，分爲三廠，請派員司各司其事。如上一廠工竣，即挨次交下一廠接收工作，藉以考核。各段耗廢交至總管委員核收，造成銀錢止。各立交收簿據，逐日呈送至各處。每日放工後已成未成之銀片等項均應各備小庫收存，以昭慎重。至各分廠工作仍歸總管委員隨時督率稽察。

一、銀錢攙對成色與輕重爲製造緊要關鍵，一有參差，有礙行使。每日鎔化必由經管員司眼同驗明入鑪。鎔成銀板即由察驗成色之員逐一提驗，再由化學洋人鎔化分數逐日呈報，俟造成銀錢仍比較與原化銀板成色是否相符。至鎔化，照粵省每罐鎔銀一千一二百兩化成銀板，須按罐登記號數發輾銀片廠再發銀餅廠，均挨號逐次交收製造，以便完工後按號稽察比較成色。粵省一圓者用九成足銀，半圓者八六成，其餘小銀錢三種均八二成，其銀餘用紫銅珠攙對。能否照此鎔化，應俟試辦後核明準數方可議定，總期與粵省並常用之鷹洋成色相等，以便流通。至輕重數目核定後，應照製造核準樣錢數分存送各處備呈。

一、稽察宜嚴密。從前機器製造銅錢，鎔銅板、輾銅片均就捲銅廠兼辦。現造銀錢，若鑪座、器具未齊，或暫在他處鎔輾，以後機器到齊，添建廠屋、鑪座，安設輾軸，必須統歸一處。工人出入留一總門，上工後封鎖，不准私自外出。放工時派人察看搜檢，以免走漏。至廠中應如何嚴定稽察章程，再督飭廠員切實籌議稟辦。

一、慎選工徒。局中各廠新收學徒本有保人，無如匠徒、夫役隨意認保，往往有保人亦不可靠，幾成具文。銀錢廠關繫甚重，或有他廠撥入，或收外荐，均取具連環保狀，須聲明所保之人『如有偷竊情事，情甘認賠』字樣方准留廠。或有結實鋪保更妥。

一、添僱鑪匠。銀鑪攙對成色鎔化銀板，局中向少此等手藝，尚須由銀號鑪房雇覓。至看驗銀色已奉派施弁專司其事。若每日造成銀錢一二萬圓，再加看視銀板、銀片等項，恐一人眼目難周，亦須添派熟習銀色之人分別經理。至鎔銀火耗，粵省章程內載，每百兩約耗一錢四分，摇洗耗每百兩一錢一二分，耗數殊不爲多。又銀與銅鎔，耗銅不耗銀等語，銀耗關繫出入，是否確實，應俟開辦後詳細考驗，再行稟辦。

一、酌定賞罰章程。銀錢開廠後器具齊備，不難於製造而難於防弊。工人既多，雖稽察嚴密，恐亦不免走漏。故首在慎選工徒，取保結實，再嚴定賞罰，使各知檢束。議罰章程以偷竊舞弊爲最重，有犯必嚴懲責革，懶惰悮工者次之，亦從重罰工，或另撥他廠，以示區别。奬賞章程以耗費較少銀色如法爲上等，工作勤謹者次之。上等奬勵加給薪工，次等酌給奬賞。員司、匠目辦理著有成效，照部文，三年後應予破格優奬。

一、兼造銅錢。銀錢機器造一圓者每日可撞銀坯二萬圓，以此計算，日需一萬二三千金，一年需款不下四五百萬兩，其餘半圓以下尚不在内，一時恐難籌此鉅款。萬一銀本接濟不及，自未便遽行停止。擬請即以銀錢機器更换模撞銅錢。况局中舊存不合用鎗子銅皮以及各廠繳存廢銅末等項約存二三十萬磅，尋常用項無多，若以此改造制錢，化無用爲有用，似尚相宜。惟從前機器製造銅錢試辦未久，銅色較高，分兩又重，因係解部之款過於精工，核計成本太大，故議停止。若分兩改輕，再改用東洋次銅製造，自可較省。第機器制錢究多一輾銅片，工料斷不能如土鑄合算。倘外洋銅鉛價漲，製造更不免虧本，惟有先就局存舊銅並東洋銅陸續試辦，次第考核，再行稟請辦理。

上北洋大臣仁和總督銀錢試造試用書 光緒二十二年十二月十三日

職局試造銀錢，已將製成各種錢樣面呈鈞鑒，並陳明銀九二五，成色較粤製爲高，以期利用。廠屋既修，機器隨到隨設，工徒漸習漸諳。鎔銀捲片初猶借資捲銅廠，帶輪轉軸亦初借資機器廠，今則督工審器，年内一律告竣。試造各種雖尚無多，而外之擬分兑官銀號、滙豐洋行，欲其中外無滯也；内之擬試用之職局洋教習、洋匠、辛工，欲其行遠自邇也。惟報歸專案，事屬創行，非逐事考核，難遽釐定章程。器屋之墊辦，有定者也，而員司之經理、工徒之計功、弁役之巡察、火耗之多寡、煤油物料之雜費，亦皆無定而有定。所難定者莫若行市。一圓銀錢約重七錢三分，目前每圓僅值七錢有三釐，是百圓虧二兩七錢。以百數十圓合銀百兩計之，是百兩虧四兩餘矣。然較分兩則滯，依行市則通，此無論代製、互兑必依行市漲落之實在情形也，凡此費折皆不能不取償於成色之盈餘。然使無停工待料之虞，未有不漸臻有餘者。擬俟試用無礙，再請借撥成本隨製隨兑，以資周轉。應如何收放藉資暢行之處，候示。

上北洋大臣順天府尹機器局宜通鐵道書 二十二年三月十四日

雲龍游歷美利加諸國，目睹外國機器局之屬未有不通鐵道以利轉運者也。職局距火車頭數里耳，軌路未聯，工料易滯。舟車之費以冬夏異，人力之費以緩急異，非惟費貲，抑且費時，稍不應手，時有懸工待料之虞。商之鐵路公司吴道、張道、孫道，均未嘗不以爲然。曾經面陳鈞聽，如蒙允爲飭辦，此其時矣。去歲既無前數年之潦，畦地漸乾，乘此時非夏霖，取土莫便於兹，而此爲鐵軌之支道，軌取其次，車用其次而又次。每遇冬凌，局工裹來輒不惜冰牀，費亦自省，厥力爲工作計耳。火車一成，雖厥直稍昂於冰牀，亦必争先恐後。仿外國包月包年之票，可省無數轇轕。職局工徒、夫役數千，雖不盡朝暮往返，而日計無慮千百，於鐵路公司不無小補，而鑛務局則便又過之，不獨職局利運工料已也。鐵路公司之費有限，北洋大局之裨無窮。即值公司工忙，亦求飭辦，矧工非其巨，無礙他工耶？此爲職局起見，亦不僅爲職局起見。

上北洋大臣仁和總督局鑄銅錢呈樣行用書 二十二年四月二十一日

局鑄銅錢另詳呈核奏咨在案。銅直既昂，私銷宜杜。非輕鑄無以絶漁利之弊，非喻曉無以免挑剔之虞，誠以局鑄固樂於觀成，圜法又難於圖始也。今遵户部議准粤、鄂奏章，每文以八分爲率，輪廓必求顯呈，字畫亦均清楚，較之私錢爲重，而較之舊鑄之重一錢者則輕。恐市面稍有異言，於圜瀍不無關礙。謹呈錢樣，請飭地方官傳諭典當錢商一體通用。

再，局鑄仍歸局用，按季册報，既省轉運之資，復濟圜瀍之窮。惟尚有敬陳鈞聽者，數少以現錢爲便，數多又以錢帖爲便。官錢鋪未開以前，擬以現錢發殷實錢鋪互易錢帖，期於搭票之中仍不失流通之意。

四月二十九日批：候行天津縣察照傳諭典當錢商一體通用。惟所造樣錢不敷分給，著再補送制錢二十千，一經發縣，分交各當鋪存作模式，總以每制錢一千重五斤爲率。仍將發過典當家數、錢數開摺報察另單。據稱局鑄仍歸局用，惟數少以現錢爲便，數多又以錢帖爲便。擬以現錢發殷實錢鋪互易錢帖，期於搭票之中仍不失流通之意。現在官錢鋪未設以前，應准照行，仰即遵照。繳。

上北洋大臣仁和總督銅錢工費漸省續開四鑪書 二十二年五月十九日

局鑄銅錢已蒙具奏，其詳細章程非著有成效未敢遽定。前開五鑪雖據提調轉據鑪頭請照舊章，制錢一千工錢百五十文，而試辦之初原議，以後何人費省，即用何人承鑄。欲清舞弊之源，先塞徇情之竇，是以續至鑪頭計工減直，制錢一千工錢百三十有九，此按足制錢而言也。合之津市九七六錢每千多二十四文，細核工價，尚不足百三十九文之數。以新較舊，相形相勉，所定十鑪擬均照此減數一律辦理，並令鑪頭於承攬狀内聲明，如他處費或再減，亦必照辦，以昭核實。火耗亦愈熟愈少，少一分工費，即多一分國帑。續開四鑪尚與前五鑪所鑄無差，謹呈錢樣千文。其第十鑪日内開鑄，一俟成效大著，即具章程詳核咨部。

再，王提調之侄充錢廠司事，行賄，已斥除其名，合並陳明。

上北洋大臣仁和總督銅錢十鑪增輭垛二鑪書 二十二年六月十三日

局設試鑄銅錢十鑪，先開其九。凡鑄制錢一千，給工錢一百三十九文。最後一鑪工價較省，制錢一千工錢一百二十有八。其成鑄有無鈍巧之分，非二三月後難可考究一律也。茲復有輭垛鑄工投效前來，其工足增二鑪，制錢一千祇須工錢百二十文。雲龍詳加考察，已開之十鑪强半交河縣人，鑄匣皆用硬垛，每次模匣一副鑄錢三枝，每枝錢四十有奇，是一次僅鑄一百餘錢也。輭垛多山東人爲之，每次用模十副，鑄錢十倍於硬垛。鎔鑄既多，工直亦省，此其大略也。十鑪之工酷暑病多，因病停鑪日輒三四，若輩良莠難齊，此後之剔除往往而有。與其後將不足，曷若先備有餘。况輭垛工價較省，來而不用，恐用又未必來也。擬請留此輭垛鑄工，暫增二鑪，以備病者，窳者之更換，似於圜法大有裨益。

六月十八日批：如禀辦理。

上北洋大臣仁和總督收買私錢難辦情形請准予另議辦法書 二十三年四月十二日

昨曾面禀職局難買私錢實情，奉諭勿庸由局收買等因，茲復准銀錢所保甲局函云，示已刊刷，未便更張等語。竊以爲，圜法關繫非輕，前此廣西桂林府之收錢釀事可借鑒也。職局既無甲勇，而私錢又非一律，成色之參差即争端之媒孽，其難一。私錢有質全黑、鉛皮飾銅汁者，又有似銅非銅之一種，而夾沙私鑄者，未可一概作銅鎔製，其難二。如局費稍裕，尚可增員、增工、增勇、增役，增驗錢、點錢之所，增鎔銅去雜之鑪。今則局費奇絀，僅以無本之經營，勉供有限之工料，散錢方貫，支錢已催，正虞銅盡爲難，何有買私之項？其難三。局鑄無沙，良由不許私錢入局也。若由職局收買沙毛，恐鑪工藉此夾攙，其難四。職局爲軍火重地，上工、放工皆須搜驗，若聽賣私錢之人任意出入，流弊防不勝防，其難五。惟有懇念職局正值費歉工減之際，准予另議辦法再行出示，俾于製造、圜法兩有裨益。

四月十八日准長蘆運司咨開四月十五日奉督憲批，據貴局具禀收買私錢難辦情形，請准予另議辦法緣由，奉批：據禀亦屬實在情形，仰鹽運司、津海天津兩道會同銀錢所、保甲局通盤籌畫，酌量變通辦理。總期彼此兩無窒礙，斯爲盡善。禀抄發。

簣喜廬文三集卷三

上北洋大臣仁和總督試製銀錢二月以前爲一結三月分爲二結及現辦章程書

詳蒙局造銀圓曾與藩司等會議章程，呈驗銀圓五種式樣，聲明籌集工本即可暢製等情。於光緒二十二年十二月二十三日奏，奉硃批『户部知道』，欽遵在案。二十三年二月初十日奉檄行知户部議『照廣東成色輕重』，亦在案。遵查，剏造之初惟恐難以暢行，因而成色較高，一經奉到部復，當即遵照辦理與廣東同。兩月以來漸著成效，代製銀錢分批計數，而綜核局製按月一結。然自去年七月以至今年二月，其間就範成式、安器練匠之工居多，而鎔製銀圓則少。工料皆墊自局費，成色尚未劃一，是以總計二月以前爲試製銀錢第一結。二月以後成色概遵部議，輕重力求密合，是以綜計三月分爲製成銀錢第二結。分繕清摺二扣呈請鑒核，由配鎔以迄成物，計分計合，實報實銷，考工以進而求精，月報以熟而漸捷，祛弊亦以久而加嚴。謹將現辦章程擇其簡明大要附呈一摺並請核示遵行，一俟奉批，擬將此簡明章程轉移司道及各所察照。二十三年四月二十四日。

附録：

自上年七月分起，至本年二月底止，第一結試造銀圓攙對成色並收發銀錢各數四柱清摺，計開：

實銀項下：

舊管無項。

新收

一、收暫撥職局經費造用銀圓庫平實銀四萬五千兩。

一、收海關道撥解庫平實銀二萬兩。

一、收海關道等處並本局換用銀圓歸回價銀行平化寶折庫平足銀一萬二千九百八十六兩七錢五分六釐。

前項收回銀錢價銀已於銀圓開除項下另列細款呈報，理合登明。

以上共收庫平實銀七萬七千九百八十六兩七錢五分六釐。

開除

一、撥造銀圓。本結製成銀圓三萬三千六百零八圓，實用庫平實銀四萬八千四百二十六兩一錢九分八釐。

前項製成銀圓攙用實銀成數已另列細款呈報，理合登明。

實在

存庫平實銀二萬九千五百六十兩零五錢五分八釐。

銀圓項下：

舊管無項。

新收

一、收本結製成一圓銀錢二萬八千一百五十圓。

一、收五角銀圓二千九百一十圓合整圓一千四百五十五圓。

一、收二角銀圓一萬四千三百零二圓合整圓二千八百六十圓四角。

一、收一角銀圓七千零五十六圓合整圓七百零五圓六角。

一、收半角銀圓八千七百四十圓合整圓四百三十七圓。

以上共製成大小銀圓合整圓銀圓三萬三千六百零八圓。

開除

一、發海關道換用一圓銀錢二千圓。

一、發通惠官銀號一圓銀錢三千二百圓。

一、發源豐潤銀號一圓銀錢二千五百圓，又五角銀圓四百圓合整圓二百圓，又二角銀圓五百圓合整圓一百圓，又一角銀圓一千圓合整圓一百圓，又半角銀圓二千圓合整圓一百圓。

一、發京津各處呈樣用一圓銀錢三十五圓，又五角銀圓二十圓合整圓十圓，又二角銀圓二十二圓合整圓四圓四角，又一角銀圓二十二圓合整圓二圓二角，又半角銀圓二十二圓合整圓一圓一角。

一、發華洋工匠工食，本局換用一圓銀錢九千零七十圓，又五角銀圓二千圓合整圓一千圓，又二角銀圓二千五百圓合整圓五百圓，又一角銀圓三千圓合整圓三百圓。又半角銀圓四千圓合整圓二百圓。

以上共發大小銀圓合整圓銀圓一萬九千三百二十二圓七角，内除呈樣大小合整圓五十二圓七角不計外，實發各處換用收回價銀大小銀圓合整圓一萬九千二百七十圓内。

銀圓八百七十圓每圓價銀七錢一分。行平化寶折庫平足銀五百九十二兩八錢零二釐。

銀圓三千圓每圓價銀七錢零五釐。行平化寶折庫平足銀二千零二十九兩七錢五分。

銀圓一千三百七十圓七角半每圓價銀七錢零四釐。行平化寶折庫平足銀九百二十六兩一錢零四釐。

銀圓一萬四千二十九圓二角半每圓價銀七錢零一釐。行平化寶折庫平足銀九千四百三十八兩一錢。

以上共收銀圓價行平折庫平足銀一萬二千九百八十六兩七錢五分六釐，已於實銀項下列入收款呈報，理合登明。

實在

存一圓銀錢一萬一千三百四十五圓。

存五角銀元四百九十圓合整圓二百四十五圓。

存二角銀圓一萬一千二百八十圓合整圓二千二百五十六圓。

存一角銀圓三千零三十四圓合整圓三百零三圓四角。

存半角銀圓二千七百一十八圓合整圓一百三十五圓九角。

以上共存大小銀圓合整圓銀圓一萬四千二百八十五圓零三角，歸入下結摺報，理合登明。

製成銀圓攙用實銀銅珠各細數：

一、鎔化九一成銀板三萬一千七百八十四兩四錢五分六釐，內九成實銀二萬八千六百零六兩零一分，一成紫銅珠三千一百七十八兩四錢四分六釐。

一、鎔化八六成銀板六十八兩五錢八分，內八六成實銀五十八兩九錢七分四釐，一四成紫銅珠九兩六錢零六釐。

一、鎔化八二成銀板七百九十四兩四錢三分八釐，內八二成實銀六百五十一兩四錢四分，一八成紫銅珠一百四十二兩九錢九分八釐。

以上三項銀板成數均遵照本年二月初十日部文，按粵省章程，一圓銀錢攙用九成實銀，五角銀圓攙用八六成實銀，二角以下均攙用八二成實銀鎔化，理合登明。

一、鎔化九二成銀板一萬零七百七十三兩五錢九分七釐，内九二成實銀九千九百一十一兩七錢零九釐，百分之八紫銅珠八百六十一兩八錢八分八釐。

一、鎔化九二五成銀板九千一百三十八兩零五分九釐，内九二五成實銀八千四百五十二兩七錢四釐，百分之七五紫銅珠六百八十五兩三錢五分五釐。

一、鎔化九三成銀板三百九十六兩四錢六分九釐，内九三成實銀三百六十八兩七錢一分六釐，百分之七紫銅珠二十七兩七錢五分三釐。

一、鎔化九五成銀板三百九十六兩四錢六分八釐，内九五成實銀三百七十六兩六錢四分五釐，百分之五紫銅珠十九兩八錢二分三釐。

以上四項銀板係未奉部文以前試造。原議成色較高，欲其易於通行，嗣奉部文改按粵省成數攙對，已遵照辦理。所有二月以前試造成數自應據實呈報，理合登明。

共計鎔化銀板重庫平五萬三千三百五十二兩零六分七釐，内用庫平實銀四萬八千四百二十六兩一錢九分八釐，用庫平紫銅珠四千九百二十五兩八錢六分九釐外加重鎔銀邊火耗銅珠一百四十九兩七錢五分三釐。

一、造成一圓銀錢二萬八千一百五十圓，每圓按七錢二分核計，應合庫平銀二萬零二百六十八兩原重庫平銀二萬零三百五十四兩八錢一分五釐，計補平折耗庫平銀八十六兩八錢一分五釐。

一、造成五角銀錢二千九百一十圓，合整圓一千四百五十五圓。每圓按六錢六分核計，應合庫平銀一千零四十七兩六錢原重庫平銀一千零五十一兩一錢一分九釐，計補平折耗庫平銀三兩五錢一分九釐。

一、造成二角銀錢一萬四千三百零二圓合整圓二千八百六十圓零四角，每圓按一錢四分四釐核計，應合庫平銀二千零五十九兩四錢八分八釐原重庫平銀二千零五十九兩六錢四分四釐，計補平折耗庫平銀一錢五分六釐。

一、造成一角銀錢七千零五十六圓合整圓七百零五圓六角，每圓按七分二釐核計，應合庫平銀五百零八兩零三分二釐原重庫平銀五百零九兩四錢五分四釐，計補平折耗庫平銀一兩四錢二分二釐。

一、造成半角銀錢八千七百四十圓合整圓四百三十七圓，每圓按三分六釐核計，應合庫平銀三百一十四兩六錢四分原重庫平銀三百一十八兩九錢六分一釐，計補平折耗庫平銀四兩三錢二分一釐。

共計造成大小銀錢六萬一千一百五十八圓合整圓三萬三千六百零八圓，每圓按七錢二分核計，應合庫平銀二萬四千一百九十七兩七錢六分原重庫平銀二萬四千二百九十三兩九錢九分三釐，計補平折耗庫平銀九十六兩二錢三分三釐，鎔銀火耗並烘撞、摇洗各耗共庫平銀一百八十一兩零八錢二分三釐，統計造成銀錢並火耗等項共庫平銀二萬四千四百七十四兩八錢一分六釐，內實銀二萬二千一百二十三兩一錢六分七釐，紫銅珠二千三百五十一兩六錢四分九釐。

存九一成銀板一千二百零六兩零一分二釐，內九成實銀一千零八十五兩四錢一分一釐，一成紫銅珠一百二十兩零六錢零一釐。

存撞剩九成至九五成銀邊銀屑共二萬七千八百二十兩零九錢九分二釐，内按原鎔成數應合：實銀二萬五千二百一十七兩六錢二分，紫銅珠二千六百零三兩三錢七分二釐。

前項存剩銀板、銀邊、銀屑等項應歸入下月製造銀圓數内搭用，仍按照原銀成數聲明造報，理合登明。

查粤省製銀圓章程，鎔銀火耗每百兩一錢四分，烘撞摇洗雜耗每百兩一錢一二分。此指初次鎔銀製作各耗而言，如銀板撞錢坯後下餘銀邊約有六成須重復鎔化。粤省章程内載，五角以下銀邊加重鎔火耗，銅珠每百兩二錢，且往復鎔化必至數次，逐加考核，即重鎔一圓銀邊亦不免折耗。茲照粤省章程，重鎔銀邊概按每百兩外加銅珠二錢，至銀與銅鎔，耗銅不耗銀，成色亦不至過低。又粤省代製單内開列火耗每百兩八錢有零，亦即銀邊重復鎔化次數較多之故。核計職局現在試造耗數鎔銀板連重化銀邊，每百兩約耗三錢三分有零，若按製成銀圓銀數計算，每百兩約耗七錢三分上下，較之粤省代製火耗稍輕。又摺開補平折耗一款，原議每圓庫平七錢二分四釐，即粤省庫平七錢二分，因庫平大小各有不同，當經聲明詳復，奉部駁飭『仍照粤省輕重一律辦理』。茲遵部示，按每圓七錢二分開報。惟職局收款庫平實比粤平較小，茲以摺開製成銀圓核計，除按七錢二分開支外，共計補平折耗銀九十六兩二錢三分三釐，原平既有不敷，自應據實呈報。

再，本結每圓合成本實銀六錢五分八釐二毫七絲有零，物料在外，理合登明。

再，以現在每日製成銀錢三千圓核計，每圓攤物料銀一分七釐，合併聲明。

本年三月分第二結製成銀圓攙對成色並收發銀錢各數四柱清摺，計開：

實銀項下：

舊管

原存庫平實銀二萬九千五百六十兩零五錢五分八釐。

新收

一、收銀錢所撥解成本湘平銀二萬兩，合庫平銀一萬九千二百七十兩零六錢三分三釐。

一、收海關道等處换用銀圓歸回價銀行平化寶折庫平足銀三萬四千五百六十五兩九錢六分一釐。

前項收回銀錢價銀已於銀圓開除項下另列細款呈報，理合登明。

以上共收庫平實銀五萬三千八百三十六兩五錢九分四釐。

開除

一、本結製成銀圓六萬四千三百九十九圓，實用庫平實銀三萬九千五百七十五兩一錢二分八釐。

前項製成銀圓攙用實銀成數已另列細款呈報，理合登明。

實在

存庫平實銀四萬三千八百二十二兩零二分四釐。

銀圓項下：

舊管

原存一圓銀錢一萬一千三百四十五圓。

五角銀圓四百九十圓合整銀二百四十五圓。

二角銀圓一萬一千二百八十圓合整圓二千二百五十六圓。

一角銀圓三千零三十四圓合整圓三百零三圓四角。

半角銀圓二千七百一十八圓合整圓一百三十五圓九角。

以上共存大小銀圓合整圓一萬四千二百八十五圓三角。

新收

一、收本結製成一圓銀錢六萬四千三百九十九圓。

開除

一、發海關道換用一圓銀錢一千一百圓。

一、發銀錢所換用一圓銀錢四千圓。

一、發通惠官銀號換用一圓銀錢三萬五千圓。

一、發津蘆鐵路換用一圓銀錢三千零五十三圓，又五角銀圓一圓，又二角銀圓二圓，又半角銀圓一圓。

一、發支應局等處一圓樣錢二十圓。

一、發本局華洋工匠工食換用一圓銀錢七千九百一十圓，又五角銀圓一圓，又一角銀圓一圓，又半角銀圓一圓。

以上共發大小銀圓五萬一千零九十圓，合整圓五萬一千零八十四圓六角，内除支應局樣錢二十圓不計外，實發各處換用收回價銀大小銀圓合整圓五萬一千零六十四圓六角，内：銀圓四百圓每圓價銀七錢零一釐。行平化寶折庫平足銀二百六十九兩零九分八釐，銀圓七百圓每圓價銀七錢零二釐。行平化寶折庫平足銀四百七十一兩五錢九分四釐，銀圓一萬二千五百五十一圓一角每圓價銀七錢零四釐。行平化寶折庫平足銀八千四百七十九兩八錢四分六釐，銀圓四千圓每圓價銀七錢零五釐。行平化寶折庫平足銀二千七百零六兩三錢三分四釐。

銀圓三萬三千四百一十三圓五角，每圓價銀七錢零六釐。行平化寶折庫平足銀二萬二千六百三十九兩零八分九釐。

以上共收銀圓價行平化寶折庫平足銀三萬四千五百六十五兩九錢六分一釐，已於寶銀項下列入收款呈報，理合登明。

實在

存一圓銀錢二萬四千六百六十一圓。

存五角銀錢四百八十八圓合整圓二百四十四圓。

存二角銀錢一萬一千二百七十八圓合整圓二千二百五十五圓六角。

存一角銀錢三千零三十三圓合整圓三百零三圓三角。

存半角銀錢二千七百一十六圓合整圓一百三十五圓八角。

以上共存大小銀錢合整圓二萬七千五百九十九圓七角，歸入下結摺報，理合登明。

製成銀圓攙用實銀、銅珠各細數：

一、鎔化九一成銀板庫平六萬三千零六兩六錢五分七釐，内九成實銀五萬六千七百零五兩九錢九分一釐，一成紫銅珠六千三百兩零零六錢六分六釐。

查前項銀板攙用前結報存銀邊屑一萬八千六百一十九兩三錢零六釐，内計實銀一萬七千一百三十兩八錢六分三釐，紫銅珠一千四百八十八兩四錢四分三釐。

又實用實銀三萬九千五百七十五兩一錢二分八釐，實用銅珠四千八百一十二兩二錢二分三釐，造成一圓銀錢六萬四千三百九十九圓。每圓按七錢二分核計，應合庫平銀四萬六千三百六十七兩二錢八分原重庫平四萬六千七百六十九兩零二分四釐，計補平折耗庫平四百零一兩七錢四分四釐。撞剩銀邊屑庫平七百二十四兩六錢二分四釐歸入銀邊屑項下列收。

火耗並烘撞摇洗重鎔各耗庫平銀三百二十一兩零三分四釐。

以上造成銀圓並邊耗共用九一成銀板庫平四萬七千八百一十四兩六錢八分二釐。

一、鎔化八二成銀板庫平五百三十八兩九錢八分三釐，内八二成實銀四百四十一兩九錢六分六釐，一八成銅珠九十七兩零一分七釐。

一、鎔化八六成銀板庫平五百一十六兩七錢五分六釐，内八六成實銀四百四十四兩四錢一分，一四成銅珠七十二兩三錢四分六釐。

前二項銀板均用前結報存銀邊屑共合庫平銀一千零五十五兩七錢三分九釐。鎔銀火耗一兩三錢六分一釐鎔八二、八六成銀板火耗，共計鎔化銀板重庫平銀六萬四千零六十二兩三錢九分六釐，内用庫平實銀五萬七千五百九十二兩三錢六分七釐，用庫平紫銅珠六千四百七十兩零零二分九釐一毫外加重鎔銀邊火耗銅珠三百零八兩五錢。

造成銀圓收回銀邊並火耗等項四萬七千八百一十六兩零四分三釐。

存九一成銀板庫平一萬五千五百兩零零四錢七分五釐。

又前結報存九一成銀板庫平一千二百零六兩零一分二釐。二共存九一成銀板庫平一萬六千七百零六兩四錢八分七釐，内九成實銀一萬五千零三十五兩八錢三分八釐，一成銅珠一千六百七十兩零六錢四分九釐。

存八二成銀板庫平五百三十七兩七分，内分八二成實銀四百四十兩九錢五分五釐，一八成銅珠九十六兩七錢九分五釐。

存八六成銀板庫平五百一十六兩六錢二分八釐，内八六成實銀四百四十四兩三錢，一四成銅珠七十二兩三錢二分八釐。

撞剩銀邊屑前結存庫平二萬七千八百二十兩零九錢九分二釐，内實銀二萬五千二百一十七兩六錢二分，銅珠二千六百零三兩三錢七分二釐。

本結收剩回銀邊屑庫平七百二十四兩六錢二分四釐，内實銀六百五十二兩一錢六分二釐，銅珠七十二兩四錢六分二釐。

本結攙用庫平一萬九千六百七十五兩零四分五釐，内實銀一萬八千零一十七兩二錢三分九釐，銅珠一千六百五十七兩八錢六釐。

存撞剩銀邊屑按用剩成數計庫平八千八百七十兩零五錢七分一釐，内九成實銀七千二百九十七兩二錢四分三釐，一成銅珠一千五百七十三兩三錢二分八釐。

查製造銀圓輕重以及攙用成色火耗一切章程已於前結摺内詳細開列。再，本結每圓合成本實銀六錢五分八釐一毫有零，物料在外，合併聲明。

實銀項下：

一、如收庫平足色銀一萬兩製一圓銀錢，遵依部議仿照廣東章程按九成足銀、一成申水，可製一萬五千三百三十餘圓，又五角銀錢按八六成足銀、一四成申水，可製三萬二千一百二十餘圓，又二角銀錢按八二成足銀、一八成申水，可製八萬四千二百二十餘圓，又一角銀錢申水與二角同，可製十六萬八千四百四十餘圓，又半角銀錢申水亦與二角、一角同，可製三十三萬六千八百八十餘圓。火耗工料在外。

一、如收行、湘、錢平及各處市平雜寶銀一萬兩，須按一〇四二庫平折淮若干兩，再由識銀色匠人逐銀核計共虧銀色若干兩，應將此項銀兩折去，統以庫平足色銀核算。

製成項下：

一、廠中捲軸尚未配齊，每日捲銀片六千餘兩，除廢邊一半，撞成銀餅不過三千餘圓，再將殘缺銀餅及輕重不符之銀餅剔出，每日製成如式一圓銀錢亦祇有三千圓之譜，凡代製銀錢即以每日三千圓核算。

一、製五角銀錢日成五千圓，二角銀錢日成八千圓，一角銀錢日成一萬圓，半角銀錢日成一萬二千圓，此就現製大約匀計。

開除項下：

一、鎔捲撞烘洗印等火耗每百兩共耗七錢五分初鎔銀每百兩耗一錢五分，再鎔邊耗又減半，層遞鎔完，計每百兩耗二錢五分，連捲撞烘洗印共耗七錢五分，凡代製火耗每百兩照此數算。

一、煤炭、物料等項就現時所需每月約計銀八百二十兩，每日應攤庫平銀二十七兩三錢三分三釐，凡代製銀錢每日照此數算。

一、委員司事武弁學生薪水就現時核計，每月共銀一百八十兩，每日應攤六兩。凡代製銀錢現時照此數算監督尚未到廠，薪水亦未開支。

一、華洋工匠並徒役工食就現時核計每月共銀五百一十三兩三錢，每日應攤十七兩一錢一分，凡代製銀錢現時照此數算。

查現時五角以下各圓未即暢銷，惟儘一圓銀錢趕造。如交庫平足色代製成本銀一萬兩，儘銀製錢申水一成，可製一萬五千三百三十餘圓，約五日製完。即照五日核計工料，共需工料銀二百五十二兩二錢一分五釐，每百圓火耗銀七錢五分，共耗銀七十五兩，火耗工料二項共銀三百二十七兩二錢一分五釐，是製一萬兩銀錢應計工料火耗銀三百二十七兩二錢一分五釐。除扣工料以還局墊外，其銀餘所製之銀圓如數清交，不歸局用。凡代製初次爲第一批，以次遞計。此代製實在辦法也。若兑换銀錢須照行市核價。查津市兑换銀錢向用行平化寶，如銀錢行市係七錢一分，即以行平化寶銀七千一百兩兑换一圓銀錢一萬圓，若交庫平足銀即爲之申平加色，其行市即日登簿，一月一結，開摺呈報鈞核。此兑换之實在辦法也。代製不留銀餘，如係籌集工本，則以成色核抵工料，其盈餘之多寡以月製之多寡爲準，成數愈多，工費愈少，雖未能以盈餘遽補機器廠房之墊款，而試造時之工料必可漸次畫還。查二月以前第一結試製無多，是以工料皆墊自局費，三月分第二結漸有成效，以成色之盈餘抵本結之工料，所差無幾。其細數備載各結清摺。

批：據稟，鑄造銀圓收支各項及簡明章程均悉，仰即分移司道暨各局所查照。此繳摺存。

上北洋大臣仁和總督銀錢廠現辦條規書 二十三年四月二十八日

職局試製銀圓，已將二月以前爲第一結，三月分爲第二結，開具四柱清摺呈核在案。竊以爲，銀圓之關係不在一局而在北洋，自承委辦以來，無日不慘澹經營，惟恐功墮垂成，無以仰副實事求是之至意。勞怨不敢避，賞罰不敢不明，將現辦條規呈鑒，行之一二月後再當補其未盡，彙刊一册，以爲廠規。

銀錢廠總條規十三則

一、五種銀錢成色、分兩遵照户部定章一律鎔製較準。

一、配合鎔銀及製成銀錢五種數目一日一報總辦會辦及提調處。

一、收發銀款銀錢及配鎔銀銅製造銀圓耗存實數一月一結，按結開四柱摺呈報察核。

一、總簿宜簡而不漏，勿複勿贅，勿舛勿參差。至於草簿、連環簿，與其疏略，熟[孰]若周密。

一、鎔剩之銀以及銀邊、銀屑、廢坯、疵圓，每日於放工時責成本廠兩委員眼同平銀房司事學生檢點數目儲於鐵庫，一員上鎖，一員條封。其鑰匙鎖入查工房櫃内，而鎖查工房之鑰匙即令鎖庫之員佩帶。現因鐵庫尚未告竣，是以權儲於平銀房鐵櫃及木箱内，而封鎖防範及朝夕啟閉尤宜慎重。

一、銀圓不許本廠員司人等私自兑换，即總收發處亦衹照單收發，不能零星换銀。如機器局兑用銀圓亦皆由賬房憑單計支，由總收發處收還價銀。

一、成色之配鎔最易參差，分兩之輕重最難畫一。果能絲毫不爽，歷久如一，由在事員司擬請届時獎勵。部有優獎之議，廣東亦有挨次升擢之章，所以資熟手而勵廉能也。

一、如出入不符，其在存儲銀錢兩項，責令經手員司賠償，其在發工銀料等項，責令作工匠徒賠償，各專責成，不得互諉。是獎賞較各廠從優，而責罰亦較各廠加等。

一、經手銀錢易滋浮議，果能涓滴歸公，絲毫不苟，雖有猜疑，久而自息。若稍染指，一經發覺，不但追償，且行撤究。

一、員司爲匠徒之表率，果能操守不苟，自不敢進以苞苴。果能賞罰無私，自不敢安於玩愒。故考工之要惟潔己乃可以懲貪，惟秉公乃可以警惰。

一、廠中員司各有職守，請假而外不許無故擅離。總辦、會辦察工至某處，某處員司應對勿庸競相趨謁，遇有要事禀商不在此例。

一、銀錢不能不慎之又慎。局外人觀廠宜先知會，衹許員司一人陪觀，觀畢即行出廠，恐曠時廢事也。

一、廠中午間設一公餐，欲其省啟閉而便鉤稽也。在事員司飯畢小憩即宜任事，爲匠徒倡，勿有名無實。

總收發處條規七則

一、收發實銀及銀錢數均留單之存根，即日繕報單交查工房委員，由查工房委員轉繕報單知照月報處。

一、與兑换銀錢之通惠官銀號等處言明收條宜註行市，其行市亦於報單註明。

一、代製以代銀錢所製銀圓爲第一批，以後按批遞計，年終則綜其批數而會計之。

一、月報摺首載總收發處四柱，是以總收［發］處必先按月一結，其兑换銀亦宜月計。嗣後直言五月兑還銀圓銀第一次，以次仿此，依此收清入簿交核蓋章。

一、收發處存根單宜編號。

一、發出銀錢、收入實銀，工本既少，周轉宜捷，而責任亦愈繁而愈重。是以總收發處員司宜同發同收，護以誠實局夫，冀免疏虞。

一、收銀即於查工房公同平準分兩，辨别成色，各留底單入簿。

查工房規條［條規］六則

一、工徒入廠，非午後五點鐘放工不許出門。如遇要事宜自請假，由廠員發照出籤，至搜檢所繳籤，聽候搜檢。無籤而擅出者罰一工。

一、外廠工徒因公來廠，由搜檢所領籤而入。本廠工徒因公出廠，由查工房領籤而出。無籤而擅出入者罰一工。

一、每日由鎔而捲而撞而烘洗而印文各若干數，由匠目點交平銀房過平登簿後，即報查工房入考工簿。

一、廠員收銀料，於總收發處先交領條，又總收發處收製成銀圓於廠員，亦先交領條，庶期據條登簿，各免漏遺。而檢數過平皆以查工房爲監兑處。

一、查工房設收銀、發錢二草簿，按次登價，與總收發連環結數。如某日收銀若干兩，應註明某批之歸價，某日發錢若干圓應註明某批之行市，照行市而收銀價，由收條而登簿册，交提調核訖，即呈總辦會辦蓋章。

一、備鐫之鋼坯、鐫成之鋼模及已印之廢模，皆裝箱存儲。凡繳舊領新，由廠員親手收發按數登簿，否則私造媒孽由兹而萌。慎之慎之！

平銀房條規七則

一、平銀房爲銀錢樞紐，每日晨七點半鐘上工以前必須員司齊集始啟鑰開門，至午後五點鐘放工時亦須員司監視封鎖，歷久不容稍懈。凡鎖廠房一切之門準此封鎖庫櫃詳前。

一、平銀房設大天平一架，每日工徒領繳板片、坯光皆須在此眼同廠司過平，每批若干兩各登草簿。除照章應折火耗外，若逾格多耗則議罰，五兩以外則責令賠償。

一、配合銀銅宜照部章，銀圓重數亦宜力求密合無差。

一、鎔銀房於午後繳板過平，即將來日應鎔銀銅照章平出，亦事豫則立之一端也。

一、平銀房設長櫃二座，限内外也。工徒領繳銀料在長櫃以外視平，不許妄入，違者嚴飭。

一、銀錢兩項本廠、外廠不許絲毫挪借，違則責償且議罰。

一、實存之項半月一察，銀錢四柱一日一結。既有日結，則月報無難矣，查工者抽閱各簿亦一目了然。

鎔銀房條規八則

一、每日開爐以至封爐，監工之人、鎔銀之匠，皆不得擅離。午間一餐輪班更代。

一、鎔銀房設大天平一架，由平銀房領到銀銅若干，在此權其重數相符。廠司與匠頭眼同入罐鎔耗，每百兩不得過一錢五分。

一、配合雖有定章，然銀銅同鎔，耗銅更速於耗銀，是以火候稍過則耗多而色高，火候不及則耗少而色低。必火耗適均而成色乃免參差。每日鎔竣即翦所鑄銀板，由化學生細加分化。若火耗與加耗相符，屢試不差則給獎，稍差則記過，屢差則議罰，久差則斥革。

一、鎔化銀邊、廢坯，監視尤不容忽。倘有工徒藏匿微些，一經發覺即行重懲。

一、收來足色白寶較易辨其成色，至於化寶、雜寶，非責令真識銀色匠人逐一辨別不可。如能將贋寶預爲辨出，翦視無異，應酌獎賞。若誤入鎔化，從重罰工。又有夾沙一種尤宜細辨。

一、鎔銀罐之價甚昂，以鎔銀三十餘次爲度。凡領新罐，先繳舊者，以備碾碎銀釉，清提滲銀。

一、鎔銅珠議由捲銅廠之化銅鑪代爲鎔化成珠，永不許在鎔銀房鎔銅。如此則銀銅之根先分，配合之數難淆，亦防弊一端也。

一、鎔銀房之地土、鑪灰皆分箱存儲，俟清提後再出土灰。違則匠頭議罰，其他準此。

捲片、撞坯、烘洗、印文各房條規共九則

一、烤片烘坯，其鑪聚於一屋，捲片撞坯，其機又近於一處，雖餘地無多，而工目各有專責，宜各檢點。某處銀料不敷，仍令某匠賠償，不得藉口卸責。

一、捲片房捲軸尚未安齊，專資早作晚息，藉敷印文之用。如捲一圓銀片以千分寸之八十六爲率，撞出之銀坯果能日日晝一，應予記功；稍有參差則功過兩抵。差在五釐以外，應予記過，差在一分以外則罰。

一、捲片房領板繳片即微有耗，每百兩不得過五釐。否則核其所虧之多少議罰。

一、撞坯房設天平一架，每日匠目督工撞坯，復以學生一名隨時抽權。如一圓銀坯不符在一釐以外，即行剪碎作爲廢邊繳鎔。惟是剪邊、剪坯零星易匿，員司宜加梭察而監視之，學生與照料之匠目尤不容忽。如徒夫稍有難信，即告廠員考覈更換，免釀弊端，致干賠償究懲。其他準此。

一、撞坯房不應有耗，由領片以至繳坯出入必須相符。若干兩差一分以外即罰，至撞二角以下之坯尤宜加慎，以其小而易匿也。

一、烘洗房領繳銀坯計圓尤計重。圓數不符，責令賠償，至重數百兩之耗不得過一錢以外，否則罰。

一、烘洗房領繳二角以下各坯，數目尤須相符。每日領坯時，廠司與匠頭公同點數登簿，倘繳坯時數有不符，惟匠目是問。

一、印文房安設印文機器五架，各安鋼模一副。某架鋼模印廢，即告員司眼同起卸廢模。繳廢領新，不許冒領，以防翻印，不准私儲，以防抵換，違則重罰十工，再犯則責罰並行。

一、印文房廠員時加考察，復派學生一名於開輪時監工。字面龍面不許稍有模糊，輕則刷洗，重則更換。印完則將輪練鎖，以杜偷印之弊。

鐫模房條規六則

一、領取鋼坯若干副，應繳還若干副，雖有鐫廢之模亦須廢模同繳，由廠員按發數核收。如繳數不符發數，從重責罰。

一、外間僞造銀錢，非串通鐫模之匠，即盜竊所鐫之模，故儲模、鐫模關防綦重。鐫模房工徒時加儆戒，勿被誘，勿疏虞，勿無故出廠。

一、車模壓模，本廠均安有機器。無論翻陰翻陽，一有龍字衹在本廠照車，不得送交外廠就他牀車作，違則重罰。

一、僞錢非僞模不製，而僞模又非壓力不成。本廠設壓力機器一座，平時用練盤鎖，凡用壓模，應由廠員開鎖以壓，壓畢即鎖，以防偷壓之弊。

一、鐫成各模即須交廠員點收登記，不得因印文房急於用模私相授受，違則兩罰。

一、僞造銀錢定例綦嚴，一經發覺即罹重典。如非廠鐫之模尚免株連，倘係翻壓之模，定須根究。與其被累於後，何如防弊於先。

搜檢所條規十則

一、本廠工徒於午前七點鐘齊集外更衣所，一律更衣魚貫而入，飯菜而外一概不許攜入，違者扣留。

一、日午十二點鐘停輪後，即將内更衣所扃鎖，以杜工徒擅出。至午後一點半鐘開輪時始行啟鑰，放工前四點三刻即將外更衣所扃鎖，以便放工時挨次搜檢。

一、每日午後四點三刻，本廠工徒齊集内更衣所，一律更衣魚貫而出聽候搜檢，不得抗拒，違者罰一工。

一、工徒因公出廠，由查工房給照出籤，無籤概不放行，有籤亦必搜檢。

一、凡外廠工徒、長短夫役因公到廠者，由搜檢所給照入籤，至放出時一律搜檢。

一、凡領物料，由内廠夫持取憑條送至搜檢所止步，不得外出。外廠夫持條照領運至搜檢所止步，不得内入。内外之限既嚴，懷挾之弊易杜。

一、銀銅兩項不許私帶入廠，一經搜出，雖非本廠之物，亦以有意作弊論，不但將銀銅扣留充公，且罰工十日，以示厲禁。

一、工徒竊帶銀錢，一經搜出應即送縣嚴加懲辦；其值班武弁酌予奬賞。

一、工徒偷竊銀錢未經檢出，或從旁檢舉，其檢舉之工徒請予給賞；應將值班武弁以廢弛記過。

一、廠中燒過煤炸［渣］以及用過棉紗之類，皆不許携帶出廠，違則扣留，且議罰工。

以上各條皆僅就現辦廠規言之。一人常兼數事，實因公本未充撙節創辦而然也。其有未盡條規容隨時考核增益。

批：據禀已悉。所擬銀錢廠條規均尚妥協，仰即督飭員司人等寔力奉行，勿稍疏懈。繳，初三日。

上北洋大臣仁和總督報四月分第三結製成銀錢並代製第一批書　二十三年五月十一日

職局前將試製銀錢二月以前爲第一結，三月分爲第二結，及現辦章程開摺呈核，奉批『鑄造銀圓收支各項及簡明章程均悉，分移司道暨各局所查照』等因，遵即照録批示，並禀稿、章程、清摺各件分移司道及各局所，復將銀錢廠現辦條規呈核奉批照辦均在案。竊以爲，銀圓之鎔製，工徒以考核而漸諳；月報之鈎稽，員司亦以慎密而漸捷。章程既定，祛弊愈嚴，理合將本年四月分製成銀錢第三結，及代銀錢所製成銀錢第一批清摺呈請鑒核。

附録：

四月分第三結製成銀圓配合成色並收發銀錢各數四柱清摺，計開：

實銀項下：

舊管

原存庫平實銀四萬三千八百二十二兩零二分四釐。

新收

一、收津蘆鐵路等處換用銀錢歸回價銀行平化寶折庫平足銀三萬三千八百八十四兩八錢一分六釐。

開除

一、本結撥造銀圓實用庫平實銀四萬八千七百三十兩零九錢零四釐。

前項製成銀圓配合實銀成數已另列細款呈報，理合登明。

實在

存庫平實銀二萬八千九百七十五兩九錢三分六釐。

銀圓項下：

舊管

一圓銀錢二萬四千六百六十一圓。

五角銀錢四百八十八圓。合整圓二百四十四圓。

二角銀錢一萬一千二百七十八圓合整圓二千二百五十五圓六角。

一角銀錢三千零三十三圓合整圓三百零三圓三角。

半角銀錢二千七百一十六圓。

以上共存大小銀圓合整圓二萬七千五百九十九圓七角

新收

一、收本結製成一圓銀錢五萬七千八百九十六圓。

一、收二角銀錢七百二十五圓合整圓一百四十五圓。

一、收一角銀錢一千零二十九圓合整圓一百零二圓九角。

一、收半角銀錢一千一百十六圓合整圓五十五圓八角。

以上共收製成大小銀錢合整圓五萬八千一百九十九圓七角。

開除

一、發津蘆鐵路换用一圓銀錢二千零一十一圓，又一角銀錢三圓合整圓三角。

一、發通惠官銀號换用一圓銀錢二萬五千圓。

一、發源豐潤銀號换用一圓銀錢五千圓。

一、發聚順合銀號换用一圓銀錢一萬圓。

一、發永裕成銀號换用一圓銀錢三千圓。

一、發德恒銀號换用一圓銀錢五千圓。

以上共發大小銀錢五萬零零十四圓，合整圓五萬零零一十一圓三角，每圓價銀七錢零六釐，共計收回銀錢價行平化寶折庫平足銀三萬三千八百八十四兩八錢一分六釐，已於實銀項下列入收款呈報，理合登明。

實在

存一圓銀錢三萬二千五百四十六圓

存五角銀錢四百八十八圓合整圓二百四十四圓。

存二角銀錢一萬二千零零三圓合整圓二千四百圓六角。

存一角銀錢四千零五十九圓合整圓四百零五圓九角。

存半角銀三千八百三十二圓合整圓一百九十一圓六角。

以上共存大小銀錢合整圓三萬五千七百八十八圓一角，歸入下結摺報，理合登明。

製成銀圓配合實銀、銅珠各細數：

一、鎔化九一成銀板庫平五萬四千八百九十八兩三錢九分八釐，内九成實銀四萬九千四百零八兩五錢五分八釐，一成紫銅珠五千四百八十九兩四錢四分。

查前項銀板配合前結報存銀邊屑二千七百五十七兩四錢二分六釐，計實銀二千四百八十兩零零零九釐，銅珠二百七十七兩四錢一分七釐。又實用實銀四萬六千九百二十八兩五錢四分九釐，實用銅珠五千二百十二兩四錢二分三釐。

造成一圓銀錢五萬七千八百九十六圓，每圓按七錢二分核計，應合庫平銀四萬一千六百八十五兩一錢二分原重庫平四萬一千八百一十兩零三錢七分六釐，計補平折耗庫平銀一百二十五兩二錢五分六釐。

撞剩銀邊屑庫平五百四十四兩六錢八分六釐歸入銀邊銀屑項下列收。火耗並烘撞、摇洗、重鎔各耗庫平二百七十七兩一錢一分七釐。

以上造成銀錢並邊耗共用九一成銀板庫平四萬二千六百三十二兩一錢七分九釐外加重鎔銀邊火耗銅珠二百四十六兩八錢四分六釐。

一、鎔化八二成銀板庫平七千三百七十七兩六錢六分，内八二成實銀六千零四十九兩六錢八分一釐，一八成紫銅珠一千三百二十七兩九錢七分九釐。

查前項銀板配合前結報存銀邊屑四千八百十六兩三錢三分六釐，計實銀四千二百四十七兩三錢二分六釐，銅珠五百六十九兩零三分，又實用實銀一千八百零二兩三錢五分五釐，實用銅珠七百五十八兩九錢四分九釐。

一、造成二角銀錢七百二十五圓合整圓一百四十五圓，每圓按一錢四分四釐核計，應合庫平銀一百零四兩四錢原重庫平銀一百零四兩五錢五分八釐，計補平折耗庫平銀一錢五分八釐。

一、造成一角銀錢一千零二十九圓合整圓一百零二圓九角，每圓按三分六釐核計，應合庫平銀七十四兩零八分八釐原重庫平銀七十三兩三錢二分三釐，計不敷應重庫平銀七錢六分五釐。

一、造成半角銀錢一千一百一十六圓合整圓五十五圓八角。每圓按三分六釐核計，應合庫平銀四十兩零一錢七分六釐原重庫平四十兩零六錢八分三釐，計補平折耗庫平銀五錢零七釐。

撞剩銀邊屑庫平三百一十七兩八錢五分八釐。歸入銀邊屑項下列收。

火耗並烘撞、摇洗各耗十九兩五錢八分二釐。

以上造成二角至半角各銀錢並邊耗共用八二成銀板庫平五百五十六兩零零四釐外加重鎔銀邊火耗銅珠十五兩六錢五分八釐。統計鎔化銀板重庫平六萬二千二百七十六兩零五分八釐，內：用實銀五萬五千四百五十八兩二錢三分九釐，用紫銅珠六千八百十七兩八錢一分九釐外加重鎔火耗銅珠二百六十二兩五錢零四釐，造成銀圓收回銀邊並火耗等項四萬三千一百八十八兩一錢八分三釐。

存九一成銀板庫平一萬二千五百一十三兩零六分五釐。又前結報存九一成銀板庫平一萬六千七百零六兩四錢八分七釐。二共存九一成銀板庫平二萬九千二百一十九兩五錢五分二釐，內九成實銀二萬六千二百九十七兩五錢九分七釐，一成銅珠二千九百二十一兩九錢五分五釐。

存八二成銀板庫平六千八百三十七兩三錢一分四釐。又前結報存八二成銀板庫平五百三十七兩七錢五分。二共存八二成銀板庫平七千三百七十五兩零六分四釐，內八二成實銀六千零四十七兩五錢五分二釐，一八成銅珠一千三百二十七兩五錢一分二釐。

存八六成銀板庫平五百一十六兩六錢二分八釐，内八六成實銀四百四十四兩三錢，一四成銅珠七十二兩三錢二分八釐。

撞剩銀邊銀屑前結報存庫平八千八百七十兩零五錢七分一釐，内實銀七千二百九十七兩二錢四分三釐，銅珠一千五百七十三兩三錢二分八釐。

本結收剩回銀邊銀屑庫平八百六十二兩五錢四分四釐，内實銀七百五十六兩二錢九分，銅珠一百零六兩二錢五分四釐。

本結配合銀邊屑庫平七千五百七十三兩七錢八分二釐，内實銀六千七百二十七兩三錢三分五釐，銅珠八百四十六兩四錢四分七釐。

存撞剩銀邊屑按用剩成數計庫平二千一百五十九兩三錢三分三釐，内：實銀一千三百二十六兩一錢九分八釐，銅珠八百三十三兩一錢三分五釐。

查製造銀圓分兩以及配合成色補平火耗一切辦法已於第一結摺内詳細開列，理合登明。

再，本結造成整圓銀圓每圓合成本實銀六錢五分三釐二毫二絲零，又每圓攤工料實銀一分七釐，二共合成本庫平實銀六錢七分二毫二絲零。按四月分收回銀圓行市每圓行平化寶七錢六釐，折庫平足銀六錢七分七釐五毫四絲零，核計每圓盈餘銀七釐三毫二絲零。又本結造成二角以下小銀錢合整圓每圓計成本實銀五錢九分三釐九毫七絲零，每圓攤工料實銀一分七釐，二共合成本庫平實銀六錢一分零九毫七絲零。按四月分整圓行市庫平足銀六錢七分七釐五毫四絲零，核計每圓盈餘銀六分六釐五毫七絲零較整圓銀錢每圓省成本銀五分九釐二毫五絲，惟小銀錢搭用無多，能否照整圓行市常行通用尚難遽定。合併聲明。

銀錢所解交第一批實銀折成足色照章申水製成銀錢，扣除薪工、火耗、煤料等項數目清摺，計開：

新收項下：

江西省江海關寶銀湘平二萬兩、核津市錢平二萬零零九十兩零三錢七分，除補足十足銀一百零三兩六錢外，實收錢平實足寶銀一萬九千九百八十六兩七錢七分。照奏定章程申水二千一百五十三兩七錢二分四釐六毫，共重二萬二千一百四十兩零四錢九分四釐六毫。

製成項下：

造成一圓銀錢二萬八千五百零五圓計重二萬一千五百三十七兩二錢四分六釐六毫。

開除項下：

鎔捲撞烘洗印等耗每百兩七錢五分，共一百四十九兩九錢。初鎔銀每百兩耗一錢五分，再鎔邊耗又減半，層遞鎔完，共計每百兩耗二錢五分，連捲、撞烘、洗印共耗七錢五分。煤炭物料等項每日二十二兩，計九日，共二百三十四兩。委員司事薪水每日七兩二錢六分二釐，計九日，共六十五兩三錢五分八釐。華洋工匠並學生工食每日一十七兩一分一釐，計九日，共一百五十三兩九錢九分。四項共銀六百零三兩二錢四分八釐，連製成分兩合計共銀二萬二千一百四十兩零四錢九分四釐六毫。以收抵除外，計造成一圓銀錢二萬八千五百零五圓，共重二萬一千五百三十七兩二錢四分六釐六毫。前於初三日已解交一圓銀錢二萬五千圓，計重一萬八千八百九十兩零二錢九分，又於初七日解交一圓銀錢三千五百圓，計重二千六百四十三兩三錢二分，現又解交一圓銀錢五圓，計重三兩七錢三分六釐六毫。統共計交一圓銀錢二萬八千五百零五圓，共重二萬一千五百三十七[兩]二錢四分六釐六毫，兩清。查庫平足色銀每萬兩申水一成，可製一圓銀錢一萬五千三百三十餘圓，二萬兩計製三萬六百六十餘圓，工料在外。

此項代製銀二萬兩係湘平雜寶銀，按湘平較庫平約計少銀七百餘兩，又雜寶較十足寶銀每百兩耗色五錢有奇，又少一百零三兩有餘，統共少銀八百餘兩，是以所製銀圓數目比照廣東代製亦少一千一百九十餘圓。

又湘平折庫平每圓攤成本六錢七分七釐零五絲四忽。

批：據送清摺存核繳。十五日。

上北洋大臣仁和總督局造銀圓請通飭曉諭並借成本書　正月十八日

職局遵飭創製銀圓，即於添購機器奏咨立案後建廠置鑪，設器課試，造銀圓式樣，詳蒙奏呈御覽，聲明將會議章程分咨户、工部察照，奉旨『户部知道，欽此』欽遵在案。竊以爲，工料之盈絀視成本之多寡爲轉移，行用之通滯又視官市之收支爲樞紐，而非使行市罔有參差，無以慎之於始；而非使僞作毫無媒孽，無以嚴之於繼。職局所造銀圓大小五種，成色一依東南各行省通用之鷹洋及美利加之各種小銀圓爲準，鎔壓如式，精益求精，涓滴歸公，無所用其絲毫之苟，銀圓就市似亦可濟錢價之平。惟有仰懇行飭鐵路公司、鹽金局，與夫通惠官銀號一律收放，並行藩運兩司、津海關道、天津道府縣等處，凡遇雜款均遵部議行使，一面將奏奉諭旨刊示，通飭曉諭商民一體遵照，成色既高，不許與鷹洋兑錢之數稍有異同。又刑部議定私鑄銀錢罪名，以及兩廣總督審辦私鑄銀圓，請將爲首之鄭亞東等三犯即行正法在案。定例綦嚴，成案具在，應如何詳切告誡，俾營私作僞之徒不敢以身試法之處出自鈞核。

抑更有請者，聞各行省制錢奇昂，惟廣東價覺稍平者，以通行有小銀圓補銅錢之不逮耳，成效參觀，固不獨便民用收利權已也。然非預借成本銀三十萬，不無停工待料之虞。昨奉面諭『恐一時借撥，不過十萬』等因，以之試造則易，以之周轉則難。據銀錢所李道孫道面稱護衛營餉歸其支給，此外有蘆台武毅軍二十五營已需八萬兩之譜，本擬分設官銀號於彼亦收亦發，如借造銀圓，於餉項無妨，於圜法有裨，此亦爲同體鈞意、力顧大局起見。應請行飭銀錢所李道孫道妥議舉辦，如能先借兩月營餉俾補成本之不足，以後隨造隨兑，以此爲搭放營餉之推［椎］輪，即以此爲裕通工商之籌箸。愚昧之見，陳請核遵，未盡事宜更求指示。

批：據禀已悉。鑄造銀圓原期流通行使，平錢價而資周轉。候飭在津司道暨各局所通惠官銀號分别搭放軍餉，兼收並用，一面出示，曉諭商民一體遵照行使，不許與鷹洋兑錢之數稍有異同。所請借支成本並已飭長蘆運司、津海關道、天津道支應局、銀錢所，公同籌商，各於庫存閑款、雜款項下共湊銀十萬兩借撥應用。至請飭銀錢所先借兩月營餉之處，目前餉源支絀，該所開放月餉牽前搭後，尚形拮据，勢難預籌兩月之餉以供借撥。應先就十萬金成本鑄造，但期入市以後由近及遠一律通行，則周轉自便。推而至於搭放營餉，自有水到渠成之候。仰即遵照。繳。

上北洋大臣仁和總督五月分第四結製成銀錢並總計盈餘數目代製第二批書

職局鑄造銀圓，曾將四月分第三結並代製第一批分開清摺呈核，奉批在案。兹查本年五月分製成銀錢第四批，自應遵照稟定章程按月開摺呈報。再，查試製銀錢自光緒二十二年七月分起至本年二月底止爲第一結，始則鑄造無多，一切薪工物料劃歸安器建廠項下開報，自三、四、五三箇月每月一結，其薪工物料即在鑄造銀圓款内核算。此三箇月除成本暨鑄造銀圓工料外，總計攤算盈餘庫平銀二千零八十餘兩，另開清摺，並代銀錢所製成第二批銀錢數目清摺一併呈請鑒核。六月初十日。

附録：

五月分第四結製成銀圓配合成色並收發銀錢各數目四柱清摺，計開：

實銀項下：

舊管

原存庫平實銀二萬八千九百七十五兩九錢三分六釐。

新收

一、收通惠官銀號各處換用銀錢價、歸回價銀行平化寶折庫平足銀三萬零三百四十三兩三錢九分四釐。

開除

一、本結撥造大小銀錢合整圓七萬八千八百六十圓零七角，實用庫平實銀三萬零四百五十七兩二錢九分二釐。前項製成銀圓配合實銀成數已另列細款呈報，理合登明。

實在

存庫平實銀二萬八千八百六十二兩零三分八釐。

銀圓項下：

舊管

一圓銀錢三萬二千五百四十六圓。

五角銀錢四百八十八圓合整圓二百四十四圓。

二角銀錢一萬二千零零三圓合整圓二千四百圓零零六角。

一角銀錢四千零五十九圓合整圓四百零五圓九角。

半角銀錢三千八百三十二圓合整圓一百九十一圓六角。

以上共存大小銀錢合整圓三萬五千七百八十八圓一角。

新收

一、收本結製成一圓銀錢七萬三千一百四十六圓。

一、收五角銀錢六百一十圓合整圓三百零五圓。

一、收二角銀錢一萬一千四百一十八圓合整圓二千二百八十三圓六角。

一、收一角銀錢二萬三千九百二十一圓合整圓二千三百九十二圓一角。

一、收半角銀錢一萬四千六百八十圓合整圓七百三十四圓。

以上共收製成大小銀錢合整圓七萬八千八百六十圓七角。

開除

一、發通惠官銀號換用整圓銀錢二萬圓，又二角銀錢一千圓，合整圓二百圓。又一角銀錢一千圓，合整圓一百圓。又半角銀錢一千圓。合整圓五十圓。

一、發津蘆鐵路換用整圓銀錢三千零二十五圓，又二角銀錢二十五圓，合整圓五圓。又一角銀錢五十四圓，合整圓五圓四角。又半角銀錢一圓。

一、發源豐潤換用整圓銀錢五千圓。

一、發永裕成换用整圓銀錢九千圓。

一、發聚順合换用整圓銀錢五千圓。

一、發華洋工匠工食，本局賬房换用整圓銀錢二千四百八十八圓，又半角銀錢一圓。

一、發俄國欽差及日本領事呈樣用整圓銀錢二圓，又五角銀錢二圓，合整圓一圓。又二角銀錢二圓，合整圓四角。又一角銀錢二圓合整圓二角，又半角銀錢二圓合整圓一角。

以上共發大小銀錢四萬七千六百零四圓，合整圓四萬四千八百七十七圓二角。内除呈樣大小合整圓三圓七角不計外，實發各處换用收回價銀大小銀錢四萬四千八百七十三圓五角，内：

銀錢五千圓每圓價銀七錢零六釐，行平化寶折庫平足銀三千三百八十七兩七錢一分六釐

銀錢二萬一千八百七十三圓五角每圓價銀七錢零五釐，行平化寶折庫平足銀一萬四千七百九十九兩二錢四分九釐。

銀錢八千圓每圓價銀七錢零四釐，行平化寶折庫平足銀五千四百零四兩九錢九分。

銀錢一萬圓每圓價銀七錢零三釐五毫，行平化寶折庫平足銀六千七百五十一兩四錢三分九釐。

以上共收銀錢價行平化寶折庫平足銀三萬零三百四十三兩三錢九分四釐，已於實銀項下列入收款呈報，理合登明。

實在

存一圓銀錢六萬一千一百七十七圓。

存五角銀錢一千零九十六圓合整圓五百四十八圓。

存二角銀錢二萬二千三百九十四圓合整圓四千四百七十八圓八角。

存一角銀錢二萬六千九百二十四圓合整圓二千六百九十二圓四角。

存半角銀錢一萬七千五百零八圓合整圓八百七十五圓四角。

以上共存大小銀錢合整圓六萬九千七百七十一圓六角，歸入下結摺報，理合登明。

製成銀錢配合實銀銅珠各細數：

一、鎔化九一成銀板庫平三萬六千八百二十九兩八錢零一釐，內九成實銀三萬三千一百四十六兩八錢二分一釐，一成銅珠三千六百八十二兩九錢八分。

查前項銀板配合前結報存銀邊屑二千九百八十八兩四錢三分四釐，計實銀二千六百八十九兩五錢二分九釐，銅珠二百九十八兩九錢零五釐。又實用實銀三萬零四百五十七兩二錢九分二釐，實用銅珠三千三百八十四兩零七分五釐。

造成一圓銀錢七萬三千一百四十六圓，每圓按七錢二分核計，應合庫平銀五萬二千六百六十五兩一錢二分，內原重五萬二千六百一十七兩九錢九分，計不敷銀四十七兩一錢三分。

撞剩銀邊屑庫平三百零一兩四錢四分，火耗並烘撞、摇洗、重鎔各耗庫平二百四十七兩六錢五分一釐。

以上造成銀錢並邊耗共用九一成銀板庫平五萬三千一百六十七兩零八分一釐。

一、鎔化八二成銀板庫平三千零七十八兩零三分一釐，内八二成實銀二千五百二十三兩九錢八分五釐，一八成銅珠五百五十四兩零四分六釐。

查前項銀板配合前結報存銀邊屑三千零七十八兩零三分一釐，計實銀二千五百二十三兩九錢八分五釐，銅珠五百五十四兩零四分六釐。

造成二角銀錢一萬一千四百一十八圓，每圓按一錢四分四釐核計，應合庫平銀一千六百四十四兩一錢九分二釐，内原重一千六百三十七兩六錢八分五釐，計不敷銀六兩五錢零七釐。

造成一角銀錢二萬三千九百二十一圓，每圓按七分二釐核計，應合庫平銀一千七百二十二兩三錢一分二釐，原重一千七百四十二兩六錢七分二釐，計補平折耗銀二十兩零三錢六分。

造成半角銀錢一萬四千六百八十圓，每圓按三分六釐核計，應合庫平銀五百二十八兩四錢八分，内原重五百一十六兩九錢四分五釐，計不敷銀十一兩五錢三分五釐。

撞剩銀邊屑庫平六千五百三十六兩四錢一分四釐，火耗並烘撞、摇洗各耗十九兩三錢七分九釐。

以上造成二角至半角各銀錢並邊耗共用八二成銀板一萬零四百五十三兩零九分五釐。

造成五角銀錢六百十圓，每圓按三錢六分核計，應合庫平銀二百十九兩六錢，原重二百二十一兩二錢，計補平折耗銀一兩六錢。

撞剩銀邊屑二百九十五兩零九分一釐，捲撞烘洗印各耗三錢三分七釐。

以上造成五角銀錢並邊耗共用八六成銀板五百十六兩六錢二分八釐，統計鎔化各項銀板庫平三萬九千九百零七兩八錢三分二釐用實銀三萬五千六百七十兩零八錢零六釐，銅珠四千二百三十七兩零二分六釐，造成大小銀錢收回銀邊至火耗等項庫平六萬四千一百三十六兩八錢零四釐。

存前結報存九一成銀板庫平二萬九千二百十九兩五錢五分二釐，內九成實銀二萬六千二百九十七兩五錢九分七釐，一成銅珠二千九百二十一兩九錢五分五釐。

本結收九一成銀板庫平三萬六千八百二十九兩八錢零一釐，內九成實銀三萬三千一百四十六兩八錢二分一釐，一成銅珠三千六百八十二兩九錢八分。

本結造銀錢用九一成銀板庫平五萬三千一百六十七兩零八分一釐，內九成實銀四萬七千八百五十兩零三錢七分三釐，一成銅珠五千三百一十六兩七錢零八釐。

存九一成銀板庫平一萬二千八百八十二兩二錢七分二釐，內九成實銀一萬一千五百九十四兩零四分五釐，一成銅珠一千二百八十八兩二錢二分七釐。

存前結報存八二成銀板庫平七千三百七十五兩零六分四釐，內八二成實銀六千零四十七兩五錢五分二釐，一八成銅珠一千三百二十七兩五錢一分二釐。

本結收八二成銀板庫平三千零七十八兩零三分一釐，內八二成實銀二千五百二十三兩九錢八分五釐，一八成銅珠五百五十四兩零四分六釐。

本結造銀錢用八二成銀板庫平一萬零四百五十三兩零九分五釐，内八二成實銀八千五百七十一兩五錢三分八釐，一八成銅珠一千八百八十一兩五錢五分七釐，無存。

存前結報存八六成銀板庫平五百十六兩六錢二分八釐，内八六成實銀四百四十四兩三錢，一四成銅珠七十二兩三錢二分八釐。

本結造銀錢用八六成銀板庫平五百十六兩六錢二分八釐，無存。

存前結報存撞剩銀邊屑庫平二千一百五十九兩三錢三分三釐，内實銀一千三百二十六兩一錢九分八釐，銅珠八百三十三兩一錢一分五釐。

本結收回撞剩銀邊銀屑庫平七千一百三十二兩九錢七分五釐，内實銀六千零八十八兩零五分三釐，銅珠一千零四十四兩九錢二分二釐。

本結配合銀邊屑庫平六千零六十六兩四錢六分五釐，内實銀三千二百一十三兩五錢一分四釐，銅珠八百五十二兩九錢五分一釐。

存撞剩銀邊屑按用剩成數計庫平三千二百二十五兩八錢四分三釐，内實銀二千六百三十七兩零三分二釐，銅珠五百八十八兩八錢一分一釐。

查製造銀錢分兩以及配合成色補平火耗一切辦法，已於第一結摺内詳細開列，理合登明。

再，本結造成一圓銀錢每圓合成本實銀六錢五分零五毫二絲，又每圓攤工料實銀一錢七分，二共合工本庫平實銀六錢六分七釐五毫二絲，按五月分收回銀圓各行市匀計，行平化實銀七錢零四釐五毫九絲，折庫平足銀六錢七分六釐一毫九絲，核計每圓盈餘銀八釐六毫七絲。

又本結造成五角銀錢合整圓每圓計成本實銀六錢二分五釐四毫七絲八忽，又每圓攤工料實銀二分二釐一毫，二共合工本庫平實銀六錢四分七釐五毫七絲八忽，按五月分整圓行市庫平足銀六錢七分六釐一毫九絲，核計每圓盈餘二分八釐六毫一絲二忽。又本結造成二角以下銀錢合整圓每圓計成本實銀五錢九分三釐五毫六絲六忽。

又每圓攤工料實銀二分八釐四毫，二共合工本庫平實銀六錢二分一釐九毫六絲六忽，按五月分整圓行市庫平足銀六錢七分六釐一毫九絲，核計每圓盈餘銀五分四釐二毫二絲四忽。

銀錢所解交第二批實銀折成足色照章申水製成，除扣薪工、火耗、煤料等項數目開呈鑒核，計開：

新收項下：

化寶銀湘平二萬兩，合錢平二萬零零八十兩，内有一萬零八百二十六兩七錢三分六釐，較十足銀色實有低至一兩二三錢者。茲擬匀計每百兩除去補色銀一兩，共除補十足色銀一百零八兩二錢六分七釐外，實收錢平十足寶銀一萬九千九百七十一兩七錢三分三釐。照奏定章程計，一圓銀錢申水一成二千零八十八兩四錢六分八釐一毫，又二角以下銀錢申水一八成一百三十六兩七錢零三釐，三共二萬二千一百九十六兩九錢零四釐一毫。

製成項下：

造成一圓銀錢二萬七千八百三十一圓計重二萬零八百八十四兩六錢八分一釐五毫，造成二角銀錢二千五百圓，合整圓五百圓計重三百七十八兩二錢五分三釐，造成一角銀錢四千五百圓，合整圓四百五十圓計重三百四十三兩二錢九分二釐，造成半角銀錢一千圓，合整圓五十圓計重三十七兩九錢一分四釐。

開除項下：

鎔捲撞烘洗印等耗每百兩七錢五分，共銀一百四十九兩七錢八分八釐初鎔銀每百兩耗一錢五分，再鎔邊耗又減半，層遞鎔完，計每百兩耗二錢五分，又捲撞烘洗印耗三錢五分，共計銷耗七錢五分。煤炭物料等項每日二十六兩，共八日，計銀二百零八兩；委員司事薪水每日七兩二錢六分二釐，共八日，計銀五十八兩零九分六釐。華洋工匠並學生工食每日一十七兩一錢一分，共八日，計銀一百三十六兩八錢八分。以上四項共銀五百五十二兩七錢六分四釐，連製成分兩合計共銀二萬二千一百九十六兩九錢零四釐五毫。以收抵除外，計造成大小銀錢三萬五千八百三十一圓，合整圓二萬八千八百三十三圓，共重二萬一千六百四十四兩一錢四分零五毫，計不敷銀四毫。前於四月二十九日已解交一圓銀錢九千圓，計重六千七百六十四兩四錢九分九釐，二角銀錢二千五百圓，合整圓五百圓，計重三百七十八兩二錢五分三釐，一角銀錢四千五百圓，合整圓四百五十圓，計重三百四十三兩二錢九分二釐，半角銀錢一千圓，合整圓五十圓，計重三十七兩九錢一分四釐。又於五月十一日解交一圓銀錢一萬圓，計重七千四百八十八兩六錢三分三釐。又於十八日解交一圓銀錢八千圓，計重六千零零八兩零六分四釐。現又解交一圓銀錢八百三十圓，計重六百二十三兩四錢八分五釐五毫。共計解交大小銀錢合整圓二萬八千八百三十一圓，共重二萬一千六百四十四兩一錢四分零五毫，下短銀四毫。

查此次原來湘平銀二萬兩，折成庫平每圓攤成本銀六錢六分九釐三毫九絲八忽零，又每圓攤湘平銀六錢九分三釐六毫九絲七忽零。

謹將光緒二十二年七月分起至本年正月分止製造銀圓原入成本比較現在實存核計盈餘數目開摺呈請鈞鑒，計開：

一、原入成本由本局經費内暫挪庫平實銀四萬五千兩。

一、由津海關、銀錢所撥成本庫平實銀三萬九千二百九十九兩四錢三分一釐。

以上共入成本庫平銀八萬四千二百九十九兩四錢三分一釐。

查造成銀圓實用銀數内有兑回銀錢價銀往復鎔造，若併入成本核計，銀圓與銀數轉較原本增多，未能符合。除鎔化銀板製成銀圓收回價銀，以及開支實存各數另列分款細數摺報外，應按五月底止結算實存銀圓實銀各數，除去歸還工料價銀，比較成本，計算有無盈餘，以清眉目而便稽核。

一、實銀結止[至]五月底止，共存庫平實銀二萬八千八百六十二兩零三分八釐。

一、銀圓結至五月底止，共存大小銀錢合整圓六萬九千七百七十一圓六角按每圓七錢零三釐五毫共合庫平實銀四萬七千一百零五兩八錢七分四釐。

一、銀板、銀邊、銀屑結至五月底止，共存庫平實銀一萬四千一百零二兩二錢五分二釐。

查五月底止結存九一成銀板一萬二千八百八十二兩二錢七分，酌除傷耗按八成九，净合實銀一萬一千四百六十五兩二錢二分。又九成銀邊一千二百七十兩零零零三釐，酌除傷耗按八成九，净合實銀一千一百三十兩零三錢零二釐。又八二成銀邊一千七百零五兩八錢四分，酌除傷耗按八成一，净合實銀一千三百八十一兩七錢三分。又銀屑二百五十兩，酌除傷耗一半，净合實銀一百二十五兩。

以上共存庫平實銀九萬零零七十兩零一錢六分四釐。

除原入成本庫平實銀八萬四千二百九十九兩四錢三分一釐。

除造成銀錢合整圓二十三萬四千九百六十七圓四角計製造七十三日，每日攤工料銀五十兩零四錢四分三釐，共應歸回工料價庫平實銀三千六百八十二兩三錢三分九釐。

查本年二月二十四日起至五月二十三日止計九十日，除代銀錢所代製兩批銀圓計十七日工料已收回呈報外，净合七十三日。再上年七月至本年正月底止，所有安器試造各工料，其時尚未製成銀圓，前項工料已歸入購器建廠墊辦各項工料内另行開報，製成銀圓内並未攤算，合併聲明。

統計盈餘庫平實銀二千零八十八兩三錢九分四釐。

查前項盈餘按造成銀圓共合整圓二十三萬四千九百六十七圓四角，每圓攤盈餘庫平實銀八釐八毫八絲七忽零，所有盈餘仍在存款之內，並未提出。再，所核盈餘係就三、四、五三結總計攤算，較五月分所報盈餘數目稍多，理合登明。

批：據稟已悉，清摺存核。十六日。

上北洋大臣仁和總督九月分第八結製成銀圓並代製各批數目書

職局鑄造銀圓，曾將八月分第七結，並推廣代製滙豐號第一批，以及核計盈餘數目開摺呈核奉批在案。兹查，九月分製成銀圓係第八結，自應照章按月開報，並聲明連前盈餘銀數。又代製銀錢所第四批銀圓數目，以及盛京卿代製銀圓一萬圓各細數，理合分别開具清摺呈請鑒核。十月二十一日。

附録：

九月分第八結製成銀錢配合成色並收發銀錢核計盈餘數目四柱清摺，計開：

實銀項下：

舊管

原存庫平實銀二萬九千三百九十五兩二錢六分三釐。

新收

一、收各處銀號並各錢店換用銀錢歸還價銀庫平五萬零三百七十七兩一錢一分七釐。

開除

一、本結撥造整圓銀錢九萬九千二百四十七圓，用庫平實銀五萬零五百五十九兩五錢零四釐。

查前項製成銀錢配合實錢成數已另列細款呈報，理合登明。

實在

存庫平實銀二萬九千二百十二兩八錢七分六釐。

銀圓項下：

舊管

一圓銀錢五萬六千六百零一圓。

五角銀錢一千零九十五圓合整圓五百四十七圓五角。

二角銀錢二萬七千四百二十四圓合整圓五千四百八十四圓八角。

一角銀錢二萬六千九百六十圓合整圓二千六百九十六圓。

半角銀錢一萬二千零八十六圓合整圓六百零四圓三角。

以上共存大小銀錢合整圓六萬五千九百三十三圓六角。

新收

一、收本結製成整圓銀錢九萬九千二百四十七圓。

一、收本結製成五角銀錢四千六百四十六圓合整圓二千三百二十三圓。

以上共收大小銀錢合整圓十萬零一千五百七十圓。

開除

一、發通惠官銀號整圓銀錢三千圓。

一、發恒源號整圓銀錢一萬五千圓。

一、發三義合整圓銀錢五千圓。

一、發美成德整圓銀錢四千圓。

一、發永裕成整圓銀錢二千圓。

一、發聚順合整圓銀錢二千圓。

一、發德恒號整圓銀錢九千圓。

一、發仁昌號整圓銀錢二千圓。

一、發天興德整圓銀錢五千圓。
一、發德華銀行整圓銀錢一萬五千圓。
一、發鴻泰裕整圓銀錢五千圓。
一、發恒昌號整圓銀錢二千圓。
一、發本局賬房整圓銀錢四千四百四十九圓。
一、發本局賬房一角銀錢八圓。

以上共發大小銀錢合整圓七萬三千四百四十九圓八角，内：

銀錢三千圓每圓價銀七錢二分，行平化寶、折庫平足銀二千零七十二兩九錢三分七釐。

銀錢一萬九千四百四十九圓八角每圓價銀七錢一分八釐，行平化寶、折庫平足銀一萬三千四百零二兩零六分九釐。

銀錢五千圓每圓價銀七錢一分七釐，行平化寶、折庫平足銀三千四百四十兩零四錢九分九釐。

銀錢九千圓每圓價銀七錢一分六釐，行平化寶折庫平足銀六千一百八十四兩二錢六分一釐

銀錢一萬圓每圓價銀七錢一分五釐，行平化寶折庫平足銀六千八百六十一兩八錢零四釐。

銀錢五千圓每圓價銀七錢一分三釐，行平化寶折平[庫]平足銀三千四百二十一兩三錢零五釐。

銀錢四千圓每圓價銀七錢一分一釐，行平化寶折庫平足銀二千七百二十九兩三錢六分七釐。

銀錢一萬八千圓，每圓價銀七錢一分。行平化寶折庫平足銀一萬二千二百六十四兩八錢七分五釐。

以上共收銀錢價行平化寶折庫平足銀五萬零三百七十七兩一錢一分七釐，已於實銀項下列入收款呈報，理合登明。

實在

存一圓銀錢八萬二千三百九十九圓。

存五角銀錢五千七百四十一圓合整圓二千八百七十圓五角。

存二角銀錢二萬七千四百二十四圓合整圓五千四百八十四圓八角。

存一角銀錢二萬六千九百五十二圓合整圓二千六百九十五圓二角。

存半角銀錢一萬二千零八十六圓合整圓六百零四圓三角。

以上共存大小銀錢合整圓九萬四千零五十三圓八角。

製成銀錢配合銅珠各細數：

一、鎔化九一成銀板庫平五萬六千零十四兩四錢七分四釐，内：九成實銀五萬零四百十三兩零二分七釐，一成紫銅珠五千六百零一兩四錢四分七釐。

查前項銀板配用實銀五萬零四百十三兩零二分七釐，又補色用實銀一百四十六兩四錢七分七釐，實用紫銅珠五千二百八十三兩二錢八分九釐，又用加耗紫銅珠一百七十一兩六錢八分一釐。

造成一圓銀錢九萬九千二百四十七圓，每圓按七錢二分核計，應合庫平銀七萬一千四百五十七兩八錢四分原重七萬二千一百十八兩五錢七分一釐，計補平折耗六百六十兩零七錢三分一釐。撞剩銀邊屑庫平銀一千八百四十兩八錢一分二釐。

火耗並烘撞、摇洗、重鎔各耗庫平銀三百五十八兩二錢四分。

以上造成銀錢並邊耗共用九一成銀板庫平七萬四千三百十七兩六錢二分三釐。

一、鎔化八六成銀板庫平三千七百二十兩零四錢五分七釐，内八六成實銀三千一百九十九兩五錢九分三釐，一四成紫銅珠五百二十兩零八錢六分四釐。

查前項銀板配合前結報存銀邊屑三千五百六十八兩二錢一分四釐，内計實銀三千一百九十九兩五錢九分三釐，紫銅珠三百六十八兩六錢二分一釐。改爲八六成，加用紫銅珠一百四十八兩六錢七分五釐，又加耗用紫銅珠三兩五錢六分八釐。

造成五角銀錢四千六百四十六圓合整圓二千三百二十三圓，每圓按三錢六分核計，應合庫平一千六百七十二兩五錢六分原重一千六百七十八兩六錢九分六釐，計補平折耗六兩一錢三分六釐，撞剩銀邊屑庫平二千零三十四兩二錢五分九釐。火耗並烘撞、摇洗、重鎔各耗庫平七兩五錢零二釐。

以上造成五角銀錢並邊耗共用八六成銀板庫平三千七百二十兩零四錢五分七釐。

統計鎔化二項銀板庫平五萬九千七百三十四兩九錢三分一釐，内用實銀五萬三千六百十二兩六錢二分，紫銅珠六千一百二十二兩三錢一分一釐。

造成大小銀錢收回銀邊屑並火耗等項共用銀板庫平七萬八千零三十八兩零八分。

存前結報存九一成銀板庫平一萬九千五百二十七兩八錢二分九釐，内九成實銀一萬七千五百七十五兩零四分六釐，一成紫銅珠一千九百五十二兩七錢八分三釐。

收本結九一成銀板庫平五萬六千零十四兩四錢七分四釐，内九成實銀五萬零四百十三兩零二分七釐，一成紫銅珠五千六百零一兩四錢四分七釐。

除本結造一圓銀錢用九一成銀板庫平七萬四千三百十七兩六錢二分三釐，内九成實銀六萬六千八百八十五兩八錢六分一釐，一成紫銅珠七千四百三十一兩七錢六分二釐。

存九一成銀板庫平一千二百二十四兩六錢八分，内九成實銀一千一百零二兩二錢一分二釐，一成紫銅珠一百二十二兩四錢六分八釐。

收本結八六成銀板庫平三千七百二十兩零四錢五分七釐，内八六成實銀三千一百九十九兩五錢九分三釐，一四成紫銅珠五百二十兩零八錢六分四釐。

除本結造成五角銀錢用八六成銀板庫平三千七百二十兩零四錢五分七釐，無存。

存前結報存撞剩銀邊屑庫平三千五百三十八兩八錢零六釐，内實銀三千一百五十二兩零零三釐，紫銅珠三百八十六兩八錢零三釐。

本結收回撞剩銀邊屑庫平三千八百七十五兩零七分一釐，内實銀三千四百零六兩一錢九分四釐，紫銅珠四百六十八兩八錢七分七釐。

除本結配用銀邊屑庫平三千五百六十八兩二錢一分四釐，内實銀三千一百九十九兩五錢九分三釐，紫銅珠三百六十八兩六錢二分一釐。

存撞剩銀邊屑按用存成數核計庫平三千八百四十五兩六錢六分三釐，内實銀三千三百五十八兩六錢零四釐，紫銅珠四百八十七兩零五分九釐。

查本結結存實銀二萬九千二百十二兩八錢七分六釐，實存大小銀錢合整圓九萬四千零五十三圓八角，兹按時價七錢零一釐，合行平折庫平實銀六萬三千二百七十四兩一錢九分八釐，實存九一成銀板一千二百二十四兩六錢八分，按八成九酌除傷耗，净合實銀一千零八十九兩九錢六分五釐。實存八六成銀邊屑一千八百四十八兩二錢六分四釐，按八成五酌除傷耗，净合實銀一千五百七十一兩零二分四釐。實存八二成銀邊屑一千九百九十七兩三錢九分九釐，按八成一酌除傷耗，净合實銀一千六百十七兩八錢九分三釐。共存庫平實銀九萬六千七百六十五兩九錢五分六釐。

一、除原入成本庫平實銀八萬四千二百九十九兩四錢三分一釐。

一、除前結報存工料價庫平實銀七千五百四十一兩二錢二分九釐。

一、結前結報存盈餘庫平實銀二千七百二十三兩五錢二分九釐。

一、除本結造成大小銀錢合整圓十萬零一千五百七十圓計製造三十日，每日應攤工料銀五十兩零四錢四分三釐，共應歸工料價庫平實銀一千五百十三兩二錢九分。

統計本結盈餘庫平實銀六百八十八兩四錢七分七釐，連前共存庫平實銀三千四百十二兩零零六釐。

謹將銀錢所解交第四批寶銀折成足色照章申水製成銀錢，除扣薪工、火耗、煤料等項數目開呈鈞鑒，計開：

新收項下：

化寶湘平銀二萬兩，合津市錢平二萬零零八十兩，由通惠官銀號兑换十足寶銀，每百兩應除補色銀一兩三錢，共計除補十足色銀二百六十一兩零四分外，實收錢平足色寶銀一萬九千八百十八兩九錢六分。照奏定章程申水一成，計申二千一百三十五兩二錢一分八釐八毫六絲，連銀共重二萬一千九百五十四兩一錢七分八釐八毫六絲。

製成項下：

造成整圓銀錢二萬八千四百六十一圓，計重二萬一千三百五十二兩一錢八分八釐［八］毫六絲。

查前項製成數目按湘平二萬兩，每圓攤成本工料湘平銀七錢零二釐七毫一絲六忽，理合登明。

開除項下：

一、鎔捲、撞烘、洗印等耗每百兩七錢五分，共耗一百四十八兩六錢四分二釐二毫初鎔銀每百兩耗一錢五分，再鎔邊耗又減半，層遞鎔完又耗二錢五分，捲撞烘洗印又耗三錢五分，統計共耗七錢五分。

一、煤炭物料每日二十六兩，計九日，共銀二百三十四兩。

一、委員司事等薪水每日七兩二錢六分二釐，計九日，共銀六十五兩三錢五分八釐。

一、華洋工匠等工食每日十七兩一錢一分，計九日，共銀一百五十三兩九錢九分。

四項共銀六百零一兩九錢九分零二毫，連製成分兩共合二萬一千九百五十四兩一錢七分八釐八毫六絲。

以收抵除不計外，前於本月初三日解交一萬圓，初四日解交一萬圓，初七日解交五千圓，茲又解交三千四百六十一圓，共二萬八千四百六十一圓，共計重二萬一千三百五十二兩一錢八分八釐六毫六絲，均已交清。

代盛京卿制第一批解交實銀折成足色照章申水製成銀錢，除扣薪工、火耗、煤料等項數目清摺，計開：

新收項下：

化寶行平銀七千一百兩，除補十足色銀三十五兩二錢九分八釐，又木箱五隻計銀五兩外，實收十足行平銀七千零五十九兩七錢零二釐，照奏定章程申水一成，計申七百六十一兩七錢二分零六毫九絲二忽，連十足銀共收七千八百二十一兩四錢二分二釐六毫九絲二忽。

製成項下：

造成一圓銀錢一萬圓，計重七千六百一十七兩二錢零六釐九毫二絲。

開除項下：

［一］、鎔捲、撞烘、洗印等耗每百兩七錢五分，共銀五十二兩九錢四分七釐七毫七絲初鎔銀每百兩耗一錢五分，再鎔邊耗又減半，層遞鎔完又耗二錢五分，捲撞烘洗印又耗三錢五分，共耗七錢五分。

一、煤炭物料等項每日二十六兩，計三日，共銀七十八兩。

一、委員司事薪水銀每日七兩二錢六分二釐，計三日，共銀二十一兩七錢八分六釐。

一、華洋工匠工食銀每日十七兩一錢一分，計三日，共銀五十一兩三錢三分。

以上四項共銀二百零四兩零六分三釐七毫七絲，連製成分兩核計，共銀七千八百二十一兩二錢七分零六毫九絲，以收抵除，計造成一圓銀錢一萬圓，共重七千六百十七兩二錢零六釐九毫二絲。除存尾數銀一錢五分二釐零零二忽。

查前項代製銀錢一萬圓，隨解送銀錢開去節略，計每萬圓約需成本工料庫平足銀六千七百七十餘兩，裝運在外。兹按每萬圓庫平足銀六千七百七十五兩核算，合行平化寶七千零五十九兩五錢五分，每百兩應加補十足色銀五錢，共應加補色銀三十五兩二錢九分八釐，共合行平化寶銀七千零九十四兩八錢四分八釐。計裝五箱，每箱工料價銀一兩，共計五兩。以上通共行平化寶實銀七千零九十九兩八錢四分八釐。下餘銀一錢五分二釐，應即清還，理合登明。

批：據稟已悉，摺存。二十四日。

上北洋大臣仁和總督第一年夏秋兩季鑄成制錢收支各數書　十月初三日

職局前遵諭鼓鑄制錢，即以『開放本局用項，市間之錢既少此一宗去路，而局錢放出，亦復流行，可平市價』等因，曾將職局酌添廠屋、鑪座，僱募土鑄工匠，陸續開鑪試辦大概情形，議蒙具奏，奉旨允准行知在案。竊以爲，錢數以季報爲實，而考工以慎始爲宜。自本年四月十四日開鑄數鑪，嗣是房座增修，鑄鑪續置，而火耗之比較，工藝之考核，實力經營大非易易。夏間兩月有餘雖著成效，尚未熟嫻。先已開至十鑪，暑熱滋病，所鑄無多。是以復經稟蒙批准續增輭垛兩鑪亦在案。此自夏徂秋鑄鑪開齊之實在情形也。夏鑄雖不足一季，自應於秋季摺報之時開摺補報。

自四月十四日起至六月底止，共鑄成制錢二萬三千二百五十千千文。秋季自七月初一日起至九月底止共鑄成制錢五萬三千五百五十千千文，皆以一文重八分爲率。所有職局每月應發匠徒工食以及夫價、運費、購料一切錢款即以鑄成之錢開支，理合將收支數目開具四柱清摺稟呈察核。再以後鑄成制錢謹當按季摺報以昭核實，合併陳明。計呈清摺一扣。

謹將職局夏季自四月十四日起，至六月底止，鑄成制錢收支各數呈鑒，計開：

舊管無項。

新收

一、收鑄成制錢二萬三千二百五十千千文，合津錢四萬六千五百千千文。

開除

一、支匠徒工食津錢三萬三千四百二十三千四百七十八文。

一、支夫價津錢四千五百七十四千六百一十二文。

一、支津地購料津錢二千零二十二千一百四十四文。

一、支鑄錢匠工價津錢六千一百四十六千九百五十文。

一、支運費等款津錢三百二十二千八百三十八文。

以上五項共支津錢四萬六千四百九十千零零二十二文。内鑄錢匠工價一項係自四月十四日開鑪之日起支，其餘工食等四項均於五月分起支。又所支錢款内換用津蘆鐵路錢帖二萬二千千文，其餘均由局支發現錢。合併聲明。

實在

一、存鑄成津錢九千九百七十八文。

謹將職局秋季三箇月鑄成制錢收支各數開呈鈞鑒。計開：

舊管

一、存鑄成津錢九千九百七十八文。

新收

一、收鑄成制錢五萬三千五百五十千千文，合津錢十萬七千一百千千文。

開除

一、支匠徒工食津錢四萬九千六百二十七千四百三十六文。

一、支夫價津錢七千二百七十二千七百一十二文。

一、支津地購料津錢二萬二千五百四十四千七百文。

一、支鑄錢匠工價津錢一萬五千八百二十七千一百一十文。

一、支運費等款津錢二千一百四十六千二百七十文。

以上五項共支津錢九萬七千四百一十八千二百二十八文，内換用津蘆鐵路錢帖三萬五千千文，其餘均由局支發現錢。合併聲明。

實在

一、存鑄成津錢九千六百九十一千七百五十文。

上北洋大臣仁和總督第二年夏季鑄成制錢收支各數書　七月二十二日

職局遵[諭]鼓鑄制錢，即以『開放本局用項，市間錢少此一宗去路，而局錢放出，亦復流行』等因，曾將本年春夏三箇月鼓鑄收支數目開摺稟報，至三月底止奉批仍核實收支，按季開報在案。現查夏季自四月初一日起至六月十七日歇伏停鑪止，計鑄成制錢六萬八千零五十千文，仍係照前以一文重八分爲率。所有局中每月應發匠徒工食以及夫價、運費、購料一切即以鑄成之錢開支，理合將收支數目開具四柱清摺。其中兑换通惠官銀號及津蘆鐵路等處錢帖已於摺内注明。又自上年四月初七日開鑄起至本年六月十七日止統結一次，除零星物料尚未細算外，核其工料成本，合以現時銀價每鑄制錢一千文盈餘制錢二十八文有奇，然前此工料以搭用廢銅而省，若全用新購銅鉛則料本有增，而銀價之漲落又即工料之盈絀所由致。廢銅所存已屬無幾，欲免此後虧折，恐非改鑄一文七分不可。除另議候示外，兹繕清摺呈請鑒核。計呈清摺二件：

夏季四五六三箇月鑄成制錢收支各數清摺，計開：

舊管

一、存鑄成津錢七萬九千二百零七千七百四十二文。

新收

一、收鑄成制錢六萬八千零五十千文，合津錢十三萬六千一百千文。

開除

一、支匠徒工食津錢四萬五千一百八十四千二百二十四文。

一、支夫價津錢一萬二千一百十千零三百二十四文

一、支津地購料津錢九千九百六十一千一百七十文。

一、支鑄錢匠工價津錢一萬六千四百四十二千四百十六千[文]。

一、支運費等款津錢三千五百九十四千一百四十文。

一、支購磚價津錢九千一百九十五千五百文。

一、支磚價等款暫支津錢二千八百七十千文。

一、支傾鉛銅匠工價津錢一千三百零四千三百二十文。

以上八項共支津錢十萬零零六百六十二千零九十四文，内換用通惠官銀號錢帖七萬四千八百千文，又換津蘆鐵路錢帖二萬千文，二共換錢帖九萬四千八百千文，其餘五千八百六十二千九十四文係由局支發現錢。　理合登明。

實在

一、存津錢十一萬四千六百四十五千六百四十八文，内賬房存通惠官銀號錢帖津錢三萬六千千文。

又溢付通惠官銀號現錢津錢二萬九千千文。

又賬房付瓦、木、油、鋸等匠暫支津錢二萬五千六百四十五千六百四十八文。

又庫房存現錢津錢二萬四千千文，亦已陸續支發，歸入下届摺，理合登明。

鑄錢廠自光緒二十二年四月初七日開鑪起，至本年六月十七日歇伏停鑪止，動用工料核計銀錢各數清摺，計開：

一、鑄成制錢二十七萬三千七百三十千文計重一百三十二萬八千五百八十斤零十二兩。每千文核四斤十三兩六錢五分七釐八毫有奇。

一、火耗二十一萬八千七百五十一斤六兩，每千文核耗十二兩七錢八分六釐四毫。

一、用東洋銅磅核斤四十七萬五千四百四十四斤十四兩，每百斤均價十七兩七錢六分八釐五毫有奇，核銀八萬四千四百七十九兩四錢五分三釐七毫。

查内有舊存銅板七萬六千九百五十斤，每百斤價十一兩六錢五分，核銀八千九百六十四兩六錢七分五釐。其餘新銅三十九萬八千四百九十四斤十四兩，每百斤價銀十八兩九錢五分核算，理合登明。

一、用白鉛磅核斤六十四萬五千七百五十五斤四兩，每百斤均價六兩四錢九分五釐九毫七絲三忽，核銀四萬一千九百四十八兩零八分七釐五毫七絲。

查内有舊存鉛一萬七千零二十五斤，每百斤價銀四兩二錢五分，核銀七百二十三兩五錢六分二釐五毫。又新鉛二十九萬一千五百四十三斤十二兩，每百斤價銀六兩，核銀一萬七千四百九十二兩六錢二分五釐。又十一萬三千六百八十三斤四兩，每百斤價銀六兩五錢，核銀八千零三十九兩四錢一分一釐二毫。又二十一萬三千五百零三斤四兩，每百斤價銀七兩三錢五分，核銀一萬五千六百九十二兩四錢八分八釐八毫七絲，理合登明。

一、用廢銅殼磅核斤二十四萬二千六百四十六斤六兩，每百斤作價十二兩，核銀二萬九千一百十七兩五錢六分五釐。

一、用廢黄銅等磅核斤十三萬六千九百五十三斤六兩，每百斤作價十二兩，核銀一萬六千四百三十四兩四錢零五釐。

一、用廢銅末磅核斤四萬八千六百七十五兩，每百斤作價十兩，核銀四千八百六十七兩五錢。

以上五項共核銀十七萬六千八百四十七兩零一分一釐二毫五絲。

一、用焦炭磅核斤一百零一萬一千六百七十八斤十二兩，每百斤價銀五錢九分五釐二毫三絲，核銀六千零二十一兩八錢一分五釐四毫二絲三忽。

一、用雜料銀五千零七十五兩五錢一分一釐八毫二絲。

一、發鑄匠工價制錢三萬五千七百十四千八百七十文，每一千二百五十文核銀一兩，共銀二萬八千五百七十一兩八錢九分六釐。

一、發短夫工食共一萬七千七百三十工，每工制錢一百五十文，每制錢一千二百五十文作銀一兩，核計共銀二千一百二十七兩六錢。

統共工料銀二十一萬八千六百四十三兩八錢三分四釐四毫九絲三忽，内除收回鑪存鑄口銅二千一百六十四斤半，每百斤作價十二兩，核銀二百五十九兩七錢四分。又收回賠還多耗銅鉛各價銀三百六十一兩二錢二分一釐六毫，實共用工料銀二十一萬八千二十二兩八錢七分二釐八毫九絲三忽。

查鑄成制錢共二十七萬三千七百三十千文，按一四六申底九七六制錢六千七百三十三千七百五十八文，共合九七六制錢二十八萬零四百六十三千七百五十八文。

查再鑄成九七六制錢每一千文核銀七錢七分七釐三毫六絲五忽，按現在銀價每兩作九七六制錢一千二百五十文核算，計鑄成九七六制錢一千文核工料九七六制錢九百七十一文有奇，每千文計盈餘九七六制錢二十八文有奇。第銀價隨時漲落，若按漲時核計，即有絀無盈。

理合登明。

批：稟摺均悉，仰仍核實收支按季開報。七月廿五日。

上北洋大臣仁和總督無煙藥廠工將竣計期製藥書 六月十四日

職局無煙藥廠創自雲龍。其機器鍋鑪房及洗棉藥胚房，合藥、切藥、壓藥、砑藥、光藥等房曾經鈞鑒。竊以爲，製無煙藥本非易事，而成一座再出一圖，購一料再增一策，此洋匠延日習氣也。雲龍接辦機器局時即與洋匠約：凡製此藥不能少之房庫、可自作之鍋鑪、必添製之器具，與夫鐵房頂之屬，合開一單督工分造，以期成無不成，無大差違。其次藥料則開必購自外洋之醋伊特等，曾經稟明飭禮和洋行訂購，已將運到矣。又其次如磺伊特之屬可以自製，而洋匠則謂非房竣不可。此廠合計房座四十二間，難在地之墊窪，更難在壘之宜峻。廠基萬簣，土壘一新，點工備料，將可告竣。謹開清摺，呈請鈞鑒。

除存藥水庫、試藥房其成以七月下旬爲期並無礙於製藥水外，餘可成於六月。一面安置製藥水之鍋鑪，其工徒早已暗儲於棉藥廠，一轉移間，非盡生手。如此經營，洋匠似亦無所藉口矣。磺伊特如能於七月初間試造無悮，則無煙藥之成約在九月內外。一俟製成，即當呈請考驗，以成自彊之一端。再，險莫險於此藥，自應專建一庫，其庫宜在天津西北河灣，已飭提調於秋水稍平時覓購庫基，修庫備儲。

再，職局無煙藥廠開工在即，則無煙藥鎗子廠亦不宜緩。其機器已將起運，其鎳皮之屬已報進口，其廠房、土壘各六座已定基，續圖督工蟄窪。其煙通則就礮子廠用之，以一當二，爲省費計即爲省時計。

又銀錢廠即改自木工電線房，此在開局之初原爲舊機器廠。有煙通一，於木工電線爲無用，於銀銅錢機器則甚爲有用。木工之房將圮，不能不另造樓房十二間，月内即將告竣。機器製銅錢之房座原借木工房兩間，一俟木工全移新樓，即改其將圮之屋爲合用之銀錢廠，洋匠創圖亦鳩工矣。然必待廠竣開製，未免太遲。

查粵廠每年製一圓之銀錢止兩次耳，而製二角以下則日以銀二萬爲率，足見一圓之用少於二角以下也。職局已加工添造二角以下摸[模]撞機器，俟造成後擬先就二角以下開工鼓鑄。一切辦法情形隨時禀陳。

上北洋大臣仁和總督請派員試較局製無煙藥書　十二月十一日

職局新製無煙鎗藥已成數百鎊。雲龍於本年十一月二十六日先以德國小口快鎗試德製無煙鎗藥十五出，即以其鎗試職局初製無煙鎗藥，速率兩無差違。然事屬創造，法貴互參。課工固在職局，利用則在軍械總局。擬請飭派軍械局承道擇晴明無風之日酌帶所購外洋無煙藥鎗子至局會同試較，以期合宜。

上北洋大臣仁和總督局章廢銅鐵料向不變價書 二十二年六月二十二日

本年六月初七日奉檄以『機器局每年用剩銅鐵鉛錫碎屑及用舊之廢料、廢物，計亦不少』，飭『照現行江蘇製造局辦法，以後亦應派員驗收入庫，積有成數，即行請驗變價作正入收』等因。遵查，職局各廠製造廢錫一項少有收款，其餘用剩銅鐵鋼鉛等項廢邊碎屑向均歸廢，繳於庫房驗收登簿，並於物料報册内將收發款項作正開報。所有廢銅鐵鉛均爲常用之料，職局鎔鑄之鑪作正領用搭配鎔化，惟鋼一項前不能鎔。近則鋼廠工成，廢鋼與廢鐵同爲必須配鎔之物，皆有一定成數。此外職局無論何項均無廢棄，雖從前鐵鋼等質有暫置無用者，而一遇增製器件，或以大改小，或以此易彼，量材充料，化無用爲有用，絲毫皆歸正用，收發均有簿單可憑。職局向無以用廢物料變價之事，此歷來辦理之實在情形也。若改章存儲，勢將全發新料，轉覺糜費。擬請仍照舊章，遇有繳廢物料，收存庫房隨時配勻發用，登記收發歸入物料銷册内據實開報，仍隨時督飭各廠認真稽察，不使稍有廢棄，以昭核實。

批：准照舊辦理。

上北洋大臣仁和總督局費撙節津關驟扣爲難書 十二月十五日

十二月初八日接津海關李道函稱『四成一款提撥銀十萬作爲局費，附單開具，本年提撥銀十萬兩』等由。在津關之籌還洋款自有急莫遑擇之情，何敢不設法籌濟？惟職局爲軍火根本、海防命脈，省其能省則可，而必以不可省者省於一時則難。四成爲開局奏章自不待言，謹就爲難實情縷晰陳之。

中國製造向惟南北洋機器局差足維繫。江南機器局因增鎗礮廠，奏奉俞允歲增經費銀二十萬兩。職局創立銀錢、銅錢各廠，雖專案報銷，而銅錢廠鑪已費經營，銀錢之購器設廠而費尤鉅。現奉部文催辦，既未籌給費款，不得不借支常年經費，搜羅一空，從何周轉？且鋼廠購器建屋設鑪，前經估銀十八萬數千兩，立案而領款無著。又無煙藥廠新鑿水房皆宜籌添額費，無煙藥鎗子機器除由東征糧台撥付價銀外計短五萬餘兩，亦由職局勉籌墊付。廠基已立，明年勢難中止。方籌增費，乃值減支。其難一。

目擊時艱，非不力求撙節。就局工言，京差工食津貼約銀五千數百兩，短工、短夫又數百兩，此不能少者也。廠工、局夫工食年約銀十一萬兩有奇。可省加工之費莫若黑火藥廠，然加工之年約成鎗礮藥八十五萬，工錢二萬二千四百餘千文，不加工之年成藥五十五萬，工錢一萬九千二百餘千文，是加工僅增錢三千二百餘千文，而藥則多至三十萬磅。明年不加一工，可省工錢一千餘金。栗藥亦不加工，所省視黑藥爲少。以栗藥所省之費抵無煙藥所增之工。銅帽毛瑟鎗子每因各營騾領無鉛箭數十萬或數百萬，不能不加工作，應由軍械局議定歲需若干先行知照擇要預製，或可不再加工。然省費實屬有限，他廠省亦相等，而機器廠於修軍械局之鎗方虞工少。至於工程必求省而又省，然如無煙藥鎗子廠不修則前功盡棄，所費亦虛，省至數千無可再少。員弁、洋匠以及公費約銀四萬九千兩，惟化銅洋工施德林明春工滿可以辭去。約計以上所省不過銀四五千兩。新廠之工調自他廠，廠增而工不增，工之費亦不增，管廠之員司更不輕增，力所能爲，止此而已。必欲以專門之廠工强置包工之錢鑪，則用非所習，勢所不行。必欲以多年培成之藝徒强而散之一旦，不惟洋匠、華工嘖有煩言，設復需工，非有挾即有悮也。其難二。

就局料言，以近五年比，或五十三萬，或二十三萬，或三十五萬，今即從省，約計煙煤、焦炭、木炭、劈柴之屬需銀六萬，又采硝、買磺及造火藥之炭料木與夫木石、磚瓦、沙土、油麻、布繩、雜物需銀五萬。又上海購料極省輒逾十萬，此料費共需二十一萬之實情也。否則廠添而料不添，必有停工待料之虞。况神機營練兵，大臣處之，調料、調藥有增無已。其難三。

就軍械局等處撥單文信所領之物而言，如鐵龍船薪糧歲支二千二百，與局無干。又如各處領煤炭、柴燭之屬亦似與製造無涉，擬請分別裁省。凡關北洋軍火，准其核減支用，如借撥料物，則一律歸價。省一分撥支即減一分購費，然能省若干應俟核遵，非職局所敢預定。所省未定，所支已乏。其難四。

約計所入江海關銀十萬僅資滬購，而夙欠數萬尚須另籌。東海關數目無定，或四萬或六萬，至十二萬其偶然也，中數衹算六萬。又支應局八萬每難應手，所恃緩急獨津關耳。今頓改減，合計僅三十四萬，即使處處如數以應，尚短四萬五千，設使解不如數，則廠工憒嘩倍於勇營，虧給一文則支者面赤，遲支一日則聞者怨騰。電購外洋之物逾期即有按價加息之議，是以立局以來未有不庫有餘積以待不時之需者，況明年開河，欠價麕集，尚不在三十八萬五千内耶！其難五。

曾奉面諭『明年必力節省』，謹當加意遵辦，而今年工廠既增工作，歲畢費驟減，則計益絀，明正開工不獨銀錢待料已也。其難六。

不敢求費仍不減，但求將今年未曾議減之費照常備支。明年如何改議之處應候鑒核，或俟工料議省自局，或俟支領議省自軍械局等處。試辦一年，能省若干，津海關道即就所省存庫有餘之數借撥數成定章程，既非顯改，職局庶不致奇窮。此支持軍火根本、海防命脈起見，乞示。

附件：

竊查職局製造各項軍火，常年經費向指津海、東海兩關四成洋稅，每歲入款多寡不一，約二十萬兩上下。從前製造僅以鎗礮黑火藥、前膛鎗鋼帽兩項爲大宗，嗣後陸續添造後膛鎗礮子彈，並自製銅皮鏹水、仿造栗藥棉藥以及雷電器具等項，逐漸擴充，經費不敷。於光緒六年蒙前北洋大臣奏准，每年由部撥邊防餉銀十二萬兩，按季請領。至十二年秋季，前項部款停撥。十四年復奉部議，准每歲由江海關洋藥釐金項下撥銀十萬兩，藉資挹注。每年領款較前已減二萬兩。十五年間奉海軍衙門咨行轉飭添購機器，加造栗藥，創建鋼廠，自十五年分起，每歲由支應局海軍經費項下籌撥鋼彈、栗藥經費銀八萬兩，歷經照案請領統計。職局經費每年領款約三十餘萬兩，專供尋常製造工料，尚可勉强支援。無如近年各處除撥用軍火之外，大沽、北塘、山海關等處雷營，以及天津各小輪船軍械局武庫所需料物均由局領取，有增無減。加以二十、二十一兩年軍務趕造軍火並撥發各營器料，歷年積有存項支發殆盡。是以近來購料需款倍於往昔。此外如每年奉神機營調取京師機器局用料，並本年奉督辦軍務處按年調撥火藥，前兩項合價銀一萬五千兩，雖由神機營咨准户部，議由藩運兩庫籌撥，當奉憲檄行知無款可撥，應再另籌，尚未指定款項。至每年供應京師並昆明湖等處輪船、電燈、鐵路修理工料，以及在京當差匠夫工食津貼各項，爲數甚鉅，亦由常年經費内開支，向無領款。本年應領鋼廠栗藥經費，支應局又以款項支絀未能照撥。伏查，原建鋼廠所購機器並廠屋、鑪座工程，以及由局添造各件工料，前經估，需銀十八萬數千兩，詳明立案，均由職局於節省常年經費項下動支，未請專款，以致從前餘積之項早已撥用無存。現在鋼廠煉鋼已成，仿造五十七密里快礮並二十一生特鋼彈，兼壓造局用大小鋼條，較之購自外洋所省已多。每年用料，連栗藥工本即八萬兩，全數撥發尚無不敷，若再延欠，愈形掣肘。近又增添無煙藥廠，並新鑼水房、快鎗子廠等數處廠座，工程用款浩繁，不得不議請籌撥專款以應工需。無煙藥、快鎗子爲日前切要軍火。

無煙藥一項前經職局添購機器，職道雲龍接辦後即經督飭洋教習沙爾富並廠員等績圖建廠，安設機器。現在工程已一律告竣，所有應用凈棉及噫達藥水等項本年由外洋購到，前經禀明，月内當可開工試造。此項機器原購價脚等銀一萬五千餘兩係由職局常年經費内動支，本年購辦藥料及各座廠屋，並因泡棉需用鏹水，添造新鏹水房工程，約共墊支銀四萬兩上下。又快鎗子機器上年蒙憲臺會同前北洋大臣李籌款，由禮和洋行購辦，已據該行運交到局。除歸東征糧臺兩次撥付價銀之外，合同内職局附購鎗子殼、鎳鋼皮，並零件、器具、價脚、關税等銀五萬餘兩亦由職局墊付。該廠工程甫經開工，以後各項用費並由局添造器件，一切工料約仍需銀一萬數千兩以上，兩廠墊支並需用共銀約十餘萬兩。本年墊購銀錢機器、礮子翻砂機器、栗藥廠汽機、銀錢銅錢兩廠添建改建，一切工程用款約共五萬兩有奇，並錢廠墊支銅鉛各價尚未計及。刻間關庫存款墊撥已將告罄，即有續收洋税，只可接濟尋常用費，所有墊支無煙藥、快鎗子兩廠機器工程等項價銀若不籌款歸還，來年經費萬難周轉。再四籌思，惟有縷晰陳明，可否仰懇憲恩俯准於來年籌備北洋經費款内請撥銀十萬兩，作爲無煙藥並快鎗子兩廠購辦機器建蓋工程專款，仍歸職局銷案，内列收造報以清款目。是否有當，理合詳情憲臺察核。伏候批示祗遵。

再，將來兩廠間開齊，按每年鎗子製造五百萬無煙藥五萬約計，當年經費亦需籌添銀十萬兩左右，應俟隨時察酌情形再行禀辦。合併陳明。

竊查局中經費，自開辦之初即稟明專指津海、東海兩關四成洋稅，嗣因逐漸擴充，入項不敷，又經稟請部撥邊防餉銀，復改撥江海關洋藥釐金添設栗藥、鑄鋼兩廠，又奉撥經費銀八萬兩，以上均因製造加增。四成洋税不敷歷年籌添常年用款，如尋常經費支絀，光緒十四年奉准借撥出使經費銀六萬九千餘兩，十六年因添購栗藥機器，局無餘款，奉前北洋大臣批准以『製造所需，關係海防命脈』，由海防捐輸項下又籌撥銀六萬兩藉資購辦。是局中經費一有短缺，歷蒙上憲酌量籌撥，誠以製造軍火爲海防根本要需。

歷年軍務，並前兩年日本戰事撥發各種火藥、子彈、雷電器具，其藥數甚鉅，若非平日積存何以措手？現在新建無煙火藥及快鎗子兩廠，除由東征糧臺撥付鎗子機器價銀之外，其餘開辦之款需十餘萬，而已由局籌墊，將來常年經費每歲亦需十數萬兩，均未籌款。前兩項爲近時外洋軍火中利器，既經購辦機器，備料建廠似難終止。惟應增經費既未另請籌添，額支專款又復删減，支應局每年應撥經費又未能按時撥解，約計每年的款不過廿餘萬兩，斷難支持。即如常年製造各種火藥並毛瑟鎗子銅帽等數項，每歲製成約值價銀卅餘萬兩。此外造成各式炮子銅引、拉火電線、鏹水，以及由局自製機器、鍋爐，添配各廠器具，一切工料尚不在内。至現在訂購料物尚未運到，來年應付價脚之款甚多，均需預籌。况軍務以後製成各項軍火存儲多未充足，必應照常製備，若概從節省，萬一有事無以應手，關繫匪細。

上北洋大臣仁和總督會同察議機器局經費各節書 十月初八日

竊職道等奉札，以近年來庫款支絀異常，北洋一切經費入不敷出，若非設法節省，將有後難爲繼之虞。前經諭，由職機器局通盤籌畫核減各廠製造，約共歲省工料銀十四萬一千餘兩，仍需常年經費銀三十五萬餘兩，較之前三年用項所省固已不少，然遇有添購機器料物、修建工程，尚不在此經費之内，則額外用度亦係在所不免。所有應行計議清釐之處，飭『即會同查明，秉公妥議，各歸各案，詳細開摺禀復』等因。伏讀札開『歷年製造軍火除撥發外，應存之項是否皆係實存，自傅道接手後，經理購辦製造何項提撥若干，應存若干，並是否實存在庫，均應徹底清查。又員匠之薪工、採辦料物之價值亦應詳加考究，是否核實無浮。當此經費支絀，可省則省』一節，遵查，職局製成軍火向由各廠按日登簿，按月結總，呈總會辦蓋戳，或交庫房，或儲本廠，或分存浦［蒲］口、韓家樹、金鐘河各藥庫，均由庫房收發，而綜核之撥發軍火向以職軍械局發單爲憑。季册呈報，並咨軍械局核辦，年終則綜一年之收除實存，開四柱摺呈請鈞核，仍按年造册咨部核銷，有報銷處專司其事，向章已爲周密。職道雲龍接辦後，罔弗循章辦理，軍械局會同職道等查核摺開存數均屬相符。職機器局歷年成數不拘多寡，據實呈報，所以然者，成物因時而殊，程工亦因物而計也。支發悉憑單信，無所用其虚浮。積年廢料向係隨時繳存庫房匀配發用，入册開報，從無如江蘇製造局變價辦法。

又薪工實用實銷，員司既皆隨時分別稟陳，不容輕有增減。匠徒工食自雲龍接手後，飭由賬房按月分廠將某名之應支，加工之應增、告假之應扣，實發若干，列名榜示，目視手指，無從虚浮。

購料有三：曰滬購，曰洋購，曰津購。滬購辦自上海購料局。洋購或由京調，急不容緩，或由洋匠添配器物，其大宗向以合同爲定價之據。次則或信或單或電，而所購數目則必以庫房實收運交之數爲憑。嘗有碼頭磅數與庫房參差者，舟車水陸間有存遺，萬不能僅憑洋單原數也。賬房憑庫房實收給價，以收單爲據。津購則瑣屑居多，其大者亦因非産自外洋，不能不歸津購，有委員專理其事。庫房日收月報，其開摺必附鋪户發單，總辦批由，提調核交賬房支銷。又煙煤、焦炭向係開平礦務局包運，年終照章定價刷單核支。又硝斤、石灰、木炭等項歲派員弁採辦，事竣摺報批，由提調核銷。又磚瓦、木料、沙土、洋磺、柳木、炭料等項向由承辦行户自行赴局呈由庫房稟定價值，交清後具狀批由行户持赴賬房領銀，向章亦極嚴密。凡出入支銷之項無不由庫房賬房報銷處、提調處層次鈎稽。職道雲龍復創立四柱清册，以清交接，曾經稟報在案。此總辦向不經手銀錢支銷，而責任既專且重，不敢不循章加密之實情也。

憲札又以職機器局『入款全賴東海、津關兩關四成洋税，從前尚有盈餘，今則存項告罄，若非量入爲出寬留餘地，難免臨事周章。應支各項以匠夫工食、本地購料兩項爲大宗，薪水公費次之，能否再行核減』一節，遵查，工料增減視製造多寡爲轉移。開局初費尚少，三十年來西式軍火日新月異，製漸擴則費愈增。時當經費奇絀，計惟遵飭核減。就已停之加工、已減之成數而言，約可歲省銀十四萬兩有奇，然常年經費仍需三十五萬餘兩，曾分款開摺呈請鈞核。兹奉札飭會議，敢不力求再減。惟職機器局製造軍火以黑藥、栗棉藥、鎗子、銅帽數項爲大宗。鎗礮黑藥，操戰皆所必需，先是每歲加工造八九十萬磅，歷撥而外，積存不過百數十萬。日本軍起，一年之内撥用二百餘萬之多，前呈核減經費摺内每年擬減造五十餘萬磅，尋常操防、外省撥購，所餘恐已無多，勢難再議減造。栗藥爲兵船、礮臺各礮所用，目前兵艦未復，臺礮無多，本擬停製，惟前奉總理衙門行知『重整海軍，訂購戰船』案内添購德國快船，恐栗藥仍不能停。洋匠亦力言熟習良工非能猝集，與其散工鏽機後難復舊，莫若減造移工，於省費中寓儲工意。是以前摺議，將歲成四十餘萬磅減爲二十四萬餘磅。所以難議驟爲再減者，栗藥廠大小十數座，共一汽鑪，煤少則機不克轉，工少則煤費於虚，俟籌别法再議更章。棉藥爲水旱雷之用，海軍如是，似亦可停。惟創立無煙藥廠前半工料正資棉藥，此而遽廢，恐無煙藥之功費愈大。減此助彼，異廠同功，督工試造，每年工料若干、成物若干尚未核定確數。然其工移自栗藥、棉藥等廠，並未另招一匠，廠增而費未增，亦從前增廠辦法所無。

又毛瑟鎗子歲成三百八十餘萬，前經職軍械局稟定操防年需三百二十餘萬，是所餘僅五十餘萬，不時之需似難再減。又銅帽歲成三千餘萬，操防至少亦需七百九十餘萬，河南、山西等省歲有購撥，然舊存尚有三千餘萬，是以前摺有每年減半之議，歲成一千五百餘萬以供撥發。鋼廠亦暫停煉，現以煉成之鋼製造礮彈，並壓造局用各種鋼條。又礮子、電線、木工、鏹水等廠之減工省料，職機器局均已開摺縷呈。

又工食歲需十一萬兩，内外較前或八萬數千或十萬有零，數似增多，其實已減八折。何以言之？銀價賤甚，而匠徒銀錢參半，夫役一律支錢，報銷向按銀數核計，是近年之十萬難抵昔年八萬之數。除起卸物料臨時雇夫外，各廠短夫從前歲需七八千兩不等，雲龍接管後歲支實止二千數百兩，所省已多。

又薪水公費兩款，二十及二十一兩年歲支二萬七八千兩不等，而二十二年僅支二萬五千餘兩，本年尤省。員司雖有不能不添之人，而此兩年中或撤或故，不下二十。前此委員月支輒至四五十兩，今則至多不過三十餘金。銀錢、銅錢兩廠員司工徒調自各廠，並非增自局外，此寓增於減，煞費苦心辦法。惟無賞則罰益滋怨，員司之奮勉、匠徒之勤能，向章歲得酌加薪工以資策勵，否則良去竄留，工事難善。此亦可見人數既多，歲支有不覺其暗長者。公費月支三百兩，員司伙食資之，筆墨、心紅、紙張雜費又資之，所支皆出錢款，萬分竭蹶，時慮不敷。

又本地購料十九至二十二等四年，或十三四萬，或十九萬，或二十一萬餘兩不等，前摺議減爲十二萬餘兩，其中支用錢款亦多，實已從省約計，能否敷用兩不可必。就常年製造，會計尚可定數，若籌備神機營、昆明湖輪船電燈等處物料，加以添配機軸器具，連單累牘，價值多寡萬難預定，亦萬難推遲，惟有先按約計之數核實經理，可省則省，試辦一年庶幾稍有把握。

常年經費所入以津海關爲最，今則暫扣四成洋稅，籌撥洋款歲撥約十二萬，東海關四成洋稅多寡不一，約可九萬，江海關洋藥釐金歲撥十萬，以上三項約共三十一萬兩。撥自支應局經費銀八萬兩。前經職支應局議，按各處解數勻撥，尚無確數約計，歲入如無缺少，以敷原議支款三十五萬餘兩餘亦無多，能省再省，以期仰副『量入爲出，寬留餘地』之深意。上年用款七十餘萬兩，除墊辦銀錢、銅錢兩廠工程、機器、料物，以及從前定購快鎗子及無煙藥廠各項外洋物料已近三十萬金，例以常年，額支不過四十餘萬兩，較之歷年並未增費。滬購歲需六萬數千，前摺業已聲明。江海關十萬，本年稟撥二萬五千兩還滬借銀錢所欠款，以後擬歲撥三萬五千兩仍歸局用，亦挹注之不得不然者，應由職機器局另稟飭撥。

憲札又以『辦理銀錢、銅錢兩廠經費或係借撥，或由局挪墊應，各歸各款，分晰清楚。銀錢每圓究可盈餘幾何，銅錢按市價能否有盈無絀，上年所買銅鉛及軍械局撥給之廢銅通共鑄錢若干，核計成本有無盈餘，如何支銷，未據稟報。所有銀錢銅錢以後常年鑄造，並應如何酌籌經費轆轤周轉，凡此考求實在詳定章程，以資遵守而昭大信』一節，查職機器局遵札試製銀錢，原因就局配修機器可省經費起見，自二十二年七月至二十三年二月爲試造第一結，以後一月一結，計至八月已將第七結摺報。除代製外，所製五種銀圓合整圓四十一萬有奇，資本如足，日成何止萬圓。今則日製二三千圓有差。計由津海關銀錢所各借銀二萬以作成本，不敷周轉，暫借局費四萬餘兩。局費既絀，恐難久挪，時有停鑪待銀之工。華洋銀行近於平色已無異議，然非官私兩暢則周轉愈難。盈餘之數按月摺報，時價不同，結數因亦不一。總計七結共得盈餘銀二千七百餘兩，仍歸本廠併入成本，並未提用絲毫。

由局墊辦廠屋機器均未核入盈餘數内。廠規密益求密，亦經稟呈在案。至銅錢廠本領成本即以局費鑄錢開放本局工食，無須以銀易錢。錢行於市，藉平市價，稟經憲台奏明辦法並開摺咨部立案，自二十二年四月至本年六月十七日歇伏停鑪止總結一次，計成足制錢二十七萬三千七百三十千文，收發實數已按季摺報鈞核。如鼓鑄專資洋購之銅鉛，勢必虧本，賴有局存及職軍械局交用廢銅配鑄，除由局墊辦廠屋、工程、器具外，就正項工料比較市價，匀計制錢千文盈餘二十八文，後此之盈絀則視錢價之漲落。盈餘之錢悉歸局用，按季摺報併未提存，亦未另用。上年借撥銅價成本除購海關道存鉛百四十九頓尚未歸價外，所借支應局銀五萬兩、銀錢所銀三萬一千八百三十六兩以及添購鑄錢之銅鉛價銀，均由職機器局常年經費陸續歸還，以本局經費鑄錢仍歸本局支用，均照稟咨原議章程辦理，與奉撥專款『本局不得支用一文』者有間。錮弊既凈，所省實多。廠鑪、器具暫由局費挪墊。

奉飭『各清各款』。查銀錢、銅錢兩廠借撥之經費，挪墊之工料，均有收發實存專簿，與局賬本已畫清，即如搭用本局及軍械局廢銅，皆入收款，毫無牽混，茲均開摺呈請鈞核。至銀錢廠之配鎔製數、銅錢廠之鑪鑄錢數，本廠有逐日報單，庫房、賬房有收發簿據，提調又有核訖圖記，均屬涓滴歸公。

茲奉飭議『以後如何籌費定章』等因。謹按，銀錢、銅錢雖同一就局試製，而先後辦法實難强同。銀錢成本雖少，究有四萬，而復有暫挪之局費，代製之推廣，但求官用之雜款允收，則市面之行市易整，南北之流通有路，則收發之轉圜無難。局墊倘歸，分款更易，此酌籌銀錢之權宜也。而以例銅錢則難，如以後有鑄錢專款可領，局墊既清，廠局自判爲二，否則鑄錢之銅鉛即是本局之額費，此而不支，局支奚出？亦惟是暫借購資徐還自局，舍此更無轆轤他法。共聞共見，或免滋疑，此爲費絀酌籌起見，是否有當，仍候示遵行。

以上各節皆職道等公同調查，賬單簿據均相符合，並詢由職道雲龍詳細縷述之情形也。所有遵飭查明妥議緣由，理合分款繕具清摺，會同禀復。

上北洋大臣仁和總督匀發局鑄銅錢以利民用書 二十三年

奉面諭『嗣後銅錢不必仍行專發通惠官錢局，飭議候奪』等因。遵查，職局鑄錢以局費濟局支，本非另領專款可比，惟目擊市錢奇絀，何敢不分局錢之半平市價之昂？然天津出紙幣錢鋪不下數十，與其供一二處之居奇，孰若發數十處之通利也？但求於局費無損，何靳於民用有益？月發錢數固視局鑄之減增，亦視局支之多寡如工徒支錢有定者也。銀錢廠之加工藥彈料物、急收增發之夫役、他處因公之暫請准撥，類此皆無定者也。除月留局鑄制錢之半作局支外，其餘一半按數匀發出帖錢鋪之有連環保者。如局有增支之錢，或須易銀湊付銅錢之直，則不能不儘局開支按季開摺呈核。

簣喜廬文三集卷四

上徐侍郎用儀書 二十四年四月十六日

昨據孫道稱蒙面諭『以京局制錢改重八分、鑪工刁難』，令雲龍將職局『鑄錢工料章程開摺徑呈』等因。遵查，前奉北洋大臣王以直隸制錢奇絀，飭職局鑄錢，『不領專款，以局費供局用於商民，兼有裨益』，奏咨有案，謹録詳咨清摺，藉求指示。

去年冬津市日閉錢鋪不下四五，商民嘩匱，幸北洋大臣王即以職局銀圓發商以濟紙票之奇窮，復以職局銅錢便民以補銀圓之零數，津市爲之大定。然其時之無大虧折者，銅鉛之昂不至如今日之甚，又搭用局存廢銅，勻攤成本可以無虧。無如金鎊愈貴，銅鉛之屬因以愈昂，而廢銅又已告罄，是以北洋大臣王不能不有改鑄每文七分之奏。雖仍難彌絀，亦求減虧之一法。然而辦理愈難。市面之流通以錢賤爲便，局支之虧累又以錢貴爲輕，天津市價每銀一兩較前多換制錢一百數十文，此局鑄制錢之小效，亦即局虧錢本之一端。其難一。

錢輕則破數較增，多一次剔鎔即多一番火耗。收錢之員司斷不容鑪工之羼亂，近日苦求增其火耗有非二成所能限制者矣，此等亡命之徒日與錙銖較量。其難二。

職局製法略資機器，俗名木葫蘆者，即圓木桶也，入以稻穀、木屑，連以皮帶機軸，借其汽力，光其初鑄，雖不無稍損重剔，而光亮可以經久，惟鍋鑪之費較之土鑄有增。其難三。廠房之挪借，雜料之通融，員司役夫之籌墊暫資則全局維持，久累則支持愈絀。其難四。迭次求停錢鑪，北洋大臣王以關係大局，飭令設法籌辦至再至三，並有將以銀圓積餘彌銅錢虧累之面諭。此後之善策尚待稟承，目前之經營先求誨政。附呈前鑄每文八分、今鑄每文七分制錢各一千文以備采葑。

上合肥中堂考俄羅斯鎗子書

前發俄羅斯小口徑鎗子一合飭即攷究等因。遵即就職局新購無煙藥小口徑鎗子機器詳加攷究，大同小異，然亦見彼之製造各有心得。其鉛箭、鎳皮均與德國模橦同功，略爲變通，不難照製。惟鎗子底托較大，身徑亦較寬，而受鉛箭處則又縮小，是以造法雖一而機器之不一則有五。此考究大略也。

上北洋大臣裕總督交代銀圓無虧書

雲龍於五月十一日召見，而汪道瑞高即於十三日奉委接辦北洋機器局差。雲龍脚踏實地，本無虧挪，創辦銀錢廠並未領款，曾稟前直隸總督王借用淮軍銀錢所銀二萬兩，息借華洋各銀行八萬兩，轆轤周轉，銀錢暢行。半年除還借款十萬兩外，盈餘已有三萬七千三百兩之多歸入庫儲。何也？在事員司，除領辦公薪水外一無浮費，並無年節分花紅之例，按月結報督轅，有案可稽。此前直隸總督王深許『立法之善，涓滴歸公，無逾此者』。五月二十四日即率提調員司將銀錢廠應交銀十六萬五千六百二十六兩五錢二分七釐，又另存代製工料等項銀四千零六十九兩零，又銀錢四百五十九圓二角五分交清。汪道派員於五月三十日點收無缺，又將賬房銀項、錢項、庫房錢項以及銅錢廠存數，均於五月内交清。曾於六月初三日將交清總數開摺呈前直隸總督李閱訖。至於庫存雜料，自開局以來三十年矣，向無四柱清册，其有清册自雲龍接辦局事始。汪道盤查三閱月，早已盤訖，前據提調稱查無虧，而交代稟遲遲不發。兹再將清摺總數繕呈於督憲履任後，如蒙飭催交代之稟，實爲公便。

上湖廣總督張南皮書 正月初四日

得電，不以雲龍愚劣而棄之，且有調用厚意，此誠區區志願所藴結於平昔而不敢輕以蠡測，妄干龍門者也，何修得此，不翼欲飛！獨惜得電在夔帥奏留局差後，所難遽立程雪者此耳。止謗莫名自修，數月以來不爲外人道，即尊前亦未敢輕於一言。既承電諮，敢陳實事。

北洋機器局近卅年矣，無四柱册。雲龍光緒廿一年夏四月廿六日接綜局事，綱領條目，兩月而成，而羼入溷出者不便，其嫉一。工程處有挾而求於前總辦某，求取不一疵也，雲龍則改包爲點，不少假借，而槖料冒工者不便，其嫉二。曩辦硝兼自司會計者，取携自如，雲龍分而爲二，且歲一更，欲其清眉目也，而蠶食龍斷者不便，其嫉三。局地九里有七，廠工紛歧逋藪，視若固然，不得不改有名無實之更夫爲巡夫，分段分班，夜燈如晝，而蠹飽鼠竊者不便，其嫉四。鋼廠已費十數萬金，修鑪試鑄六七年不成，雲龍以土宜卝性之不同，補洋匠西書之難泥，鋼於是成，而曠工縻料者不便，其嫉五。無煙藥爲快鎗、快礮要需，徒仰鼻息無裨也，雲龍剏議時合肥謂所當舉，而當局者雅不欲行。地窪既宕於前，軍興復諉於後。雲龍以爲，寓工於棉藥廠則無濫工，省費於各藥廠則無增費，墊基修廠，設器備料，至廿二年冬鎗藥乃成，與外購埒，而不自爲、更畏人爲者不便，其嫉六。前曾鑄錢於局，每千文虧六百文，是以中止。雲龍自奉夔帥飭辦以來，不惟不虧，且益局用。初辦時以苞苴試，輒痛絶之，而蠅營狗苟者不便，其嫉七。試製銀圓，力除泄沓，期於必成，而狥今囿古者不便，其嫉八。類此難更僕數，此媒孽根也。

宦海波狂，聽其起落。肄業准自合肥，報部歷有年，所自明迄今家乘具在，無與邱氏姻者，何瓜葛之有！不辯亦不怨。得旨『准其抵銷』，或謂有誤，是以吏部出奏，得旨『准其加五捐復』，後蒙夔帥奏，經俞允仍總斯局。而舉措以掣肘而難，額費又以驟減而倍難，然不敢不盡所能爲，以副夔帥委任於萬一。此後倘荷提攜，俾得勇於有爲，藉裨於國與民之事，雖蹈湯赴火，所弗欲辭。不勝大願，惟進而策之。

敬附稟者：受業視局事如家事，於積習太深之提調委員司事不能稍假詞色，於是求退者五六人，稟由有謀奪局差張，從而北洋大臣稟撤者一人捏詞反噬，竟挂議於莫須有之『親串』二字。自明至今，無與邱氏聯姻者，家乘俱在，可按也。肄業報部有名，更無庸辯，而竟如此。事前既不敢辯，事後又無從辯，媿奮而已。竦惶既切，求誨彌殷，恭叩鈞安。受業龍再稟。

上山西巡撫胡沂帥書 光緒二十三年四月初二日

昨奉鈞言，備辱獎許。武侯之集思廣益，姬公之握髮吐哺，不圖古風復見今日。雲龍不無千慮，慚遜再思，雖鮮流壤之增，願備菲葑之采。一曰利器，二曰運道，三曰因材。

曷言乎利器也？費盈之利器固易期其有餘，費歉之利器亦難聽其不足。即以銀圓機器論，非倍增輾片之機，無以足撞坯之數，蓋萬兩之片僅得五千之坯也。軸苟無副，一有磨融，不無停工之虞。由鐫模而配料，而鑪鎔，而鑄條，而輾片，而光片，而撞坯，而較準，而烘熱，而搖光，而洗白，而起邊，而印文，而復衡，而收發，器以晚出而彌利，器實以經用，而迺知何者爲最利。否則省其所不可省，轉致費其所不必費。凡器類然，此其一也。山西若一時未置機器，不妨以銀就職局而代製之。

曷言乎運道也？山西道之逋峭，不獨四大天門，若不效秘魯軌道之洞穴盤螺，雖有利器，其奚以來？雖然，談何容易。擇其可安活鐵道者而爲之，其亦可乎？否則於訂購機器時先與之約：勿整入箱，勿一件而重逾二千磅。此亦聊爲騾車計耳。如汽鍋之類，與其購自外洋而運費浮於器費，曷若估價製自北洋局工，攜其散而未聚者到晉，而後合而成之，似亦未始非便運之策。

曷言乎因材也？山西産羊毛，莫若設行以齊價，尤莫若置機以織呢。然非擇毛不可，且非視毛以審器不可。山西又産棉，紡紗織布奚不可者？嘗聞有以英、德一等之機紡中國尋常之綿，而機成無用，易器乃成，此前車鑒也。竊以爲宜先以棉與毛各二百鎊運至外洋，試其宜用何等器，成何色物，因物審器。其它煤、鐵又必因地因人而盡因材之用。蠡測所及，惟進而策之。

答軍械局書　二十三年十二月

來書以敝局『新製無煙火藥試驗合用，其速率直與洋製相埒，惟北洋各軍多改快礮，所製無煙火藥能否推廣，屬即核復議稟』等因。查無煙火藥前半工夫即在棉藥廠，局製之棉藥儲於庫者不下數十萬鎊，緩急之需無虞不足，挹彼注兹，事半功倍。此雲龍會辦局務時初議也，雖發其端，未主其事，幸而上游深以爲然，乃得勉而行之，僅於歲出棉藥五萬鎊中分撥棉藥若干以製無煙鎗藥。機器非購其大，則日後多用尚待擴充矣。廠基半填，軍興頓滯。雲龍於去年四月接管總局，即於此事分籌合計，以期必成。如鍋鑪之屬則局工自爲之，如房座四十餘間則點工督修之，如必購自外洋之醋伊特等料則預飭洋匠開單訂置之。數月經營，試製如法，今承許可，即乞議陳夔帥。鎗藥既成，礮藥可繼，而增器之多寡，則視籌費之盈絀爲斷。因時請益，出自卓裁。

答法人盧嘉俚書

昨辱面交李中堂信，敬悉壹是。得聆閣下論自製無煙藥好處在碾成一片，懸之壁間，着彈不燃，又有入水不壞好處。然本局之藥亦能如此。足下自運心機必更有進，本局得以參考，庶不負李中堂剏無煙藥廠之深心。局藥是依德國製法，前試製樣由李中堂派前軍械局張道台到局試驗如法，而後稟購機器，建修廠房，添買物料，開工試造。又經北洋大臣王派軍械局承道台到局以德國所造之藥比較，速率亦尚相等，惟試造甫經數月，廠工猶未精熟，何敢自謂精品？然各國每出一法，無不譯參以求精進，今得可以考驗如足下者，何幸如之！

惟新法愈出愈多，局藥所以依德國棉花無煙藥製法者，因俄、奥、瑞諸國皆用其法，即貴國亦未嘗不用之，而用油甜無煙藥僅英、義兩國耳。其險處各國報及化學家多論之，此局藥與諸貝爾製法不同之所以然也。諾貝爾所造其料有棉花，又有油甜，又有阿尼林。按油甜一經天氣熱潮易散易改，未知足下有何新法使之不散不改。此願考驗者一也。

小口徑鎗傷人不如十一密達口徑鎗之甚，其故在彈不露鉛耳。若露其彈頭鉛質，留其下半綱[鋼]皮，無論用之何種口徑舊鎗，鉛散傷多，已曾有人試驗不爽，而未知足下自製精鋼子母彈露鉛與否。此願考驗者二也。

十一密達口徑鎗曰老毛瑟，曰四里明冬，曰克拉司，曰三馬提尼合利。以上各種，其彈或二十五格郎木，或三十一格郎木，未知足下現試藥於何種鎗，用何種彈，其彈若干重並若干速率。此願考驗者三也。

我國家方有鎗求一律之議，即各國亦皆用新式快鎗，何以足下獨欲用舊鎗？此意是爲惜舊鎗計耶？無論舊鎗難敵新鎗，即使速率可增，而以舊鎗改快鎗，其機子、鎗托等件不能不改，改舊曷若製新，然足下必有新法。此願考驗者四也。

足下言用舊鎗其一秒速率能行八百餘邁，果爾，其坐力若何？坐力較大，其命中又若何？此願考驗者五也。

足下又言能及五千餘邁，嘗聞太遠則目力難及，有何法而使不空彈出？此願考驗者六也。

如允給新藥少許及所試鎗彈數枚，俾得細心考究，再請足下至局會同試驗。緣欲觀足下妙法者不止一人，恐一人目見尚未克盡悉無窮好處也。更有請者，本局不但願得新法求進，並欲與上海製法互參異同。足下既欲前往，何妨於試上海局藥後復試局藥，較爲尤有把握。

答江蘇鎮洋縣吴大令鏡沆屬修縣志書

春二月二十一日得初七日手教，並示貴治鎮洋縣金《志》敘目舊例。重違雅命，其何云辭，第恐雲龍無才、無識、無學，莫副儒吏心期於百一耳。執事經濟文章迥異庸衆，以敷政餘力謀及雲龍續纂縣志，而先有重栞舊志附以補正之舉殷殷下問，此誠先得我心矣。雲龍前纂《光緒順天府志》即持此議，自修家譜亦定此例，不期與崇論閎議若合符節。

來書『不逞私臆』四字，微獨補正體例宜然，即續纂大指亦不外此。提要鈎元甚善，甚佩。金《志》重付手民尚須時日，非趣寫官速寄鈔本，則雍正二年以後、乾隆九年以前未克了然心目，恐續纂之一百四十餘年間事非漏即複矣。彼都人士嘖嘖金《志》爲善本，今未之見，敢人云亦云耶？雖然，先就其敘目舊例論之，已不獨其書之漏者宜補，譌者宜正，即當有而未有者亦宜補其説，以見續纂之有者非贅也；不當有而有者亦宜正其例，以見續纂之不欲有者非疎也。何以言之？金《志》有星野而無經緯，紀星野於一縣，碻乎不碻乎？經緯者，地輿學所力争精進，而開方測量尤不可少者也實測爲上，否則考縣城在北極出地若干度以爲緯度之準，再考偏京都經度若干、偏省城經度若干，亦可創圖於因。大凡圖志今勝於古，此類是也金《志》之圖及省志州志中之鎮洋縣分圖求寄。續纂之難沿厥例者一。物産昔無今有比比然矣，繫之食貨則可，繫之封域則未見其可，續纂之難沿厥例者二。宦績可爲職官志之子目，金《志》分爲二類，續纂之難沿厥例者三。

藝文非它書目云爾，劉《略》肇其法，班《書》成其志，隋、唐諸史罔弗隨其規，不見阮文達《雲南備徵志》乎？此雲龍與同修《順天志》者所未敢過其範圍者也。金《志》未能免俗，羼以詩文，庸詎知詩文皆當分隸各門，夾註即或無所附麗，多文爲富，掌故資之，則又有『文徵』之門，奚必亂藝文目例也，續纂之難沿厥例者四。若金石，若學派，能成一門，善之善者也，否則亦宜依類附見。此在執事之采輯，非遠道所克懸度也。古人書成而後例定，自爲著述則然，若志，則非先有略例，徒滋歧異耳。雲龍輒擬續纂凡例十有二則，聊云就正，未敢自是，子目細例又宜隨時改之補之。謹復代面，惟教不逮，尺鯉潮回，敬問勛祉。粵生仁長兄年有道足下。

又

粵生仁兄年大人執事：春間舊志樣本半部及夏間《商例》皆到。五月下旬復辱惠書，快吟佳什，如親雅教，藉佩鳩工矣，敬惟敷政優優，水利其一端也。儒林名宦，兩無多讓，甚善甚善！

修志重辱不棄，遠道諮詢，非數十年知我之深曷克臻此？弟亦以爲例若大道，然無俟疑慮爲也。前書欲重刊金《志》，作《補正》數卷，而自乾隆九年以後作《鎮洋縣志》。弟意亦以爲金《志》如爲善本，則蕭規曹隨，何事更張？遷史固仍，但增未備，豈不事半功倍乎？輒復書撮例以達籤記。嗣閱金《志》寫本，體例既乖，越畔層出，一刊已贅，奚重刊爲？而《商例》亦見及此，自當更正體例，核實門目，斷自分縣始，纂書名曰《光緒鎮洋縣志》《商例》所云『分縣以前一體載入』，此必不可者也。《商例》可者半見弟前書略例，其不可者願勿牽就。弟輒爲敘志，大恉十有二，通例十四，猶懼誼有未曉，復答《商例》以陳奥窔。弟以爲，通志有一省之限，縣志則有一縣之限，例或可通，而限則斷不可通也，不可通之限即不可改之例也，萬不容拘執臆説，而要不妨謹依善例。例定則勿紛更，欲其敏也，勿參差，欲其一也。湖北《商例》、《商商例》，貽譏久矣，願以爲鑑。細目增損，臨文就事商定可也。

來書擬年内告成，有何不可？請如弟約：凡敘例不善、不密、不畫一，問弟；凡采訪不速、不碻、不界限，則問采訪者，凡初編不類、不實、不斷制，則問初編者校對宜無譌寫，刊宜一律。而約猶有進。采訪初編患越限耳，如非越限不妨詳，由詳而簡易，不妨兩存其説，由兩用中亦易。

首輯地理之最要《四至八到表》、《沿革》、《城鄉》之類，非此則疆域無以限也限外事物徒費筆墨。次則分門編鈔，其編鈔法由金《志》樣本不重刊，且留弟處備纂備校，而錢寶琛《壬癸志稿》，而吴承潞《鎮洋縣志》未成稿，而諸書，而采訪册凡無書可據者據采訪册，每成一門先寄弟處，立即定稿加小敘非有寫官不可，隨定隨寄，隨寫隨刊續采訪者可作《補志》附後。此無曠時、無空文、無俗例之定法也。

而尤有不可因陋就簡者，《天文經緯表》、《晷度表》總名《天文表》以及地圖之經緯實測，此今勝於古處，即全志關鍵處。勿疑勿遲，勿畏難其法。二子范初即字公輿者，固優爲之《順天府志》與有力焉，曾附名，既辱昵如子姓，理當力供驅策，遥堪珥筆，近願執鞭唯命，萬不辱命。

四庫書存目志夥矣，不貽誚冗濫者蓋寡，而毋乃太簡。《朝邑志》得入《四庫》，非以其簡而潔歟？金《志》八失，而類目羼亂不一。執事學、識、才三長久備，當不河漢斯言，特恐賢勞未遑細閲，乞目大要，即定體例，俾訪與編得有指歸，幸甚幸甚，賜覆尤幸。謹以敘志《大恉》、《通例》、《答商》三篇就正有道。

雅吟謹當步和，隨後呈教。楊林幹河工如欲立石，不妨示其大略，弟亦不辭濡筆以待此河工一事實也。大哥携令郎應試，逖聽捷音。六令弟事代達前途，來書眷眷文友，而弟亦適印《譜霓仙館會文記》，謹呈二分初集十八卷，俟印完再呈教之轉寄大哥。昔年舊雨何地聚星耶？附敘志《大恉》、《通例》、《答商》三篇。

致東征糧臺胡按察書　光緒二十一年六月初二日

誦來函，以購無煙藥鎗子機器已回明傅相、夔帥，飭禮和洋行擬立合同，旋准交回清單屬爲核減，是於高瞻遠矚之中仍寓細緘密縷之意。惟執事深知敝局墊發尚多，萬難自購，是以有此一舉。敝局千數百人莫不同聲贊歎，謂非識時務如執事，何能爲海防新鎗補不足之彈，非公忠體國如執事，何能爲北洋機器擴有用之基？弟亦極欲贊成，未敢以不必購者濫廁其間。前單大删九項，所開在所應需，而其中不無緩急之别，既囑再核，惟有將添購項下裝藥彈紙版機器四副先添二副，又鎳皮、鋼皮添購一年所用者減去半年，約又減價九萬四千三百二十五馬克。此外不能再減，恐購到時以漏而滯，轉無以副代購初意，此所以躊躇審顧而未敢輕於下筆也。既承遠慮於前，必荷曲成於後。至初摺裝藥彈紙版機器一副廠價一千二百三十七馬五分、第二次摺價一萬二千三百七十五馬，是否大小數錯，抑係先開者誤，後開者實？應請詢明訂辦。

又

奉諭以局鑄新錢濟鐵軌萬千，猥蒙獎勵，至渥至周，下懷曷勝感激？復承諭令多撥等因，遵即極力籌畫。雖市面之周轉官錢鋪之奉北洋大臣飭互流通，不敢遽定多撥若干，而既蒙鈞示，亦當於鑄鑪初齊之始匀撥濟需，以期仰副平陂一道之至意。

致王秉恩觀察書

前一面於佑民中丞處，數十載之離懷，未繇暢敘，心旌悵觸，彼此同之。遥聞聲華轉上，得侍師帥而名益彰，弟無日不引領而望，奮袂而興，安得從執事後聆師帥箴，庶幾得少免衍尤，勉圖樹立也。自顧極愚，難供雕朽，何意電語傳津雨來期，鄂師帥采葑之厚意，執事連茹之深情奮倍，聞雞敢不舞鶴耶！惜乎其在夔帥奏留局差後耳。此日不忍負夔帥之下忱，即異時不敢負師帥與執事之大願也。曩聞有中蜚語達天聽者，胡文忠公、曾文正公交章品評以聞，遂得驟施抱負，如師帥者，何啻文忠、文正已也，惜弟非足品評如其人耳。止謗莫若自修，而所未已於懷者，倘長爲庸衆中人，何以副師帥夙誨與執事期許於萬一？夔帥亦頗不以庸衆視弟，而值積習既深，求是則飭非者嫉，趨實則沽名者讒，直道而行，恐仍難盡如人意。此後夔帥升遷，弟必即供師帥驅策，而開塞補偏，是所望於執事。

附：王秉恩覆函

孟源學長兄坐右：直此時事多艱之會，師帥賢勞旁午，故每於侍坐之餘道及磐才，而師帥亦每不禁嚮往之矣。向者鵬息，偶逢薏車騰謗，固知浮翳游雲無礙太虛，比聞圖南重奮，而夔帥奏留，仍總各司，此間未悉情形，遂有申邀之請，以聊師門之沆瀣，一以望攻錯於他山。迨獲來詣，然後知縣子都之情，必垂離婁之目，有千里之遥，必遭九方之顧。夔帥知人善任，倚重可知，下次之榮，拭目可待。弟已將來函轉呈帥閲，當蒙温諳。遇機而行，是則翘材久在夾袋之中，則他山鳶剡之章，已可弹冠而慶矣。大著《日本圖經》望便中郵致一部，以擴愚蒙，至盼。專此肅稟，敬請台安，惟照不盡。同學小弟王秉恩頓首。

復津海關道李某書

前聞執事云，得仝牌銅較時直省四之一，是以允留局用。茲據庫房委員禀稱，仝牌雖同，成色則異，揀稍勝者亦僅銅三成、鉛六成、雜質一成。以東洋仝牌銅時價每擔二十兩合之，鉛價七兩，不過每擔直十兩有奇耳，較局購之銅昂過其半。又其次者似銅非銅，雜質尤多，不得不原壁[璧]歸趙。乞原𧶘直，幸甚。

復汪某交代書

十月十三日接到十二日大咨，距交代已五閱月，不能不仍飭原管銀圓廠委員于林川、劉本盛等逐一據實察復。茲禀復前來，並據面稱，交代以五月十三日止，於十日内結算無虧，經台端派來接管銀圓廠委員徐鈞於五月三十日眼同新舊員司逐一盤收清楚，復於六月十二日第二次盤亦無異。言曾開清摺面呈前北洋大臣，蒙察核在案。查創辦銀圓並未領有專款，官借有銀錢所銀二萬，商借有中國銀行等銀八萬，是借本僅共十萬耳。交代時實交庫平銀十六萬五千六百二十六兩五錢二分七釐。創辦不過數月，借本不過十萬，而交代已十六萬有奇。平心而論，已可概見。計除備還本及利與夫工料庫平銀十二萬八千三百二十兩零三錢八分三釐外，實存盈餘庫平銀三萬七千三百零六兩一錢四分四釐，此正項也。外另交有代製工料銀四千有奇，又另交有代製津貼等銀圓四百五十九圓二角五分，此爲雜項盈餘，曾於交代摺内注明，係爲備抵重鎔火耗及補各批代製加重輕重之用，細帳具在，以之相抵，尚屬有餘，不必如來函所謂融銷也。以上面稱各層尚非事後捏飾，有徐委員之兩次盤收，王提調之逐日核訖，可以核實無疑。因查交代後静候迭次飭核，並由提調覆核無異，爲日已久，始行函催。曾接惠函謂針孔未能相符，屬令劉本盛到廠會核即可稟結等由，曾令該員到廠與原盤交代之徐鈞會算，亦毫無異議。兹接大咨，當再飭令該員等據實具復，均屬實在情形，可以一目了然。特即鈔稟，送候台核，即希迅賜察核稟報。

解散脅從令 代潼川阮知府

聞之孫卿子曰：『凡誅，非誅其百姓也，誅其亂百姓者也。百姓有扞其賊，是亦賊也，安得吾民共喻斯言哉！』今寇動號十萬，豈皆扞之，半出脅也。既急脅者因短髮之形類於寇，惴惴焉懼出亦不免於戮，遂帖耳聊從爲旦夕計，而免於魚殃玉焚者幾希，心甚憐之。

投誠免死之旗不一樹矣，何喻意尚寡？令到，有能痛悔自拔者，雖久於寇，猶與之更始，況髮新種種，不户户復哉？毋誤！毋疑！毋遲滯！勇與團有留難者，罪之。

示礮子廠　二十一年十月十八日

礮子廠之惰工甲於他廠，問之則曰『工有定也』。夫工不勤作，尚可完工，則過不在工而在委員。食工食者問心安乎？鍾委員宜破除情面，勿聽支吾飾詞，切實整頓，務期於工不過苦而於公有進益，方不負本總辦苦心也。

又　十一月初十日

礮子廠正當整頓，工頭爲工徒領袖，未便瞻徇。管廷蘭通管銅引車作成物之工，許亮專管翻砂，鑄彈工吴廣源尚覺安分，准仍幫管銅引車作，然宜照章作工，不得如管、許之專司照料也。高貴恩即行開除，不許再充工頭。劉長慶調交提調，派於鋼彈廠車作，仍嚴密察看有無手藝，是否尚堪工作，勿徇。

又　二十二年二月初六日

礮子廠工較前稍見删繁，然恐尚有不自振作，懈忽將事者。應委員應破除情面，去其不堪造就者，俾免效尤。

示鑄錢鑪頭大工

爲公家省一分工料，即是爲爾等立一分脚步。本總辦深望爾等安分作工，久於其鑪，萬不可妄爲滋弊，更不可出錢營私。一經發覺非革即罪。要有好處，在工作不在鑽謀。孰益孰損，各自辨明，勿負本總辦告誡苦心也。

光緒鎮洋縣志敘

前言欲以乾隆九年前知鎮洋縣事金鴻所纂《縣志》十四卷付梓，曰《重刊鎮洋縣志》，而作《補正》數卷附刊。又自乾隆九年至今百五十年續輯一書曰《續纂鎮洋縣志》。雲龍謂此宋張淏撰《寶慶會稽續志》、劉錫撰《開慶四明續志》例也。然此爲舊志體例無大疵謬者，今閱金《志》寫本前半並其全志目録，則因陋實難。

其失八：一曰妄。凡詔書恩旨之類、典禮禮樂、鄉飲之類非專爲鎮洋者，金《志》輒累卷帙，奚重刊爲？二曰溢。凡事物以地爲限，漕司一門載太倉、鎮海兩衛事，今隸蘇州府矣，於鎮洋何與？類此宜删。三曰瑣。金《志》分十四類，末有補編，子目八十有五，又附十有四。目多文少，破碎非歟？四曰冗。凡史館例許節録諭旨，况志非案牘比，而排比録鈔，何也？舊蹟不分注各門，亦未知《武功縣志》古蹟之括於地理矣詳通例。五曰膚，多空文也。六曰鄙，依據不盡古雅。七曰疏。即如地理，有星野無實測，庸詎知《周禮》保章氏以星土辨九州之地，非一縣地可同日語。《欽定考成》前後編專測北極高度，以推晝夜之長短、節氣之遲早，而不謹遵，何也？圖法之疏又無論矣。八曰複。古書互見有詳略法山川河渠之類，如金《志》職官、宦績分類，學制師生、學官又分目，則又何説？此雲龍所以不敢固執前言也。來書亦有改轍意，可不謂所見略同歟？於是雲龍斷以爲宜自爲書，依《元和郡縣志》、《元豐九域志》，題曰《光緒鎮洋縣志》，雍正三年析自太倉始爲斷，疆域之沿革以時而分，人事之去取以境而限。金《志》分門曰類，所謂雜名也，宜依《華陽國志》《臨安志》例通名曰『志』。雖敘例，非書成難可定稿，而非求準繩，將毋築室道謀歟！既爲通例十有三，輒撮分門大要爲目十二以就正云。

金《志》封域、營建二類子目十有五，附二封域曰沿革附星野，曰形勝，曰里至，曰岡墩，曰風俗，曰物產。又營建曰城池，曰公署，曰倉儲，曰壇廟，曰坊巷附牌坊，曰里鋪，曰市鎮附邨，曰橋梁，曰卹養，其最難可沿者，攔入物產、倉儲、里鋪、橋梁也詳下。爰爲目十七，曰圖鎮洋縣總圖、城圖、鄉鎮圖、衙署圖，曰形勢《大清一統志》例，曰四至八到表《元和郡縣志》例，曰沿革表《一統志》例，曰天文表謹依《欽定考成前後編》例爲經緯表、晷度表，曰山川依《漢書》既志溝洫，復於地理述山川例，而元袁桷《延佑四明志》亦然，曰城池《一統志》例，曰衙署宋無名氏《衙署志》例，曰祠祀《武功志》例，曰坊巷《澉水志》例，曰局所義莊附，由金《志》卹養改，曰鄉鎮，曰關隘堡寨附，曰寺觀二均《一統志》例，曰冢墓《順天志》例，曰風俗《朝邑志》例，曰方言《靈壽志》《雲南通志》例，依《漢書·地理志》例述《地理志》第一古之《澉水志》、今之《順天志》皆以地理括建置，金《志》舊蹟可括於各門。

金《志》水利類曰水道附海潮，曰開濬附海塘閘座，曰開河法，曰築岸法，曰治水議，所謂開濬、開河法、築岸法，皆河工也，立名瑣碎。兹爲目四，曰圖水道總圖、劉家河等圖、楊林塘圖、湖川塘圖、朱涇圖、海塘圖，曰水道依桑《經》酈《注》例爲之，曰河工河與岸與塘與閘工罔弗入，依《河防一覽》例也，津梁附，曰水利此就灌溉農利言，治水議之屬可采則采之，依《吴中水利書》例，依《史記·河渠書》例述《河渠志》第二雲龍所纂《光緒順天河渠志》即用此例。

金《志》賦役類曰户口，曰都圖圩，曰田制，曰糧額附解支耗羨，曰課税附海關税，曰徭役，子目既瑣，漕司類曰衛制，曰衛職附明世官，曰軍田，曰海運考附元海道又多與縣無涉。兹别擇曰圖義倉圖，曰户口《元豐九域志》例，而《順天志》户口亦入食貨志，曰田賦《一統志》例，徭役附，曰屯田即金《志》軍田，曰倉儲金《志》列營建類移，曰海運擇有關縣境者摘録之，或作海運考附倉儲亦可，曰課税《嶺海輿圖》例，海關税鹽課附，曰物産《武功縣志》物産附田賦不附地理，金《志》不可沿，依《漢書·食貨志》例述《食貨志》第三。

金《志》學校類曰學制，曰祭器，曰廟樂，曰師生，曰學田附社學田，曰書籍，曰社學義熟）[塾]，曰鄉飲。師生既失之贅，鄉飲又失之濫，兹曰圖學宫圖、試院圖、婁東書院圖、安道書院圖、尊道書院圖，曰學校學宫、試院、義塾，禮樂器附，曰學額，曰學田。依宋崇甯《學校新法志》例述《學校志》第四書籍既佚，俟置再輯。

金《志》兵防海防類曰營制，曰城堡附椿柵，曰營汛附海關，曰海事考，曰防海議。城堡當入地理。茲爲子目四：曰圖裹河水師汛界圖、外洋水師汛界圖，曰營制併金《志》營制、營汛，曰海防金《志》防海議擇録大要，而以時務爲主，海口首劉河次楊林，或礮臺或礮壘，或水雷或兵船，皆求實事，勿設臆説。凡議入注，曰兵事海陸戰事皆輯，然撮要箸録，餘入夾注，亦勿全載，曰驛傳金《志》里鋪移此，説詳通例。依《唐書·兵制》例述《兵志》第五。

金《志》職官、宦續二類職官曰官制，曰官師表，曰武職表，宦績曰臺司，曰守牧，曰縣尹，曰倅貳，曰學官。既羼古名又鄰紛歧凡官用其時官名，非治境不入。茲爲目五：曰官制，曰文職表金《志》官師云者，豈武非官師耶，曰武職表，曰名宦表表已入名宦者，餘俟續，曰官師傳依□□□例，語語注出處，已未入名宦皆載事實，即可爲戒者亦箸録。依《史記》年表、《漢書》表、《延祐四明志·職官考》例述《職官志》第六。

金《志》人物類子目十六曰列傳，曰忠節，曰治行，曰孝友附義行，曰儒林，曰文學，曰武功，曰隱逸，曰耆碩，曰流寓，曰藝苑附技術，曰雜傳，曰釋道，曰列女。按，有人物而後有選舉，《武功縣志》先人物，當依其例，儒林兼治行言，耆碩即人物年高者，歧名既類采鹽，品題豈無臆斷。古志如《武功》、《朝邑》不分子目，今志如《光緒順天府志》，賢者立《先賢》一目孫星衍《清江府志》、馮桂芬《蘇州府志》，亦不分名，不賢而著者隸《鑒誡》，餘隸《雜人》，例至善也。茲爲目十：曰先賢《武昌先賢志》例，曰雜人《漢志·雜家》例，曰鑒誡，曰方技《後漢書》例，曰列女《列女傳》例，曰釋道《魏書》例，曰僑寓以上擇有事實者作傳，否則入表，曰鄉賢表表已請入祠者，未入者或補請，或據輿論附表再酌，曰昭忠表，曰節孝表例同上。凡表，即已有傳者亦得列名，依《吴郡圖經續記・人物》例述《人物志》第七。

金《志》選舉類子目五曰選舉表，曰武科表，曰薦辟，曰例選，曰封蔭，今曰科舉表進士、舉［人］、拔貢之類，曰薦辟表，曰例選表，曰封蔭表，曰武科表按《順天志》選舉附人物，以學校已附經政也，選舉與學校人物皆有關涉，是以仍金《志》立選舉目，依《武功縣志・選舉》例述《選舉志》第八。

金《志》藝文類子目四曰書目，曰奏疏，曰文，曰詩，居然以書目箸録而附奏疏、文、詩，仍非解人當擇有事實者分隸各門，或録或注，兹定例曰『鎮洋縣人所著書』，曰『紀述鎮洋縣事之書』注存佚、未見、未刻，按《順天志》分時不分經史子集，今於經史子集分時亦可，依劉《略》、班《志》例述《藝文志》第九。

金《志》無金石。如采訪無幾，依事分隸各門，否則立目録文。依明《吴興備志・金石徵》例述《金石志》第十金石之斷不可附藝文，亦猶詩文之不可附藝文也，知此則思過半矣。分時注見存、括本、存目三類，綴考釋爲宜。

金《志》雜綴類子目四一祥災，二逸事，三碑記，四叢談，亦失之瑣。兹爲目曰祥異《靈壽志》例，曰雜事《順天志》例。依《小戴・雜記》例述《雜志》第十一。

古之敘例爲書末卷志成各敘冠首，然必與小敘相應，欲其勿相矛盾也。依《史記・自敘》、《漢書・敘傳》例述《敘例》第十二。舊志敘目附録。

東華續録敘

京師欽文書局合刻王、潘《東華續録》既成，問敘雲龍。敘曰：學者不從格物致知入無論已，自泥古者爲之，摩挲尺蠹，臆斷豕魚，問所學，輒蝗［瞠］目曰『不讀秦漢以下書』，而耳食學者流又一以二十六字母爲圭臬，視六書爲弁髦，詆六經爲糟粕。問我朝準回之何以平，金川之何以定，則皆茫然未之或知。嗟嗟！海國之故實，其婦孺類能言之，豈中朝儒者或忘一物不知之恥耶？

舊有蔣良騏《東華録》八卷通行本，非足本也，讀者輒嫌其略。於是王祭酒《續録》之編仍起天命，甄録加詳，天命之四卷，天聰之卷十有一，崇德之卷八，順治之卷三十有六，康熙之卷一百一十，雍正之卷二十有六，而繼之以乾隆之卷一百二十，嘉慶之卷五十，道光之卷六十，厥後潘御史咸豐六十九卷。此外擬續同治百卷，同人以屬雲龍，時方纂游歷外國圖經諸書百餘卷，未遑即續，而亦續不久淹也。已刊之四百九十卷可以瞻列聖之經緯，可以循通儒之門徑，家置一編，閎中達外，班固所謂『聖王之道之無不貫者』庶乎！於是徵之，豈第多學而識云爾哉？光緒十六年春敘。

補讀書齋詩草敘

光緒二十一年春，傳鈔沈子鶴農《補讀書齋詩草》既竟，時莫遑讀，而讀時莫遑言，而難已於言。雲龍之交鶴農始於同治十三年，其文出輒驚坐，詳雲龍所箸《譜霓仙館會文記》。仲弟鵬秋文與頡頏，雲龍時亦附驥。此一境也。八年，雲龍官兵部，明年鶴農與鵬秋籤分刑部，秩同，學同，心同，居亦同始同寓粉房琉璃街，尋偕移繩匠胡同，又同移老牆根。庚午、癸酉、乙亥、丙子，雲龍下京兆第，亦同此一境也。光緒二年後，雲龍治經如昨，鶴農改官知縣之蜀，迹遂疏。越四年，僅以尺書代面書入《纂喜廬駢體文》，而叔弟石君爲入幕賓，又一境也。十五年雲龍游歷海國歸，方欲音問，而鶴農已矣。

鶴農文字雖未及抗迹先正，而無理障，深淺入時，掇巍科者輒媿弗逮，即拾青紫如拾芥，疇云倖乎？不然，花封頌作，澤民未艾，亦得尺寸柄者所樂爲而止此。方雲龍治許學，鶴農亦欲述而未果。曾斠刊沈括《筆談》二十六卷據《裨海》本又明本馬調元本斠，又《補讀書齋書畫器玩圖帖目》二卷，而所箸僅此詩草九卷八集，凡八，曰《青鐙集》，曰《海艖集》，曰《輪鐵集》，曰《白雲集》，曰《雲棧集》，曰《塵網集》，曰《鹽車集》，曰《滇雲集》。起庚申，訖甲申，甲申爲其絶筆之前五年，此五年豈無詩耶，而手訂僅此。鶴農評雲龍《秋鞠》詩云：『僕亦有此題詩，讀此欲自焚其稿，』而此草無《秋鞠》詩。又有題雲龍《餐喜廬詩初集》詩，此録七古一篇，遺七律兩首。

柳君文洙曾刊《鶴農詩鈔》，較此彌簡。其詩精能，詳鵬秋敘。兹就離合今昔之感筆之，距初交三十年矣。

鶴農名芝田，蕪湖人。

聽月樓詩敘

光緒十六年冬，慈谿嚴小舫觀察見雲龍游歷外國詩，輒集東坡句贈曰：『讀破萬卷詩愈美，行盡千山路轉賒。』繇是知其能詩，其題自畫《蘆雁詩》往往膾炙人口，叩其詩源則庭訓居多。明年夏，出其先大夫笠舫先生《聽月樓詩稿》屬敘，受而讀之，其詩不緦緦焉矩杜規韓而神來興往，自無括帖氣雜於其中。嚴滄浪所謂詩有別才有別趣，非歟？彼夫墨守試帖，咿喔半生，積稿寸許，自謂『詩不外是』，識者輒目笑之。自過矯者爲之，又舍康莊，恣艱澀，不趨於牛蛇不止，庸詎知詩固有自然天籟歟！不然泰西無所謂詩也。而記遺蹟，弔戰士，輒箸長短句，如歌如泣，或鏤鐵，或刊石，此何爲者？日本詩一以中國三唐爲鵠，其初自有和歌，和即倭也，未嘗無古《子夜歌》遺意，此又何爲者？詩本天成，是耶非耶？求如先生之得乾坤清氣不數數覯，然則先生詩其專主性靈也乎？雲龍曰否否。先生詩曰『半由天籟半功夫』，蓋自道也，又曰『操音要辨雙兼疊，徵典還教有若無』，其視枯守兔園箊子又何如耶？而况集中有句云『薛中義賴馮煖市，我亦須畊心上田』，此見志詩也。

觀察善承先志，肝膽照人解衣推食之風罕有厥匹，先生詩教之詒謀不其遠哉！惜乎雲龍游十二萬餘里之《詩變》、《詩權》、《詩隅》、《詩董》、《詩鑑》、《詩志》，不獲如先生其人而正之，而猶獲讀先生言志之詩，想見撚髭坐月，聽於無聲時之風采，不可謂非幸已！光緒十七年夏六月敘。

妙香閣遺稿敘

雲龍仲弟鼎丁卯舉于鄉，同年生業亭居順天榜首，而光緒廿年前未面也。既見之，明年出其第四女《妙香閣遺稿》四卷屬雲龍敘。

女名芸階，字仙洲，小字素馨，鐵貞其號也，任邱人。八歲籀四子書，年十三通五經，自是旁通子史。工詩文，無巾幗氣，而惜其分力於時藝、試帖也，否則無無用學，精到更未可量。雖然，凡囿括帖不貽井蛙誚者幾希，而鐵貞一女子，足不出中華，能談五大州事，時與其父縱論治亂所繇，視墨守高頭講章之丈夫子何如耶！依親以終，孝可知已，是即學所從來。鐵貞詩弟子佩秋，周子伯晉女也。周子校佩秋遺詩，輒選鐵貞詩三十四、賦四，於光緒廿一年刊之，武昌書局目之曰《鐵貞遺稿》，誠善本也。此四卷者，卷一雜體詩，卷二古文、時文，卷三時文，卷四試帖、賦。雲龍則以爲宜更編定：輯其論與記與敘爲文第一，次以古今體詩爲詩第二，又賦第三，又次以時藝、試帖爲外編第四，此析卷大恉也。總而言之，何莫非文，而雜文則不得謂之古文，此義前人已詳言之。欲善《妙香閣遺稿》例，其亦於業亭求敘意儻有合歟？是書已列目於雲龍室李端臨所著《女藝文志》。二十一年冬十一月既望辛亥，德清傅雲龍敘於學自彊不息齋。

洪右臣龍岡山人詩鈔敘

黄崗洪子右臣爲詩已十餘年，削其少作，斷始戊申。龍岡山旁有木槲山，曰《槲莊集》，癸丑間避亂大崎山，曰《崎山集》，丙辰間詩拾焚餘，曰《焦尾集》，辛酉間避琵琶嶺，曰《鷩巢集》，壬戌館巴水側，曰《巴河集》，癸亥、甲子曰《龍邱集》，乙丑試禮部，曰《聯鑣集》，寓團江對岸，曰《羅湖集》，丙寅曰《後龍邱集》，戊辰成進士入翰林，曰《釋褐集》，明年入蜀，曰《巴船集》，庚午曰《東歸集》，又合辛未曰《北征集》，留館曰《宣南集》，癸酉主試山東，曰《星軺集》，後六年曰《木天集》，合爲《龍岡山人詩鈔》十八卷。其友德清傅雲龍敘曰：

詩人也與？非詩人也，即此技餘已稱絶唱，翅擘一逾其海，雞林百易其金，如雲龍者，俗箏充耳而欲辨商柳之節，吹竽濫齊而欲品《周南》之鼓，幾何不目論恧而齒冷識者？雖然，入瑯嬛之地，肉眼猶眩其奇；登球石之場，非鳳亦效其舞。而況其情自芳，其懷若谷，如洪子者乎？

猶憶荆州未識，平原欲繡，一篇跳出，半面如逢。尋見之余子摺珊坐中，語雲龍曰：『疇昔北來，見子題壁，神交久矣。』愛醜先忘其瘦，見晚轉增其恨。時雲龍學治經，未遑言詩也。

光緒五年同纂《順天志》，洪子雄素四尺，白瓶七層，條分則革辨復半，瑕去則肉好如一。矛楯語破，不舛其利堅，蛙鼠目空，不借其賣販。雲龍亦《河渠》補史，《方言》證經，而又未遑言詩也。暇乃手汗青之編，縱浮白之吻，跡其檞山讀月，羅湖題雲，焦尾之琴轉生逸響，鷩巢之鳥如答短歌。崎窟驅煙則摩盾墨活，巴船敲雨則記里鼓催，既而棠鵲一雙，木天尺五。星駢則書皆著脚，風簾則冰可鏤心。豹直伏其五日，雕鷙懾其一瞻，愈窮愈工也。若彼一官一集也又如此，鮮不謂以詩雄以詩老矣。詎知汲汲焉方辨治經者之言之誣與？

唾餘不拾，生面自開，鐵以錯而重鑄，金以範而獨鎔，宜其溫厚之志得《詩》居多，詠歎之長以《詩》而貫。《讀詔書恭紀》與夫《官軍復鄂新野紀事》，《書》教也，即可以觀意也。《禱雨紀事》、《四神詠》，《易》教也，即可以興意也。《贈答》諸作，《禮》教也，即可以群意也。《六月途中》、《傷亂》、《官軍來》、《冰潮行》、《嘆息復嘆息行》，《春秋》教也，即可以怨意也。第曰胎息無此胸襟，嫥主性靈遜茲風格，謂詩之津逮可也，謂經之筌簣無不可也。君補三百篇之風，《騷》原始楚，我弁千餘什之首，序亦學《詩》。

□□□詩敘

當酒茶來，行近伊丹之地，看詩帽脱，吟鶩瑞穗之天。則有顧侍茅饍，黐投班筆如□□□

者。遠張查而倍，豈好游哉，手毛檄而行，不得已也。而雲龍遵諭同游日本等國凡六，聲情倍鬱，形影與俱。每當潮日浴紅，輪煙眩黑，春寒而背同汗雨，腹枵而卧且餐風。抑或斷島星馳，危橋雲渡，火車之瞬不及一二，隧道之燈猶明三兩，筆不罄述，境紀以詩。然而臣本布衣，學慎而猶恐其失，君如智者，隨事而自行其無。有濠濮間想，海况觀瀾；如屏風上行，迹何從滯？西海之可興可比，語溢毫端，東道之一木一花，韵流楮外。是以抑塞再歌，王朗方拔其劍，許游二載，香山先輯其詩。凝偓之纏綿，温李之寄託，不圖古韵，猶見今裁。鏤霞飛采，已窺考政之餘班，積日聯珠，待作全編之後敘。光緒十四年三月十二日，敘於日本東京永田町寓舍。

實學文導敘

右分類文凡五十有四首，名曰《實學文導》。導之云者，非知止之謂，與其門徑之不知，識途不猶愈乎？先是光緒十一年北洋機器局立，圖算學堂生學期滿考成而器使之，久之復鳩生入學，時十九年春二月也，季試輒校自雲龍。越年軍興試輟。二十一年夏，雲龍自海軍衙門兼差回天津，捧檄肩局務，季試復振。雲龍以爲，圖算、化學、英文仍以漢文爲宗，而如空衍積習何！是以有《實學文導》之選，蓋即選自雲龍子范初所録經世時文也。文不欲其泥古，以時而實，亦不欲其假飾，以樸而實。李肅毅伯鑒目韙之，時總督直隸者王夔石公也，亦不以淺而棄之，且云：『是書出，解人獲十之三，即非無益。』於是雲龍輒付石印，欲省初學傳鈔也。繼自今以實心爲實學之體，即以實事爲實學之用，此其一端耳。觸類引伸，庶免所用非所習之誚乎。總理北洋機器局、花翎二品銜、直隸即補繁缺道傅雲龍敘。

考化白金工記敘

聞之白金鐺雖不吸養氣而鏽，然忌鍊養錫、養鉛、養鉍之屬。考其所以然，凡養金類受熱則離其養氣合於白金，而鐺易損也。北洋機器局鏹水房舊有白金鐺，非新式且數補矣。雖續增一不足於用，雲龍肩局事後復增其一，是爲新式，欲於白金外求一烈火不克鎔，鏹酸不克蝕，可多得哉？化學鼎資之，而鏹水鐺亦無以易之。

先是雲龍於光緒十四年電馳火輪游北阿美利加洲，見白金工矣，微獨法郎西製天文算學尺以白金爲準，而攷白金之别於他質則自雍正二十六年［乾隆十四年］始西千七百四十九年，其製可鬆粉，可黑屑，可抽線，可錘片，而非輕、養二氣無以化也，化學家往往略之，偶一及之，則云電火及二氣可鎔。庸詎知電火中亦輕、養二氣耶？其不必二氣而化者，合鉛鐵爲雜金類，非白金專質也。

於是雲龍考新法之漸詳，附舊説之大概，名曰《攷化白金工記》，次第篇目而敘之：白金鑛總論第一，白金形性説第二，試白金鑛乾化法説第三，試白金鑛水化法説第四，提白金鑛乾化法説第五，提白金鑛水化法説第六，用輕養氣化白金法説第七，化白金舊説第八，白金成物説第九，輕養氣鐙圖説第十，白灰鑪圖説第十一，圓筒鑪圖説第十二，化白金鑪圖説第十三，吹風鑪圖説第十四，壓白金粉機器圖説第十五，圖第十六輕養氣鐙第一圖、第二圖，白灰鑪圖，圓筒鑪圖，化白金鑪第一圖第二圖，吹風鑪圖，壓白金粉機器圖，圖凡八。光緒廿一年冬，花翎二品銜、總理北洋機器局、直隸即補道傅雲龍，敘於目十三萬里心數千百年之室。

考空氣礮工記敘

雲龍遵朝諭游歷在光緒十三年，越年秋八月七日游美利加合衆國紐約之三地虎捕礮臺，有空氣大礮，同治二年西千八百六十三造自干揑底嘎奪邦之文特亨姆。長二十尺有奇，中徑一尺三寸，重四十四頓，用彈百二十磅，直銀二萬九千圓。礮架亦藉空氣壓力旋轉自如，直銀萬三千圓。取空氣之機器車，一管引蒸瀛，一管受空氣，直銀千三百圓。而是游之前七日七月二十九日雲龍游華盛頓之野襄雅耳昆公司，是修水雷者在蟻史忒石多理多，譯言『東街』，此司事居，非鳩工肆也。公司中人哥里登一譯古列凍言：去年創造空氣水雷礮，堪洞一尺四寸厚之鋼板。時於紐約之山笞阜多廠造四水雷，皆帶撞船，每船礮四，其礮後膛，受千二百磅開花子，以機引入空氣，一二分時即發。此游歷時目治、耳治大恉也，得來發公司圖説未遑譯述。或且疑之，雲龍則以爲，魚雷之藉空氣，夫人而知之矣，謂空氣未竟厥用則可，謂空氣不適於用則不可。推而行之，獨礮云爾哉？發篋補記而敘厥目：原工第一，改製第二，功用第三，總論第四，礮表第五，礮圖第六。

續圖比例尺圖説敘

雲龍監造比例尺既竣，就圖算學堂教習郭恩承所圖係以説表而敘曰：凡圖欲縮伸，舍比例尺别無捷徑。欲用其尺於續圖之縮與伸時，先度所欲續者之長若干尺縮至與某尺相等，即用某尺續之。或以它數再推，不其贅。而欲造比例尺，似宜以工部爲宗。英尺八分爲寸，十二寸爲尺，中國則寸尺皆以十進，又孰若以工部尺爲便，奚俟比較英尺爲，而難偏廢。大恉有二：一取差少，一取通變。

曷言乎差少也？工部尺尚未合十數行省通用之度而壹之，裁尺、魯班尺以㭊異，京尺、俗謂高香尺。廣東尺又以地異，伸縮器圖差之毫釐可乎？儻得部尺一律，罔或異度，如馮氏桂芬壹權量議，豈獨比例尺得以晝［畫］一歟？

曷言乎通變也？中國自製一器用工部尺以伸縮比例，奚不可者？今則機器工圖取自外國，或因以增修，或從而改製。圖以算爲先，算以比例爲捷，必以工部尺繩之，動輒零分，易滋齟齬，不且貽西工口實乎。雲龍輒用英尺伸縮，以期推行盡利，仍用工部尺比較，以期萬變而不離其宗。嘗見英製比例尺有二千五百分尺之一者，機器圖不能縮如是之微，而地圖又莫若用里數尺之爲愈也。又有六寸一里者，地圖可用而厥製有差，又有一尺分十寸者，此與十分寸之一作一尺何異？ 類此皆不屑沿。

茲爲圖三十續縮圖比例尺圖、説二、續縮圖比例尺圖説、續伸圖比例尺圖説、表一工部營造尺與英尺比較表，見者謂續圖伸縮得此則事半功倍，非無用物也，遂付之石印。

光緒二十一年冬十二月立春前十二日，敘於學自彊不息齋。

光緒鎮洋縣志凡例

第一，乾隆九年以前縣事金《志》具在，可從略也。然如地圖新出者勝，是以現修《大清會典》之圖，獨地輿不一沿舊也。永定河圖李《志》開方，朱《志》測量，異曲同工且不偏廢，而況金《志》之圖不計里、不開方、不列經緯，谿疎加密，責在今圖。

第二，金《志》雖載水道，不無更易，往者創修《順天河渠志》一依桑《經》酈《注》，後述《日本河渠志》如之，皆進乙覽。今依厥後。

第三，此百四十餘年間事與金《志》無甚更張，如□□□□□□□□□□□□□□□□□□□□□□□□□□□之類，子目亦省。

第四，存舊可也金《志》重栞，不虞失舊，沿陋不可也。各門皆謂之『志』，不立雜名，此《華陽國志》、《臨安志》例也，《光緒順天志》依之，此亦宜然。今擬易封域、營建兩類曰《地理志》，易水利類曰《河渠志》，易賦役類曰《食貨志》，易學校類曰《學校志》，易兵防、海防類曰《兵志》海防可爲子目，易漕司類漕司不典，曰《漕志》，易舊蹟類曰《古蹟志》如不概見可省此目，附各門夾注，易職官、宦績兩類曰《職官志》以官績爲子目。此外曰《選舉志》，曰《藝文志》，曰《雜志》，皆不名『類』也，非矜典雅，聊醫鄙俗。

第五，引書據實者、雅者、最初者，而官文書亦足據也，其互異者宜考訂其文，繁者宜夾注。

第六，人物一門易滋口實，是以先正有據書纂輯成文之例，不增一字語語皆據書籍，然如采訪册亦據之，句下分注出處。今兩湖總督張香濤議《順天志》例，力主統名先賢之説忠節、治行、孝友、儒林、文苑、武功、隱逸，可作子目，以存金《志》例意。此外曰雜人，曰方技不必曰藝苑、技術，曰列女此宜詳備，曰釋道，曰僑寓，而《職官志》之宦績据書纂輯之例亦如之。

第七，藝文志中厥類有二，一爲鎮洋人所著書，一爲紀鎮洋事之書，每書提要注存、佚、未見、未刊四等，以時爲次金《志》既非此例，不妨於續志另爲編纂如地圖例，而詩文單篇宜分隸各門夾注。

第八，若昭忠，若鄉賢，已入祠者各爲一表。

第九，各門前爲小敘，然宜出雲龍一手，免矛盾也。

第十，最後爲《敘例》一卷，仿史體也此製自總纂，若主修之敘則列於前。

第十一，續志一律頂格擡頭處均不出格。

第十二，大題在下，小目著上，經史古本例也如志卷一第一篇題『地理志』三字於上，而著『續纂鎮洋縣志一』七字於下。

光緒鎮洋縣志通例

一、人物以雍正三年分縣始，而以前人物非有在境碻據，無所用其附會也衛職之類既非縣境，斷可勿録。其它視此。

一、詔旨必專爲鎮洋方敢恭載蠲振亦然。依《武功縣志》、《日下舊聞考》例分録各門，又依史館例不改而節不必全録。

一、典禮非專屬不録。

一、凡恭録詔旨入注，依《光緒順天志》例小字居中寫入正文不依此例。

一、旁徵者、辨證者，依《史通》説入夾注金《志》夾註而將姓氏用大字標題，非正例也，萬不可從。

一、引書注出處卷數備覆檢，憑最初者，擇古雅者，考互異者，今事據官書成案，無則據采訪册如據舊志，宜檢元書。

一、『志』即古圖經也，圖散歸各卷《光緒順天志》例，然宜實測，勿憑舊繢。

一、『表』，史法也。職官、人物、選舉之屬，表多則文省。

一、金《志》低格是官文書體，非箸書例。今全書頂格，凡擡頭處一律平擡，《光緒順天志》例也。

一、金《志》『舊蹟』類子目七曰堡塞附關，曰公所，曰居宅，曰名蹟，曰園林，曰寺觀，曰冢墓，然古蹟於城池市鎮往往而有，與其體例不一，孰若依《武功縣志》例括古蹟於『地理』。又遵《欽定日下舊聞考》例散古蹟於各門，又遵《欽定滿洲源流考》附古蹟於『疆域』。雲龍以爲，若堡塞，若公所，若寺觀，若冢墓，自有附麗，若居宅，若名蹟，若園林，亦可分注於山川、城池、坊巷、鄉鎮也。

一、地名官名準今不宜冒古。明王鏊《姑蘇志》貽譏於楊循吉，可鑑也已。

一、《敘例》爲志之末卷，古法也。而志成各敘自可冠首。

一、小敘當出一手，欲一志如一篇也。

一、大題在下，小目箸上，經史古本例也如志卷一第一篇題『地理志』三字於上，而箸『光緒鎮洋縣志』於下。

答光緒鎮洋縣志商例

《光緒鎮洋縣志》金《志》難可重刊，自成一書此名爲宜，可勿再商。

各門皆名曰『志』。

『宦績』併入『職官』。

『人物』品題恐有未當。

『詩文』分隸各門。

以上四條前書已言如是，請勿復疑，亦無可疑。

『詔旨』、『典禮』，金《志》濫載，宜去。

『漕司』一類既非縣境，則『衛職』亦非宜録。

『物産』、『倉儲』當入『食貨』，金《志》不可沿。

『驛傳』爲馬政一端，『鋪遞』亦有額兵『驛傳』屬兵部，而金《志》以『里鋪』入『營建』，非也，類此可推。

《欽定熱河志》删『星野』而測斗極。後有作者咸懍睿裁，前書已言之，而《商例》仍舉星野，何也必須實測經緯晷度之人？

『津梁』宜附『河工』、『海運』，萬不可附『武備』。

『治河議』不必以今異而删，但宜增今法之切要。

金《志》它無足法，惟云『職官』、『選舉』斷自分縣始，此與一定之例合，而《商例》分縣以前一體裁入，此萬萬不可者也。

金《志》人物名目已嫌瑣雜，而《商例》又加『名媛』，似非所宜。

金《志》之斷不可附藝文，亦與詩文同。

以上各條請與《敘録》大指及《通例》參看。

總而言之，例或變通，理無越畔，宜簡潔，宜核實。

魏高貞碑跋

按碑篆額曰『魏故營州刺史懿侯高君之碑』，其文正字，首一行題曰『魏故驪驤將軍營州刺史高使君懿侯碑銘』。其刊石在正光四年，後《張猛龍碑》一年。《金石萃編》有目無文，雲龍所見數拓本存蝕互殊。『公有行』上是『疘』字，下文可證，『如琇如』下是『瑩』字，『禮有如數』上是『生榮死哀』四字，雖曰拓有後先，抑亦視工。『卡』，《海篇》同『弄』，『殞』，《百緣經》音『規』，蓋『卡』爲『弄』俗字，『殞』爲『規』之同音通假字。其他異文：『魏』、『驤』、『将』、『勃』、『徣』、『襃』、『逐』、『虞』、『毁』、『師』、『挨』、『爲』、『降』、『寃』、『賫』、『考』、『逐』、『礼』、『稟』、『岐』、『理』、『尔』、『戚』、『玥』、『秉』、『塞』、『碰』、『礪』、『禰』、『離』、『陰』、『冨』、『驕』、『謙』、『業』、『僁』、『儀』、『瞻』、『渠』、『戓』、『縱』、『職』、『穆』、『梓』、『循』、『忝』、『負』、『羙』、『聡』、『坊』、『莘』、『姉』、『竉』、『擁』、『芔』、『揁』、『斡』、『拉』、『玥』、『京』、『宅』、『旌』、『儁』、『凡』、『舊』、『囙』、『叝』、『槼』、『紝』、『屬』、『戓』、『琇』、『覩』、『友』、『纓』、『鱗』、『扃』、『煸』、『哀』、『疘』，如此之類，漢魏金石往往而有，亦古俗雜出也。

舊拓皇甫碑跋

舊拓《皇甫碑》，此吾先鄉賢公手澤所存焉者也。先鄉賢公於圖籍時時自題，否亦著墨不少吝，而此本獨無。猶記雲龍與仲弟鼎十一二歲時，先鄉賢公手此碑拓本囑塾師課書，朱園隱隱猶有存者，而先鄉賢公音容不可復睹，而仲弟又安在哉！咸豐中，雲龍飢驅彙筆爲養贍計。同治八年官兵曹，未攜此本，而明年仲弟攜此北行，旋由京而蜀而浙而京，厥後仲弟子晉初又攜之蜀。光緒二十年叔弟雲夔子汝礪應禮部試，又攜至京。雲龍不瀏覽此本忽忽四十年矣，况其爲手澤所存哉！裝池非舊，神采如新，不知異日重披，其感念更若何什伯於此也。光緒二十年秋九月，雲龍懋元跋於京城回子營客舍。

先鄉賢公所藏瓶菊畫跋

款識云：『戊戌冬日寫於平陽旅次，爲商巖四兄先生正。雪驅沈靖。』又有詩二句云：『未許園林終晚節，不妨風雨到重陽。』

戊戌爲道光十八年，吾父時年三十有九，作幕賓於四川開縣。語在年譜，我生之初之前二年也。吾父耆圖籍，不第惟畫，即畫此亦非所重，而雲龍睎逾拱璧，蓋行篋中款識獨見此畫耳。吾父目之手之，僾乎若見，屈指至今忽忽五十有四年矣，而紙幅墨痕猶是，嗚呼，能不泫然也哉！識之以睎來者，庶亦無忘吾父目之手之時矣。光緒十七年夏四月二十二日，雲龍書於天津機器局既濟堂。

趙孟頫書龍興寺膽巴碑跋

『膽巴』之言微妙也。元延祐元年謚『大覺普慈廣照無上帝師』，不知何法臻此。河朔龍興寺有銅佛像，高七十三尺，宋大[太]祖所復造者。先是隋建寺，丹契[契丹]入鎮州焚其銅像，周人取銅鑄錢。證碑如是，趙書墨蹟非石印未易見也。

翁覃谿篆書跋

陸子竺叁藏篆凡十字，曰『秀語敓山緑，奇情碬天慳』，署款曰『乙丑翁方綱爲花谿詩翁篆』。有章四，前一曰『蘇叁』，後三曰『覃谿』、曰『三任廣東學政』、曰『内閣學士内閣侍讀學士翰林院侍讀學士』。

蘇叁先生有《金石叢説》，又有《經説》，並手藁也，或猶及見之海王邨。然則箸述未傳世者尚多，獨篆云爾哉！竺叁仁兄，吾鄉耆古士，眎所藏篆聯有章曰『三任廣東學政』，按蘇叁官侍讀於乾隆廿九年七月，被命提學廣東，九月到廣州，三十年十月報滿留任，三十三年十月留任如初，三十六年九月離任。篆署乙丑在嘉慶十年，時離廣東學政任三十四年矣。光緒甲午，雲龍。

雁門佘氏宗譜跋

佘子瀓甫續纂宗譜五卷，既成，以眎雲龍。受而讀之，未嘗不歎其不拘拘於歐、蘇譜法而法自在也。秦後姓氏多淆，而是譜照然不紊。何以言之？佘出夏禹季子佘俟，其姓爲姒。東晉明帝太甯三年，都尉諷始賜氏佘，厥後或復或不復，至宋熙甯六年復佘，遂別佘而自爲一氏。

夫姓以統宗祖所自出，百世不變，而氏以别子孫所自分，隨時可易。姓可補氏，氏不可稱姓，此古法也，是譜見之矣。《説文》有『佘』無『佘』，『賖』亦『佘』聲，『佘』從『舍』省。楊慎『舍與蛇近』之説非出無稽，而鄭樵《通志·氏族》乃不及佘，正史惟明佘大成附《徐從治傳》，其目作『佘』，傳又作『佘』，蓋源流莫辨也，而是譜可補史志之闕。第而曰貞觀三年一敘，足供《全唐文》之拾遺也哉。德清傅雲龍跋。《佘譜》敘曰：佘氏之先實爲佘姓，代居下邳。自我都尉諷公仕晉明帝之朝而賜佘也，時從南昌家焉。都尉三子，曰義、曰智、曰昭元。義生二子，曰泗、曰江，泗序家世，至今賴之。所生子悦由松陽縣尉轉知陽穀，而子孫乃居其地。智生三子，曰推、曰明、曰喆，於義熙十四年徙於樂平，而今之居德興者是也。江生一子曰愍，愍生二子曰崇興、崇仁，而崇仁復遷於下邳焉。崇興生公正，公正生熒，而宗志、宗任，則又熒之所生也。宗志，吾父，字惟禹，一子曰勳，栖栖桑梓無足道者。吾叔宗任之子，曰伊、曰吕，於先朝大業終避難繁昌，而今遂爲其邑人焉。嗚呼，吾之宗派，數世之間遷處無恒，如此千載豈知所自出耶！謹述於斯，附諸家世序列之後，詔吾二子循德循黽，且昭來裔，勉哉勉哉，尚亦克念爾祖不忝所生也哉！皇唐貞觀三年歲次己丑十月之吉，都尉九世孫勳頓首拜述。雲龍按：陸子心源所補《全唐文》可以此益之，故録入夾注。

邵亭詩稿跋

雲龍自光緒十[三]年徵試游歷，被命出游日本、美利加、秘魯、巴西及英屬地加納大、日斯巴尼亞屬地古巴，假道新加拉那大、埃瓜度、智利、巴他峨尼與夫丹屬地先塔盧斯，歷十有一國，凡十二萬數千里，所目韵語，或弔忠鐫鐵，或紀念伐石，若謳若謡，豈亦詩耶？而日本同文之詩，問敘雲龍者難更僕數。朝鮮咫尺，足跡轉吝，一逮吾友黄子麓泉，雖未履朝鮮一如雲龍，而士夫至自朝鮮，輒以所作就正有聲，非歟！雲龍與聞海軍政至京，麓泉語雲龍曰：金子道園宏集，朝鮮金石家也，能詩，以其尊人《邵亭詩稿》徵題。

邵亭先生名永爵，字德叟，學宗洛閩，豈僅僅以詩自命？雖然，詩稿二卷，凡三百五十七首，爲存春軒選本，語無纖佻而氣息亦無陳腐，於紅塵十丈間把卷一吟，如見星軺。東歸後每憶中華舊雨，輒於水木清華園整襟坐撚微須，而一往情深也。道園家學所繇遠矣，而況陶山之竹、北渚之桃、南麓之花、觀音嶺之松，類皆補雲龍游目所歉也，不其幸歟！光緒二十年春二月，德清傅雲龍字懋元跋。

葛味荃尊人晉卿年伯手札跋

嘉定晉卿年伯名錫祚，味荃年有道尊人也。雲龍叔弟石君書來自蜀，時稱味老不置，而未言其爲仲弟鵬秋同年生，津門初面，亦未知其爲益友。既論學，嘆得未曾，其憐才意輒露之詩。出眎年伯《振荒四札》曰：『戊子在汴梁，管金伯題後，十年來未敢求人。』以雲龍經濟文章冠時又齊年列，敢請過獎非歟，而先正遺墨獲睹爲快。『節省一分即多一分實惠』，此管金伯所謂藹然仁者之言也。一再籀益，信以之『粒饑衣寒肩飽煖，養生任誰曰不宜』，而竟以諸生老。不於其身，必於其子，矧如味老者得不以家學衣鉢爲仁民生佛歟！石泉鄰水，嘖嘖棠甘，而勸戒訶猶，不磨於梁山婦孺口碑，仁政難可枚舉，何蕞爾枳栖尚於鸞鳳靳之，豈才大難用耶，抑積久迺流光耶？靖亂在天，爲仁由己，味老仍服膺藹然仁者之言而已。雲龍亦輯先鄉賢公家書墨蹟，能文如味老，儻揮椽筆，勝雲龍十倍矣！時光緒二十四年冬十一月朔跋。

學自彊不息亝扁跋

光緒乙未既望，雲龍移自北公所，越七十有八日，題曰『學自彊不息亝』。雖鋼成而快礮始圖，雖繼黑藥、栗藥、棉藥以製無煙藥，立廠與器而工有待。雖訂無煙藥鎗彈機器，而廠圖期三閲月，則成廠在六閲月後。其他鎗工之屬工冀有增，莫敢遑息。然工局善事，自彊一端耳。

鋼廠扁跋初曰鋼彈廠，改鋼廠自雲龍始。

雲龍總理局工之五十八日鋼成，時光緒廿一年閏五月廿四日。兼西門斯及西門斯麻廳瀍。

無煙藥廠扁跋鑄鐵字曰無煙藥廠，又跋，凡二十九字。

無煙藥議始雲龍，越二年肩局務，趣工建廠，次修房庫。乙未夏，德清傅雲龍。

吕幼心先生胡忠簡遺像研歌書後

陽湖吕子庭芷，雲龍忘年石交也。見始光緒十七年，越二年，出其曾祖父幼心先生所藏宋胡忠簡遺像研，長五寸餘，廣四寸，研背鐫像，篆文六，曰『澹菴先生小像』，正書十三，曰『紹興戊寅四月朔錢唐馬和之寫本』，匣蓋刊『明成化廿三年泰州儲瓘題百四十字』正書，印曰『静夫』。又示先生研歌屬雲龍詩或文，雲龍作而書後曰：

往吾浙父老口碑嘖嘖吕青天不置，初不詳何許人，今讀行述，乃知先生其人也。先生減算益親，有『惟期終養』之祝，與儲文懿刲股療母不同而同，即眎朱子所謂三代以上人物，其至性又庸有異乎！以乾隆丁酉舉人七試禮部不第，知安徽太平、蕪湖、涇、懷遠等縣，甘肅隆德縣、固原州，所在民安，所去民祀。復官安徽五河、桐城、無爲、滁，政如初而振荒彌勤。遷浙江東防同知，權知海甯州，玉環同知，河工鹾政亦最。而三仕三黜，雖然不酬其身，必其子孫，觀吕子益信。愳淵爲先生别號，歌爲《愳淵𠀤集》詩十四卷之一首，歌云『力排和議累千言，南渡以來第一疏』，《宋史》金人募其書千金即此儲以爲購文集，何也？按：忠簡《澹菴集》百卷，所箸《易》、《春秋》、《周禮》、《禮記解》藏秘書省，近有王刊《南宋四名臣詞集》，其一即胡忠簡《澹菴長短句》也。雲龍少作詩云『但看海外懸金者，不購顔歧五上書』本此。其書上於紹興八年，在工部侍郎馬和之寫像之前廿一年，閲三百五十二年而儲文懿獲研，即所云甲辰成化廿年春仲瓘赴禮部試時也。越三年題蓋，名凡四見，竝作『瓘』，與明《文苑傳》作『巏』異，然時同、籍同、字同，科第又同，先生定爲文懿矣，豈榜名異歟？闕疑似。攷先生詩敘『皖江得研』，據知在嘉慶間，及今八十餘年，上溯之儲文懿得研距今四百十年，又上溯之馬侍郎寫像距今七百六十二年，而字若畫曠世如一堂，微獨忠簡須眉凜凜，且如聞痛哭長太息、抗言不能處小朝廷求活之聲也。然非先生之精氣神動與古符，又奚能歷劫不磨如是，此吕子所宜世寶也夫！十九年冬十月己酉朔。

南宋四名臣詞集書後

光緒十八年，王氏鵬運刊《南宋四名臣詞》：一趙忠定《得全居士詞》，二《李莊簡詞》，三李忠定《梁溪詞》，四胡忠簡《澹菴長短句》。初得三詞，而李越縵侍御益李莊簡爲四。

趙鼎字元鎮，聞喜人，修實録成，高宗書『忠正德文』四字賜之，因名所著爲《忠正德文集》。李光字泰發，上虞人，著《讀易詳説》、《莊簡集》。李綱字伯紀，邵武人，著《梁雞［谿］集》。胡銓字邦衡，廬陵人，著《易》、《春秋》、《周禮》、《禮記解》、《澹庵集》一百卷，而集注未及《易解》、《禮記解》。陽湖吕幼心榮藏忠簡遺像研，爲宋錢塘馬和之寫。

黄佐庭遺像贊

嗚呼！在外不忘，生貫長虹之氣，凌煙未畫，死留文豹之皮。如黄子佐庭懸親遺像者，豈不勝南八之指驚坐，花雲之首懸舟也乎！

佐庭名季良，廣東番禺人，配生君季子也。同治中，今大學士合肥肅毅伯與湘鄉相國選之，學於美利加合衆國。資以事君，出自范純仁之教，叱其畏道，未讓王刺史之驅。地背印其雪爪，鬼瞰盪其風襟。心花四飛，目治十載。光緒七年調回中華，肄業於福建船政局。磨厲以須，自然騰上，智出囊底，試列茅前。於是有練師於揚武兵船之舉，時九年事也。疇不謂船超青雀，艦陋黄龍，水虎難可囿其精，木狗未易肆其敵哉？而乃蟹字横行，狼烽醜扇，虎眈我舟楫，鯨腥我熊羆，蓋馬江之役即在明年矣。然而三翼翅飛，五牙檣建。以子爲温簡輿，而靴鼻重嗅，以子爲甘興霸，而鈴聲四聞。張貴先登，出江則紅燈夜識，兀术既遏，避風則黄土載舟。自十年閏五月廿二日訖七月二日，無繩縛虎，有楫聽雞。越日水師大戰，擊敵將斃之，論者未嘗不嘖嘖於船號凌波，軍名控海云。詎知九計有心，十全無術。方唱檀來之籌，莫拯彭亡之地。其血碧之死後，其心丹於生前！先是六月六日以像函上其父，謂能作忠臣即爲孝子。父命不可不遵，遂薄王陽之願；君恩不忍不報，難專孝己之思。其臣心之自盟也如彼，其子面之未改也又如此。嗚呼堅矣，嗚呼烈矣！既罹飛礮之災，慘甚沈舟之劫。事聞，恩予照七品官例給卹，入祀馬江昭忠祠，兼賜雲騎尉，襲次如例，以恩騎尉世襲罔替。想騎箕之氣壯，猶佩玦以泣恩。嗚呼，招魂燐外，未歸先軫之元；咽語潮頭，如濺侍中之血。其兄從事天津機器局，以像乞雲龍題，爰爲贊曰：

忠孝若歧，一以貫之。心如其面，安不忘危。所學謂何？况此其時。然死其難，而子無疑。其年則少，其官猶早［卑］。非好男子，而疇若斯。彼鑄者金，彼繡者絲。凜凜生氣，而疇匹兹。子死得所，臣心不癡。力爲君竭，敬即父資。馬江之水，有時而移。江雲無盡，皆酣戰姿。

學書箴　示九兒范鉅

勿偏勿止，勿貌襲，勿易視，勿問道於盲，勿下問而恥，勿見異思遷，勿伐異而自以爲是。

三子范冕及范成范焜墓志銘

嗚呼！仁而不壽，古有之矣，獨未聞如范冕、范成、范焜三子之善，而疫死二日間之酷，不獲忍死待父歸自十二萬餘里外，一慰饑渴也。豈不慟哉！范冕姓傅氏，原名升初，小名麟，字章甫，一字稺元，德清人。曾祖廷琇，妣楊氏、吴氏、沈氏。祖羹梅，妣張氏、姚氏。父雲龍，母李氏。丈夫子第三，合從兄行四。方四歲，蔡學録右年善其背誦《爾雅》，字以女。籀無虚日，治十三經，詩輒驚塾師，能文，恥囿括帖，雲龍修《順天府志》，搜史若集，倚其力居多。自十四歲爲天文算學生，求有用學。有英人丙維禮學中國語言文字，遂互問難。雲龍箸《美利加合衆國圖經》，其月朔表、邑表出范冕與其弟范成手，進乙覽矣。其性孝友，見父母惟其仲兄范初疾之憂，其女兄淑初割股，遂亦翦股入藥，時九歲耳，至性非歟！貌魁梧，無厲色，無詈言，視臧獲亦然。其罔以口腹殺生而樂放生與諸子同。光緒十五年九月二日戊時疫死。初同治十年四月六日乙丑其母夢槐子而生，槐字爲『十八爲鬼』，其年未滿十九，豈非數耶！

舉家病危，其弟范焜先死於其死之日申時，范成復死於其死之明日亥時。范成原名漸初，小名恩，字儀鄭，一字猶元，雲龍第五子，合從兄行七。後其季父雲昭，頗以出繼爲憾。善讀，其詩字亦勝，惜廑與范冕纂數表也。雲龍遵朝諭游海國，送而歸則大戚，時問游方向而飲泣，厥母戒不得止。夏輒擁衣先卧母榻，受蚤去之。其事親多此類也。侍母治事具條理。素羸，然額凸骨堅。死前一日有起色，聞范焜卒，獨泣有聲，聞范冕卒，大哭曰：『某物恒用，可殉也！』遂復彌留，屬以枕畔錢放生，自言廿年後來，遂卒。生以光緒元年三月十二日丑時，年十有五。

范焜字公亮，一字輝元，雲龍第十子，合從兄行十二。別雲龍時三歲，跪拜如成人，明年秋風起，問：『父有衣被耶？何日歸耶？』厥母嗤之，或與果，曰：『自有也。』母誦詩，輟食而聽，成誦輒不忘。蛛網上蟲，手援不置。形神朗潤，病二日卒。生以十一年七月廿六日卯時，年五歲。

先是范冕病中云『微日曉窻，不堪回首』，參以范成『人生無味』，范焜『生日過完』之言，若皆前知，而雲龍初未之知。嗚呼，慘矣！明年冬自京移三匱至天津，其母趣銘，筆不得下且千百回，十七年將葬范冕於德清縣尚博邨，以聘蔡氏附左，以范成、范焜葬右，遂忍慟銘曰：

三子者不銘父而父銘而乎！父未死於地背疫，而三子不生於薊北可生時乎！壽不必仁，而仁疑乎？居不必不安，而適危乎？儻簉死別，肯生離乎？而悔何追乎！

天文算學生傅范冕及弟范成范焜三子墓碑

歈歈！雲龍遵朝諭游美利加諸國十二萬里有奇，若范冕、范成、范焜三子者，苦生離耳，而死別歟？三子方懼雲龍難可生還炎瘴，如巴拉馬旱且疫，如巴西猶顯焉者，艱險叵測，千百於此，瀕死矣而免死。方京疫熾，三子之母若舅弟女兄嬰疾，醫者舌舉口呿，亦瀕死矣而免死，而三子仁而疫死，奈何歟命歟！

范冕姓傅氏，初名升初，小名麟，字穉元，一字章甫。德清人雲溪公之十世孫，郁文諱廷琇公之曾孫，商巖公諱夔梅之第四孫，而雲龍之第三子也。方四歲，蔡學録右年聽其背誦《爾雅》如流，字以女。既治十三經，弗囿括帖，求有用學。雲龍修《順天府志》，倚其力搜史若集無慮數百科，又求識時務學，十四歲爲天文算學生，解日本片假文，又與英人丙維禮互授語言文字。雲龍著《美利加圖經》之月朔表、邑表，成自范冕與其弟范成，進御覽矣。儻天假年，不第惟是。好馬有祖風，不鞍而馳，然無厲色，無詈言。其女兄淑初翦股燎［療］仲兄范初疾，紓親憂也。范冕時九歲，亦翦股入藥，孝友蓋出天性，好生又其常也。光緒十五年九月二日戌時死。初，同治十年四月六日乙丑，其母李夢槐子而生，生年不足十九，兆槐字矣。方疾不斟，喃喃誦所箸文，呼曰：『遽死歟！』嗚歟，志可悲已！其弟范焜先死於其日申時，范成又死於明日亥時。

范成初名漸初，小名恩，字猶元，一字儀鄭。商巖公第七孫，雲龍第五子，後季父雲昭。歧嶷不逮范冕而精細過之，好學深思，所編諸表其見端耳。别雲龍則大慽，時問游方向之泣。夏，母苦蚤，輒先擁衣卧受而除之。佐治家事不一紊。疾少損，悼范冕、范成，遂復，猶曰：『枕畔錢可放生也，廿年後來。』遂卒。生於光緒元年三月十二日丑時，年十五。

范焜小名燿，字輝元，一字公亮，商巖公第十二孫，雲龍第十子。三歲别父，明年秋風起，問父衣被至再。鄰子汝，厥母嗤之，或貽果，拒之。蛛綱蟲，輒一一援之。母誦詩則輟食聽，彊記之，風神出塵。雖拂意，不輕啼也。十一年七月廿六日卯時生，年五歲卒。

先是，仲弟鼎子晉初死蜀，商巖公第三孫也，聞自海郵，慟孝如仲弟莫保厥子，而三子復爾，家運迍邅，一至此耶！十七年將葬范冕於德清縣尚博邨，以聘蔡氏附左，以范成、范焜葬右。雲龍伐石天津，銘厥幽矣，復刊識墓之碑，辭曰：『好生而死，彭殤數耳。死其有知，其志何始！仁壽非歟？其仁何止。百年一瞬，范冕語此。不堪回首，况忍不起。人生之味，生日盡矣。范成范焜，言皆有指。塞哀靡訣，歈歔三子。耿耿不磨，尚永於是。』

二品銜、直隸即補道傅雲龍併書丹，率子范初、范翔、范鉅校刊。

圖算學堂算課敘

學算而言，加之識爲『＋』，『識』即俗謂『號』者是也。減之識爲『−』，乘之識爲『×』，除之識爲『÷』，相等之識爲『=』，橫線之識爲『—』，不盡之識爲『⋯』，長除法之識爲『乙)甲(丙』，短除法之識爲『$乙\underline{|甲}$ 丙』，開平方法之識爲『$乙\sqrt{甲二丙}$』，開平[立]方之識爲『$乙\sqrt[三]{甲二丙}$』，比例之識爲『甲∷乙∷丙∷丁』，包之識爲『(甲—乙)÷(丙＋丁)』，同包之識爲『戊︷(甲＋乙)÷(丙—丁)︸』。若此之類淺乎云爾？雖然，非此無以爲初學之階梯，亦非此無以入算學之堂奥，而

箸述家往往自寫其獨得之秘。以之游藝非不足，以之導學則未見遽測其有餘。北洋機器局之設圖算學堂自光緒十有一年始，其二班學生之第一課則在十九年三月九日。每歷七日，以二日習漢文，以五日學圖算，圖非算無以精也。至於今閲三十三月，得課六百數十，循序漸進。不敢謂登高行遠，而自卑自邇之道則有爲算學家所不肯言、實有於算學生所不可少者。集字印行，此算級也，亦算鑑也，見淺見深，事半功倍。由此而精義入神以通天下之至變，其庶乎！光緒二十一年冬十月七日，花翎二品銜、總辦北洋機器局、直隸即補繁缺道德清傅雲龍自敘於學自强不息齋。

附：雜議

海國機器局未有不通輪車軌道者，而北洋機器局則否。先是鐵路公司楊兵備鴻典有此議，而機器局沈督辦保靖轉謂輪車鍋鑪增虞，後雖合肥面斥再三而阻如故。張督辦則自謂爲沈看堆者也，視如蕭規。雲龍接管首上通鐵道書，夔帥然之，而鐵路公司又以無養車費爲難。彼無□利，無怪其諉，獨怪當局而亦阻議於先也。惜哉！

機器局西八里曰東營門，門東跨水一橋，向修自局，蓋爲局道也。屢修屢沖，初以爲通水有益於各邨，桉之則水實有害，禀請斷水者且數十邨。易橋爲道，護高粱地無算，而左會辦方欲肥其私人李某，嘵嘵復橋，雲龍則謂與其歲費局役也，曷若一勞永逸，况便民耶？遂請北洋大臣派練軍助修之，改橋爲道，料借自局。時光緒二十三年。眉批：於是改橋爲道，及［邨］民稱便。

比府君别去之日，數十邨民求獻萬民傘牌。

光緒二十三年於東營門以東機器局以西增稽查房二，欲其護送銀元往來也。凡銀元易銀歸，輒夜得無戒心，從此可輔局中巡察，懾局外鼠竊亦以此。而汪某手裁弁與夫，且拆房也，未幾，劫人者踵起，汪某又修稽查房如雲龍時，省耶？否耶？

鑄鋼□□司事某，王提調王錫藩弟也，以二百緡夜函來，批：『視我爲何如人！』却之。

簑喜廬詩稿初集

餐喜廬詩稿初集目録

餐喜廬詩稿初集

簑喜廬詩稿初集

沈鶴農題跋

十年蓮幕悔依紅，手撥檀槽唱惱公。六詔烟雲驅筆底，兩川花月貯囊中。羽書歷歷傳風鶴，爪印依依認雪鴻。一卷新詩足千古，不須身世歎飄蓬。

郎署棲遲孰賞音，青衫白袷伴浮沈。呻吟爨下桐焦尾，憔悴霜中草拔心。落日一聲燕市筑，淒風三疊雍門琴。飄零同是天涯客，手把君詩感不禁。

庚午冬日，僑寓燕臺，懋元仁兄出大集見示，時方同下京兆第，枯管無花，寒燈如豆，呵凍率題二律，即希郢政。同硯弟鶴農沈芝田就正稿。

戊午

飛鳥

翩翩飛鳥，離彼罘罳。晏安酖毒，如何不思？載飛載鳴，晨集於條。色斯舉矣，頡頏雲霄。樭葉蔽日，戢羽寒林。豈無喬木，莫儔好音。好音時交，飲啄滿腹。人亦有言，稱心易足。

苦別離

弱齡弄柔翰，橐筆游滇池。骨肉共行邁，不必悲別離。胡爲此行苦，獨鳥飢所驅。羊腸一何險，策馬爲之疲。璧月上東嶺，頹陽淪川湄。游子日以遠，春草青以萋。客從遠方來，爲言行路歧。歧路非吾悸，犟經難及時。

眉批：規橅六朝，不僅貌似。弟田讀。

有姊

有姊有姊在金筑貴州即元之金筑，遺我尺素不忍讀。上言牂牁風烈所天没，下言兒癡女瘠虛有叔。淪落恐飽虎狼腹，我急迎之返西蜀。亂離聚首亦云福，請看六詔烽煙至今酷。

眉批：節短韵長，同谷七歌之遺　弟田拜讀。

辛酉

梓州行　知府阮受卿祜幕中作

梓州二月朔風吼，鼙鼓聲驅瓦礫走二十七日賊至，狂風大作。大纛擁塞呼不來官軍屯白鶴寨，白巾赤褐嘯群醜。欃鎗宵射牛頭山在城西，議者僉言難兩全。太守顧吾吾曰否，脣亡齒寒呼吸連。溜筒一線羽書遞以繩遞檄，以逸待勞豈非計？拔劍西顧山巍然，欲頹不頹賊心悸。太守精誠神鬼呵，孱生膽氣羞銷磨，虎賁額缺補龍姥，半段鎗雜鑱柄多。昨宵傳箭垛火燿，動静翻使獷獠眺。不如息影兼銜枚，㕍㕍虛實乃易料。有時縋擊梗麥掃，萬年堤畔地窟搗賊於萬年堤堆麥梗，掘地道，縋勇搗之。有時飛石摧雲梯，花椿壕柵遏狙蹻。山珍褠蒿充朝飢城中糧罄，搜食珍味，戰士裹瘡呼登陴。黄昏野烏飽人肉，銜腸飛挂枯榿枝。夜募死士裝虺雄，引藤攀蘿躋盤龍山名，爲賊所踞。或扼其吭或掎角，火星飛擊危巢紅。短兵再接剸犀札，漂血殷足足踝滑，十萬腥鋩開復闔，眈眈封狐怒且黠稿本注：賊號稱廿萬人，實不及十萬。仰攻誓日何猙獰，斥堠諜者知其真。郭背山凹設奇伏，夾擊狼狽皆粉身賊造攻山棹，後高於前，名曰『狼狽』。萬壽山府署後巔月無色，俯瞰燈火耿巢穴。噫嘻我知聲虛張，錣羽將毋遁志決三月二十一日解圍。賊去三軍從天來，健兒大呼屯雲開。朝踏廢壘夕獻捷，犒師牛酒金銀催。君不見守城鐵甲夜不脱，手臂瘡痍面刀割。又不見碧血淋漓肥蒿萊，白骨相撑沙亂堆。

眉批：事極奇險，詩極奇警，想見憑城指麾，談笑卻敵時也，讀之豪氣盪胸，滿飲一斗。弟田識。

壬戌

擬古

磊磊澗中石，青青嶺上柏。豈無風濤摧，堅定自如昔。人非王子喬，生年不滿百，朝歌清露稀，暮見蕣華歇。燕趙多風霜，攬鏡换顔色，門巷飢烏飛，云是故侯宅。幽并游俠兒，相逢露肝鬲。決眥杯酒間，白刃起相逼。往哲多苦心，熱不惡木息。讀書遺其英，何以決吾擇？

眉批：古意盎然　弟田注。

新正六日之瀘州

一鞭楊柳出蓉城，石抱溪橋花亂生，雲繪險關旗幟色，江流隔歲鼓鼙聲。入春樵唱風都輭，向晚漁家火欲明。知否來朝是人日，草堂回首不勝情。

眉批：志和音雅。田讀。

早發

兩三星避日，驅馬抱山行。官渡受孤艇，欹橋非舊名。鐘聲摇瀑落，人語破烟生。客路無相識，誰爲唱渭城？

眉批：突兀。弟田讀。

晚行

去去不知處，山行阻以長。荒邨暗烟樹，返照明魚梁。禽語一林歇，柝聲孤壘忙。酒樓且須住，竟夕傾壺觴。

贈雪鴻道人

星月光摇瀘水深，鴨爐香篆海南沈。如何天上神仙侶，也學人間悲壯吟？四壁圖書三尺劍，半牀符籙一張琴。眼前丹訣誰能識？笑指梅花數點心。

光陰駒隙太匆匆，底事消磨醉夢中？萬丈鯨波淘去日，千盤鳥道入秋穹。詩無俗骨猶餐露，篁有清音況韵風。寫到黄庭恰好處，一天晴雪玉玲瓏。

眉批：流利端莊，自然到格。弟田拜讀。

贈渭溪道人雪鴻弟子

星星鶴髮不知年，秋倚孤松聽夜泉。弟善丹青師善字，是真風雅即神仙。

新　秋

戍樓風雨後，來雁兩三聲。秋色欺人瘦，鄉愁就我生。烟銷危棧出，湍落大江平。又聽伊涼曲，西東羸馬鳴。

眉批：最工起勢。田注。

秋　雨

溪雨洗殘暑，秋花媚晚涼。雲沈危閣暗，山夾亂流長。詩思苦相逼，角聲悲未央。寒砧宵更急，短褐寄遼陽。

眉批：晚唐神韵。弟田讀。

讀史有感

氾濫中原洚水狂，舜巡何日返龍驤？翠華雲斷蒼梧埜，萬里青衫淚數行。
紅緑牙籤舊史標，上搜墳典下芻蕘。柏梁災後石渠圯，偏有閒心作解嘲。
上林僵柳回春日，尚有樓蘭斬未曾。省識麒麟閣上畫，莫教風雨遜金縢。
先世浮沉志已虚，胡銓疏語遏群狙。但看海外懸金者，不購顏岐五上書。

眉批：意極深遠，詞極蘊蓄。田注。

秋　夜

砧杵千家雁一行，金沙滚滚虎符忙。參差吹徹嚴城月，思婦樓頭鬢影蒼。

題　畫

隔水三兩家，一家一籬護。青帘有無中，人與片雲渡。
斜日下江樓，孤帆蜀客舟。卧看水平處，仿佛是吴頭。

偶題

可知世路入秋風，夢裏如何尚熱中？滿地桐蔭簾不卷，一蟬吟罷夕陽紅。

即目

猿啼聲向夕，秋雨滿山阿稿本作『繚繞半地蘿，蒼涼秋雨多』。淺淺亂流水，無風亦有波。

蓮

不因熱處減清涼，是半開時分外香。誰唱數聲新水調，一輪明月上横塘。

吊梁典史 有敘

長寧縣典史梁崑年，字鶴才，任已解，城陷死，妻妾乳女與焉。時壬戌夏五。

觱篥吹殘榛莽秋，金風刺骨晚颼颼。孤城斗大驚摩壘，饑馬鞭長未展籌。數騎塵沙頽日短，一聲霹靂戰雲愁賊以地雷轟城。七千男婦登陴哭，願學將軍號斷頭稿本作『不願偷生願斷頭』，雙行夾字改作『願學先生號斷頭』。

休説閒官怕熱中，子規啼斷落梅風。耿恭煮革推心赤，光弼抽刀濺血紅。未有兒孫苦征戰，最難妻妾亦英雄。塗殘肝腦皆君分，惆悵西南未奏功。

去年同守梓州城，肝膽無他性命輕。柵短稿本作『濠淺』横闌山作障，巢堅巧借火爲兵。牛頭山名，潼川城西昔尚賈餘勇，虎口今難説再生。勝負迴環不足怪，卧聽羸馬嘶空營。

零落知交問死生，鬚眉入夢尚分明。紅燈已歇當年事，白面何堪亂世名。半壁河山秋有淚，萬家骨肉夜無聲，沙場回首君應笑，多少終童又請纓。

積健爲雄。弟田讀。

奇警之句。田注。

中秋次阮受卿韵

庾樓風景結詩緣，綠螘樽開撤燭先。唱到紫雲迴一曲，異鄉人與月長圓。

官軍擒賊李永和

稿本作『聞賊李永和成擒』

一唱檀來萬馬鳴，西川草木亦知名總督駱籲門入四川，群賊膽寒。韓忠走險旗方轉，皇甫懸頭壘已平。四載貪狼秋斂角，三山卧虎夜連營湘果三營會擊，擒其渠，東南劫火半銷歇，書畫船頭剩短兵。

重陽

重陽天氣薄霜時，客裏心情付酒巵。鞠爲耐寒人較瘦，秋因有閏節嫌遲。半江雨氣沈刁斗，邊塞風聲颭大旗。歷盡蠶叢平是福，莫言羸馬未堪騎。

次韵答沈玉甫

嚴城曉向角聲開，紅葉山山一雁來。別意拚教秋水送，清詞應借錦雲裁。棋敲國手誰爲敵，詩襍仙心未恃才。倘夢涇南好風景，水星亭北會銜盃。

萬壑争流怒泊天，蒼黄露布結奇緣，亦思投筆絆家計，恨不讀書虚少年霜後野花隨意着，客中秋月幾回圓？角聲纔歇半宵語，又聽人吹馬上鞭。

枕寒山勢尚依依，日夜江聲去不歸。龍孔場頭驕贙爇，蠶叢祠角澹鴉飛。黄花香沁鄰家釀，碧血痕斑戰士衣。異日籌邊樓稿本作『浣花溪』上聚，一樽潦倒話斜暉。

眉批：音節清脆，詩格在唐宋之間　弟田拜讀。

瀘州紀事二十二首 永寧道幕中作

涇南側壁亂雲支，斗酒談兵肝膽披。馬上吹鞭城上角，一聲聲緊客心悲。

飀飀風緊逼天洋，瘦馬飢烏聲斷腸。幾度奪梟梟未得，飛蜷八角困猶狂。我軍克天洋坪，李永和遁八角寨。

書生好勇頭顱碎，舉人樊包擊賊，死之。别隊邀功耳記乾。底事三千新子弟，竟無人解學燕丹。樊勇三千曰子弟兵，無一健者。

丹崖敘永鏖戰日昏黄，亂蹴塵沙露布忙，昨夜東風誰借取，如從天外轉周郎。巡道阮受卿遣同知周兆岐馳救敘永廳。

周郎名將亦名儒，有子先登捋虎鬚。血濺髑髏驚獷膽，英魂颯爽尚酣呼。周兆歧長子鴻嗣死。

五月腥風吹淯川長甯縣，七千二百士民愁。紅羊劫到登陴哭，埋鐵飛沙水不流。死者七千二百餘人。

縣尉妻奴亦足雄，血花香不滅臧洪。滿城肝腦無烟火，楚些而今吊晚風。知縣周于堃、典史梁崑年駡賊死，妻奴與焉。

貔貅未陣虜先馳，掃尾迎頭知不知？報到軍情皆兩羽，一飛雪片一紅旗。

南來艸木亦兵機，三十毛錐作意揮。夜夜夜深風雨急，燈花檄草一齊飛。

伊州唱罷又涼州，定水盤渦漩石頭。細柳營邊籌再借，金鵝池外陣先收。周兆岐再援敘永廳。

碧桐枝老向初陽，聞道鳴岡有鳳凰。底事山雞空自舞，光天爝火尚鴟悵。傳聞鳳集仁壽縣。

戰怕無功怕説功，旌旗未捲寶刀紅。青燐白骨撑沙草，試問誰甘遺臭中。

張角心回散爪牙，半爲猿鶴半蟲沙。毒龍翦翅鷩飛去，一夜金風拂劍花。張逆就撫，石逆達開勢孤遁。

林勇帽前作結，曰芙蓉結。

又從滇海沸風濤，事未分明鬼亦號。千萬健兒千萬様，芙蓉結子錦雞毛。林自清住余書屋間壁。

星使東來舊姓張，狂瀾力挽助賓王。阿儂警枕難成夢，虎帳龍沙隔一牆。阮祜勸林回黔。

路行危處步偏穩，風到急時波轉平。畢竟君恩抛不得，梟雄也聽子規聲。

不轉南山轉貴陽，來程去路兩無妨。天花散盡秋江晚，儘有漁樵話短長。

風雲咄咤李花殘，功在垂成計轉難。龍孔塲邊宵卧虎，關心四面楚歌寒。李逆奔龍孔塲，楚師圍之。

老臣籌算在胸中，越石來成第一功。四載狂狼今入檻，旄頭落處大旗紅。太白芒銷南界布政使劉霞仙蓉視師捦李逆。

摩挲銅鼓近風聲，神鶻調時雁影横。太白芒銷山萬點稿本作『蜀有邊關楚有兵。太白芒銷南界劃』，雙江飲馬暮雲平。

看盡滇山看蜀山，披圖風雨感迴環。而今一唱平羌曲，莫再狂呼大散關。

書劍蕭騷已廿年，聞雞猶愧祖生鞭。依劉草草成何事，輸與黄花醉晚天。

眉批：廿二首中事徵實而意翻空，可稱詩史。田讀。一氣舒卷，風調可歌。田注。

勉聶丙生訓導

天涯容易鬢成絲，其奈干將出匣遲。花樣已難同本色，錦綳休説倒孩兒。雕盤健筆凌三峽，雁帶鄉心落九嶷。畢竟詩書非負負，夢中丹鳳采紛披。聶曾言夢鳳，文思益進。

懷石君三弟

家書常達羽書中，短褐霜侵兩地同。盾鼻揮毫花露漬，矛頭淅米竈烟紅。山看犵域合仍坼，詩入秋初清易工。萬縷心情數行字，臨歧驛使太匆匆。

苦雨寄石君弟雲夔

大江流滚滚，秋雨故綿綿。月未晴三日，雲難補漏天。孤山肖人瘦，怪石抱花眠。一雁向南去，歸期問阿連。

眉批：格律俊爽。弟田讀。

次韵答徐汝舟秀才楫

因人何碌碌，書劍兩蕭然。湖水家千里，西南客廿年。朔風霜葉下，孤塔稿本作『危塔』月輪懸。此夜青燈向，讀君詩百篇。險語吟肩聳，奇文睡眼驚。風波追孺子，格調駕宣城。沙雁已南渡，谷駒多北征。登樓同悵望，江浪與雲平。

次韵答興文知縣郭天章二十韵

露布星馳夜，珠璣眼眩時。未聆驚座語，先讀細侯詩。清逼庾開府，愁于杜拾遺。樓頭笳斷續，盾鼻墨淋漓。肝膽劍三尺，乾坤筆一枝。花封纔捧檄，草野急燃眉。鳳翥權棲枳，羊奔敢觸籬。有鞭長莫及，無米巧難炊。荆棘銅駝遠，兒童竹馬遲。近郫耽虎卧，枯稻忍鴻飢。料敵聊云爾，虚聲偶奪之。犬牙巉石錯，雉尾亂雲移。滇雨咽殘角，川濤束大旗。彈丸勸耕鑿，籌箸繫安危。文字長城築，蟲沙半壁支。親朋筋力問，歲月故鄉思。黄葉秋喧籟，紅蓮夢繞池。依劉憐弟弱，借寇爲民期。衰草戰場古，邊風砧杵知。平羌曲再唱，青史幾人垂？

秋鞠用漁洋秋柳韵

已涼天氣瘦吟魂，料峭西風亂入門。籬下寄人無媚色，樽前邀月有秋痕。擷英慣聽蛩鳴砌，送酒何當犬吠邨。彭澤風流今已矣，此中真意向誰論？

欲譜佳名稿本作『一種無名』沍夕霜，澹然初月影橫塘。飛飛秋蝶瘦於葉，采采黄金歌滿箱。老亦精神偕竹友，天留晚節傲花王。頭巾插滿等閒事，已醉猶思向酒坊。

問誰檢點舊朝衣菊有名，今昔應知是也非。六代笙歌繁豔歇，滿城風雨故人稀。樽輸北海香仍浥，葉落南山雁帶飛。不有幽蘭共欣賞，秋深多恐素心違。

詎同群卉受人憐，籬外數枝撐晚煙，兼有色香仍淡雅，可知風骨亦纏綿。倩人扶醉來三徑，笑我悲秋已廿年，客裏權爲花作主，無言相對落霞邊。

眉批：押『箱』字猶春於緑，妙造自然。田讀。

眉批：黄華知己。田注。

眉批：僕亦有此題詩，讀此欲自焚其稿。弟田識。

即　目

今吾仍故態，秋色淡于春。地坼石凹凸，雨餘苔舊新。蘆汀初浴雁，蓬鬢未歸人。巫峽苦風浪，高樓望北辰。

眉批：饒有唐韵。弟田讀。

遣懷示鵬秋弟

乾鵲巢新木，蜀江多晚花，夢中忘是客，安處即爲家。菊酒上蕿壽，芸香讓棣賒，蹉跎勤莫補，何敢癖烟霞？

眉批：真摯。田注。

水星亭 在永甯道署東

山入牆凹數點青，危橋斜抱水星亭。禽喧落日争秋果，魚怯微波聚沼萍。小市渡頭帆影直，大觀樓外巘雲停。菊黄新試樂天酒，却被西風吹易醒。白詩：更待菊黄家釀熟。

秋　晴

雨餘空翠撲欄干，權作虎頭圖畫看。飣餖石撑山骨瘦，絡絲蟲答葉聲乾。大江雲落千檣出，破壁風鳴一劍寒。回首輕舠飛棹處，螺峰依舊枕危灘。

冬晴

初日上簾旌，凍花酥管城。泉腴九秋露，天放一冬晴。歸馬卧平野，亂鴉盤廢營。單寒如挾纊，笑語萬千聲。

示鵬秋弟

癯梅凍坼最高枝，且咏王曾喻意詩。鸛鶴無聲初月上，蠹蟫有味一燈知。八千里外彈驢鋏，十二年前試仲篪弟九歲即解詩文。好是魚泉萬縣騷讀罷，連牀風雨夜深時。

聽雨

夢破雨聲來，嚴寒撥不開。撩雲溪口竹，孕雪隴頭梅。木葉亂流下，詩心急柝催。戰袍邊塞濕，消息問春臺。

即事

晨昏語銕馬，風雨欺銅駝。奇夢倩詩記，因人如稿本作『奈』酒何。怒濤滇海窄，凱奏楚聲多。落落對雙眼，藏鋒倘太阿。

十月園桃已華

小陽權作豔陽時，孕雪桃紅三兩枝。蛺蜨也驚新夢早，流鶯翻語去年遲。爭傳風信梅應妒，漏洩春光柳未知。毋乃霜林園内種漢明帝世有獻巨核桃者，霜下結花，植於霜林園，而今花樣不嫌奇。

眉批：清新俊逸。弟田讀。

戲作迴文

腸迴一度一拈毫，雨擱寒汀半落濤。長短亭留泥雪印，去來帆急瀨聲饕。蒼蒼水抱螺峰小，漠漠雲飛雉堞高。香釀新開拚客醉，黄昏幾鶴唳平皋。

瓶有水仙徐汝舟以詩送臘梅至口占答之

水仙清絶伴吟身，一笑黄姑入座新。未必淩波甘作婢，檀心玉貌兩無塵舊説臘梅以水仙爲婢。

天寒鶴欲證三生，不襲孤山處士名。詩媵凍花花在筆，一般香氣不分明。

小游僊

白玉樓開縹緲中，步虚聲曳海雲紅。媧笙一曲剛銷歇，不解人間唱惱公。

駕鶴紛紛上大羅，鈍根僊子也鳴珂。寒簧别却芙蓉主，自憾嫏嬛識字多。

眉批：婉而多諷。弟田注。

石君弟游九絲山却寄

雁聲霜盪九絲山，木石今餘刀劍瘢。銅鼓儻鳴風雨夜，蠻花犵鳥總淒酸明萬曆間破阿大等於此山，獲諸葛銅鼓，蠻以爲神。

十一月二十五日喜石君弟歸

瀘江一曲一山回，羃䍥煙絲夕照開。正是離愁無着處，奚奴歡報阿連來。

幾番青鳥問歸期，爲底脂車故故遲。且把風霜留夜話，者回嬴得幾囊詩？

題景晴嵐大母倪安人蘭蕙閣遺草

慈雲耿日，經畬饜悦。詞章緒餘，小儒咋舌。

光明者何？冰堅玉潔，纏綿者何？柔嘉維則。無脂粉氣，無寒酸味。蘭兮蕙兮，婢使百卉。維蘭有孫，敬兹手澤。櫻橋飲紅，率履勿越著有《修獻櫻橋文》。

静蘭吟　有敘

静蘭，故知縣丁承衍女，趙子承谷聘而未娶。庚申賊陷常州，承谷闔門死難。女得耗，不欲生，以母疾篤，未忍也，刲股肉籲天，母卒不起，女亦投繯死。

丁家有女名静蘭，冰玉爲質花爲顔。鴆媒卜之趙公子，跳脱盟以雙雛鸞。蛾月未圓妖雲愁，風吹斷梗飄常州，紅羊劫火盪寒魄，藁砧骨肉膏吴鈎。丈夫死國輕頭顱，女昔有夫今無夫。身未分明字已許，義不苟活魂驚呼。回首薆幃形影單，日薄西山風木寒。縞衣侍藥不敢哭，抽刀刲股宵籲天。天心難問淚迸裂，桑榆已矣女志決。吴綾三尺鵑血紅，生未同牢死同穴。君不見詠絮簪花尚千古，綱常烈烈况如許。又不見清風嶺祠懷清臺，堅貞猶非未嫁女。

稿本自注：『梅』字職韵，與『決』、『穴』韵不通。

漫　興

骨肉今年聚，梅花有主人。客情兼醉醒，詩味况酸辛。吾道貧非病，他鄉僕亦親。鷫鸘何所换，笑指玉壺春。

除　夕

霜華欲向曉鐘天，白米紅鹽客緒牽。幾處盧呼争此夕，一聲雞唱即明年。古書多讀原關福，亂世無才已是僊。權倩屠蘇浣塵腑，清詞飛上衍波箋。

眉批：慨當以慷。田讀。

癸亥

元　日

青衫白袷涴緇塵，群動蠕蠕逐歲新。邊塞草生千里夢，隔年香醖一爐春。鋒藏毛穎猶嫌鋭，室有經畬未是貧。九十九峰雲貢眼瀘州西雲峰止有九十九峰，朝曦移影度江濱。

游龍馬驛　有敍

潭距瀘州城十數里，即唐落魄僊翁遇易玄子，贈馬化龍處也。山峙潭心，有寺曰稿本作『額曰』『小蓬萊』。予與弟鵬秋石君、徐子汝舟繫馬斷崖，僧以舟迎。游魚可數，修竹森然，繼而醉於綠雲深處。萬籟俱息，老龍時吟，耳不得聞，惟以心聽。

市駿臺空伯樂死，神駒乃逢易玄子。潭影照澈毛髮秋，中有蟄龍呼不起。咫尺神山眼前突，如點晶盤一螺碧。立馬斷崖天蒼涼，一舟風送一僧出。速客瞬已方壺通，石牀坐語筝琶空。瑶艸珍花倚幽竹，千竿萬竿青玲瓏。鐘聲摇雲逐飛鶻，近視雲乃罥塵幘。評雲送客留不得，江湖風浪幾時歇！

眉批：筆有奇趣。田拜讀。

眉批：英姿颯爽。弟田讀。

眉批：妙景。田注。

眉批：含蓄不盡。田識。

石橋鋪

殘雪斷虹春水生，炊烟風約上牙旌。米囊花足官家税，布穀鳥催荒後耕。崖腹飄懸難駐影，樹頭山起不知名。郵亭舊句蒼苔蝕，又促藍輿入錦城。

淩雲山

平沙鷗鷺自爲群，江入青衣翠嶂分。此地坡公重載酒，同舟孺子細論文徐汝舟同行。濤飛影浴佛頭月，石立根團篷背雲。挂席來朝風力緊，峩眉天半寫初曛。

舟　夜

怒石喧沙遥似語，輕舟載月冷于霜。大江東去常如此，離别人聽聲斷腸。

叉魚子

亂石噴薄浪花起，鯨非鯨兮鯉非鯉。晴江喧作風雨聲，舟人指是叉魚子。上有懸崖牢結之危樓，下有蛟龍怒激之迴流，朱霞九光字飛舞，欲蝕不蝕盤渦秋。男兒苦爲名利馳，平生履安如履危。到此心目不能駭，石兮魚兮將何爲？爾盍五色鍊之媧補天，爾盍化鵬南飛滄溟間？不然丈人獨立米顛拜，不然一磯風雪嚴陵灘，爾何爲兮設此險？我欲驅以秦皇鞭。須臾石魚若有説，江流到此一縈結。君不見大文非平平，波瀾自奇譎。又不見托足安樂窩，精力半銷歇。石言未畢我已省，評舟直指石魚吻。魚欲吞舟舟尾昂，一篙兩篙漩風緊，乾坤一葉去不止，灘師回顧驚且喜。噫嚱！行路難非難，人心之險險若此。餘波三折斜陽明，推篷暫泊桃花裏。

眉批：詩亦波瀾奇譎。弟田拜讀。

眉批：奇景狀得出。田注。

么姑沱

帆影逐飛禽，緑波深復深。湔裙雙幅灩，堆髻一奩沈。蘿淺漁磯罥，花魂蟻語侵。踏歌空外答，流水即瑶琴。

棊

不知冷暖若爲情，竹雨花風亂入枰。黑白誰防閒着錯，安危偏向坐談争。機先得手心非詐，局到饒人氣總平。彈指尋常游戲事，東山何以繫蒼生？

敘州府

十年三過夾江樓，杜宇聲中一葉舟。椿樹白雲雲影斷，蕭蕭風色滿山楸。

清　明

蒲帆一片下渝城，破曉雞聲送櫓聲。杯酒欲從舟子醉，滿江烟雨過清明。

眉批：神似漁洋。弟田拜读。

江津縣

霞綺澄江盪欲圓，片帆風似箭離絃。亂山缺處雲衣補，流水光中塔影懸。官柳亦同人負弩，閑鷗不管客呼船。桃源已隔津難問，滿地漁謳欲暮天。

白　沙

白沙沙岸影飛篷，向夕波光動碧空。鴉去鷗眠孤月淡，漁歸猿避一燈紅。年前盾鼻留詩句，夜半笳聲落夢中。此去渝州三百里，明朝高唱大江東。

懷鵬秋弟

浮圖關外雨如絲，燕子銜泥故故遲。春在異鄉容易老，書能多讀不妨癡。團圓滋味離方覺，醉夢生涯到始知。阿母關心如問信，歸家應是早秋時。

總督駱籲門秉章捦賊石達開

挺鹿鹿糧絶，善將將併力。甘甯錦帆舊好賊，土千户亦凜師律土千户王應元率夷助勦。寇兮豈無鞭可投，老鴉漩流斷不得。攀蘿十步九顛蹶，紫打地險風烈烈。十三四省恣盪決，石季龍兮無其突。到此竟服老臣策，將子就縛縛難脱賊子石定中亦就縛。噫吁嘻！詭謀不可極，獷猂亦易屈，君不見，髮逆石老鴉漩、紫打地，雅州地名。

雙忠行　有敘

同知周兆岐，字華軒，訓導李仁山，字静亭，皆儒將也。周善戰，敘永賴以守，而剛毅難容，或齟齬之。都掌溪之役誓死報國，李大呼以從。烈哉，雙忠足千古矣！

君不見孝侯射虎難射鼠，又不見飛將不侯足千古。妖雲黯淡風颼颼，丈夫肝腦半沙土。周郎儒者知用兵，將軍小李亦蜚聲。平生殺賊膽如斗，轉戰丹巖盪群醜。亞夫細柳光弼刀，熱血淋漓班馬驕，白面鬚眉今已矣，雙忠名姓壽青史。嗚呼！周李死不死，回頭先哭周郎子。

眉批：序即簡古有法。弟田讀。

眉批：以龍門合傳法入詩，遒勁有力。弟田注。

趙烈婦

趙氏婦，心如冰，膽如斗，藁砧歸未歸，滿地豺狼吼。上有白髮下黄口，求死不死難回首。活趙盾兒保君仲，母痛不盡貞姬羞，誓不留，息嬀醜。尺組尺組鵑血紅，血可盡兮名不朽。噫吁嚱！之江賈婦尚有此，衛律李陵乃如彼。

眉批：古音古節，不減漢唐樂府。弟田拜讀。

爲張延甫篆石章

男兒既不能籌邊借箸銘刁斗，又不能成一家言壽文藪。僕僕風塵利爲紐，少時雕蟲悔已久。今年平子來江東，經綸籀篆羅心胸。千人萬人口碑同，刻畫君名慙難工。金刀騾，雙石瘦，風雲四顧龍蛇溜，烟痕鏤出蜀山皺。

眉批：陡峭。弟田注。

塗山

塗山莽西顧，傲睨俯層霧。海棠溪水流，一曲一舟渡。怡然携弟登，苔磴澀仍步。回首渝州城，一葉大江付。下有遮夫灘，灘聲咽朝暮。上有龍窟泉，可以洗塵錮。昨我凌崔嵬，好風假之御。火雲常在天，危壑響瀑布。行行曾幾時，紅葉下禿樹。麋鹿呼其群，瘦蛟凍含怒。感此千仞岡，炎涼亦有數。怪石三兩松，落日翳復吐。酒帘清磬摇，醉眼失歸路。

秋興

亂鴉衰柳幾斜陽，金碧臺空草木霜。字水風撩巴曲豔，塗山蘚繡寺碑蒼。牽蘿書屋雲支壁，沽酒人家竹作墻。夢入浮圖最高處，一聲秋雁下魚梁。

賞鞠贈彭春田

短短籬遮三百本，居然彭澤古風流。偏於淡處交情見，每到花時詩料收。漉酒香邀三徑月，過江人醉六朝秋。天心也欲常相賞，昨夜西風簾上鈎。

甲子

更生行　有敘

爲妻李端臨作也。芝巖外舅自烏程徙永甯縣，在敘永廳城東而無城，同治元年三月十三日寇石達開近，論者謂虚驚如去年，端臨以爲昔虚今必實，獨與外姑沈計。十五日寇逼，乃徙城外。姑曰：『非三女，物洗矣！』明日圍城，越七日誤傳不守，外舅服毒，端臨兄鳳洲搗金魚吐之，端臨時與嫂陳梯石上樓，對縊，兄兩解之。又五日，圍解。端臨自號『更生』，蓠青其字也。越二年歸雲龍，依外姑云賦此。

艸市一樓颼夙驚，自置之死而復生。廳縣治隔一水耳，河西有城東無城。苦縣之李居促遷，乃在同治之元年。親串嘖嘖悔昔徙，丈人一峰常凝然。豈料變不一例語，誰其測之第三女。藹青其字端臨名，阿母轉圜弱猶與。晨昏未三陴守呼，借問誰力携取俱？鑄鐵十户錯九户，十二萬賊來須臾。閱七日夜陣雲黑，陷雉謠傳北城北。十杵百杵金魚漿。阿爺仰藥救頃刻。闔中質羼心則遒，誓化干將梟賊頭。以石作梯布作帶，偕嫂雙懸庭隅樓。懸不欲解乃兄至，垂破未破死何嗜。脱曰不虞非死遲，豈不聞母毒先備。三月廿八槐鎗收，來生幸迸今生修。爺名先除點鬼簿賊至前三日夜，外舅夢報者持單，名第五十幾，曰『何低耶？』持單者曰：『君名已除，前有紅勒。』更生别號儂當不，來歸夢魂厭鼛鼓。自歌歌逸我爲補。但乞一再身上樓，無風燈活半樓雨。

元日

面目蜀山真，乾坤疣此身。波鯢銷甲子，仙蠹守庚申。紅帖今隨俗，青衫澹入春。一分詩興在，柏酒煖烏薪。

雲陽縣

大江流日夜，客子自西東。瘦竹篙生翠，小桃華亂紅。生涯耕釣外，詩思鼓鼙中。誰唱公無渡，鄉音隔短篷。

落日水盈盈，親朋萬里征。莎根涼月直，人語夜濤生。網密漁加税，火攻牛誤耕。少時讀書處，不改祏灘聲。

旅泊

石穴亂流猛，橈歌入松嶺。亭亭雙鷺鷥，立盡蜀山影。

簑喜廬詩初集跋

此雲龍少作也。詩無足存，少作尤必不存。雖然，以詩編年而紀事，又奚必不存？『詩傭詩存』，其原目也，今易名曰《簑喜廬詩初集》。

洪良品跋

世謂治經者不工詩，謬也。無論《詩》三百篇居經解之一，即《易》有韻，《書》有歌，《春秋》有卜筮繇，《禮》有射冠辭，何莫非詩？不通經，詩奚由贍！

傅子懋元，經術士也。其治經也，蒐櫛其訓詁，鑽切其義理，窮其微則奥如，縷其解則晢如，及其發之爲詩，音則純如，而旨則穆如。故其超曠似《易》，其雄奡似《書》，其嚴律似《春秋》，其莊重似《禮》，而其温柔敦厚一本之於《詩》。雖不輕言詩，而世之以詩鳴者莫能尚焉。然則讀傅子之詩，以詩求之也可，即不以詩求之也，亦無不可。

光緒歲在丁亥孟夏月，黄岡洪良品跋。

不易介詩集三種

不易介詩集三種目録

游古巴詩董

游秘魯詩鑑

游巴西詩志

游古巴詩董

古巴之游，於光緒十四年十一月三日至自華盛頓，越十八日即有秘魯之行。此十八日中，諏事歷地，摹圖譯文，何暇言詩？明年二月十七日，繇巴西旋紐約，輪艦餐桉可伏。既編《古巴圖經》及《餘紀》，遂補紀游詩古體三十二首，起廿六日，訖廿九日。不持寸鐵，白戰非歟？未敢着模稜語，亦未敢雜欺世語。燈下屬草，逮十之九，海雨猶敲窻催也。學書鑄丹，學犀照水，罔兩見之，將毋郤步。而三百四十七舟非命一萬七千三十三人，知必有耳吟而泣下者。噫！奏派游歷日本、美利加、秘魯、巴西等國、英日屬地加納大、古巴知府用兵部郎中臣傅雲龍學。

灘壩行 補未游也。

古巴一島西南行，披圖罕尋灘壩名。問津紐約日歷四，否則紐阿連航三日程。我補未經乃繇此，四千七百五十有二里海里二千四百。十七時中飛鐵輪，歷三十四點鐘乃至，輪艦步登海程始。

易車行 戒疫也。

鐵同軌，道無更，沙八那車易乃行沙八那屬諾司喀爾勒那邦。行人言車罕易者，即今灘壩難爲程。轔轔慳竝疫魔走，行有戒心昔則否。臧獲嗤儂難不知，車行重行信天久。

車行遲 責信也。

在輿倚衡亦信耳，火車之信久云矢。孔道鐵軌非不然，灘壩車行乃易此。力治猛兮維明登二停車塲屬勿爾治尼邦，有日有時依未能。過此以往停者四，遲三百里期難繩言十一月一日亥正五十五分至而差英里百餘。灘壩輪艦亦期戒，何幸遲客泊灣隘。我則行矣仍書紳，一笑未覺甚矣憊。

我理别低輪船 懼閉塞也。

我之航海非怯風，艙狹氣塞頭如蒙。魚油煤油競豬助，登此乃覺清氣通。我理别低船之名，速率廿里半時程。一點鐘廿海里。機力直抵馬七百，二百七尺長且平。道出基威士多詳下後，外潮内潮力酣鬭。無風而波行大難，況乃颶起一夕驟。洪濤三丈高鳴窗，厥影透之玻璃雙。窗嵌雙層玻璃。如丸身轉汗不止，侵曉輪息軒豁艭。

基威士多 考方言也。

威士多亦有鍵意或依英吉利語譯威士多爲關鍵，證之方言誼則異。言西猶沿西班牙，基之言島以方記。墨哥西灣波旋青，西洋潮迸時未經。六百七十有八里灘壩至此海里百八十，平平到此輪一停泊西島，前此無風。

淡巴菇工來 意外誼也。

三千餘人宅島腹，西島基威士多華黎十有六。淡巴菇工難乍停，慰予風順一來祝。冬暑耐否餐勸加，舟發云惜叢木遮。袁其姓氏粵其籍，相識未曾情何奢。

古巴關　困遠人也。

嚴中之寬重諸夏，或亦前踞後恭也。指加納大。其欲逐逐視眈眈，莫如古巴一關者。鑰不假借關吏開，圖軸從衡書亂堆。衣履倒置上下手，無一可税空疑猜。

八沙赫逆旅　隨遇也。

履坦低昂恍前夕舟簸通宵，登岸猶覺低昂，逆旅投之八沙赫。百葉窗户雲石堦，百二十室陋者闢。馳電一綫人易呼，鐵牀四足皆轆轤。底事蚊幮類華製，紐阿連帳門在側，此與中國同製。徐孺儻來蕃榻無？

招工船　後事鑑也。

一言蔽之官先工，否則陰誘噉澤鴻，屈指道光廿七始，厦門鮀浦舟競通鮀浦，俗曰汕頭，屬廣東潮州，巡撿治此。斷以同治十三載，廿三年中往雖悔十二年，使詰而約未訂。十三年，猶誘工三次。來十四萬三千餘一萬七千三十三人死何罪。其航三百四十七，其痛非命十居一招工船，道光廿七年厦門二，工六百十一，卒四十一。咸豐三年，厦門九，澳門五，工五千一百五十，卒八百四十三。四年，汕頭三，澳門一，工一千七百五十，卒三十一，溺八。五年，汕頭一，厦門一，澳門一，工三千一百三十，卒一百四十五。六年，厦門三，汕頭四，澳門三，香港四，工六千一百五十二，内女七，卒一千一百五十二，溺三十。七年，汕頭九，香港五，澳門十二，廈門二，工一萬一百有一，卒一千五百二十三，溺十，服毒十六，逸五。八年，香港五，澳門十五，汕頭十，廈門三，工一萬六千四百十一，內女四十五，卒二千九百九十五，溺十，縊二，毒三，跌斃二，鎗六，逸九。九年，黄埔三，澳門十二，廈門一，工八千五百三十九，卒一千三百三十二。十年，廈門一，澳門十四，汕頭一，小呂宋一，工七千二百廿七，卒九百七十六，非命死三十二。十一年，廣東省二，黄埔二，澳門十二，工七千二百六十三，卒五百廿一，溺一。同治元年，澳門一，工四百，卒五十六。二年，廈門三，工一千四十五，卒九十四。三年，澳門七，工二千六百六十四，卒五百三十二。四年，澳門十九，廣東省一，工六千八百一十，卒四百有七。五年，香港一，澳門三十四，廣東省一，黄埔六，汕頭一，工一萬四千一百六十九，卒一千一百廿六。六年，澳門四十二，工一萬五千六百五十九，卒一千二百九十七。七年，澳門廿一，工八千四百，卒七百三十二。八年，澳門十九，工七千三百四十，卒一千四百七十五。九年，澳門三工一千三百十二，卒六十三。十年，澳門五，工一千八百廿七，卒一百七十八。十一年，澳門十九，廣東省一，工八千九百十四，卒七百六十六。十二年，澳門九，工五千四百八十八，卒四百廿七。十三年，澳門三，工二千六百七十七，卒一百八十六。凡言卒者，病死於船也。所招女凡五十二。孽海疇呼精衛填，路隔一葉渡太乙。波險而譎何滔滔，聽卑豈曰天蓋高！勃然一怒拯其溺，僑黎嘖嘖星查勞同治十二年，副都御史陳蘭彬詰古巴虐華工狀。

田寮工　痛定思痛也。○田寮即糖寮，説詳《秘魯》。

田寮之工同裹離，一家況繫中國思。古巴甘慫老頭蔗，倒懸解矣歌何辭。但願無歌不思蜀，不止易殆不足辱。意錢非錢孤注孤，膏肓勿癖咏我曲。我曲非古歌我聞，以言餡者來紛紛。道光二十有七載，豬崽之稱人始云。孊粟夜梠補蕉實，敝褐朝衣日未出。棧駕車牛鞭過之，約工八載幸逾七。工初以八載期。瓜期及代雲手翻，助工例起奚復言？不給滿工紙，勒作助工。鹿不知險挺而走，官工拘之盆覆寃。謂非計毒即蹤詭，不然何無滿工紙。工主會當身認之，治梁治涂且須此。雖曰工逸時則過，寮主不面居諸多。吏言無主售有主，之寮重工逃刑苛。吁嗟已矣無自功，光緒五年愁頓空。痛定諱痛不疲樂，請君試述一十二萬六千田寮工。此登岸數。

十六約　擴約，外約也。○光緒四年，訂古巴華工約十有六。

官約之來何遲遲，誘言則甘味則苦，非十六約工無期。四萬三千有餘紙，護身之符一例視。光緒五年前無官，其年九月十二始是年總領事給行街紙數如此。筋力由人今自功，宵雉一呼仍手空。不死於虐死於鬬讎殺踵起，砥道猶是荊棘中。鸎粟流毒形爲枯，而乃甘嗜忘歸涂。我非三章約法比，千慮一得聊貢愚。

行街紙　斂人税也。

漢書人表判九等，齒爵且難與德鼎。而廼沾沾唯利言，行路誰歟富絶頂。一人一紙年一更，視厥歲入標厥名。自一至七征有差，長居者流分税程過三年謂之長居，否則曰寄居。吁嗟與税猶幸多，欲税不税如前何？即今無須滿工紙，行行重行苛非苛。

禁小博 驅博於官也。

闍室十日觀無天，再入則倍三則喧。非出賤子罰如額，微乎其博官令懸禁小博具，初犯黑監十日，再犯日倍，三犯監禁，以其名入新聞紙。如犯非賤者，罰銀三百圓。問禁禁博重如此，問俗宜無一博矣。六街宵騰傳録聲，道是官博揭曉紙呂宋標莫盛古巴，官開官售，以四之一充税。月三或二年紅票一頭綵五十萬，或倍販票，則税牌費地有限制，通事盧阿昌曰：『博而可爲，吾不服苦矣。』旨哉言乎！

跳單神 觀舞也。

君不見，跳月土風餘黔疆，男女之始春相將。跳單神者毋乃近，不求之野宵在堂。七日一會迭賓主夏灣納如是，折柬戒爽夜半舞。男靴有聲冠則高皮靴、緞冠，楚腰越袒女之矩。電燈冰乳葡萄醺，短褐長裙條理分約偶注之舞單，懸之折箋女，裙曳地四五尺許。男俞非命唯聽女，欲舞未舞音樂聞每舞輒樂。一偶旋舞不腰折，四偶携手亂墜雪舞有名、有例、有次敘。齡裁逾十皆與之，此例言補北洲缺美利加異。楊輶問俗難非難，仲冬日五騰衆歡。嘎司羅埃西班牙譯言日斯巴尼亞跳舞會所，觀樂未止風止觀觀三舞而歸。

鬬人　兩人戰也。

磊磊落落丈夫子，勢不兩立人鬬起。不共戴天仇非歟，睚眥之報乃亦此。證一醫一舊雨一，各約三人，誓器誓地復誓日。非之死地傷則然，否則醫亦謝其術誓死無醫。彼此妻孥難預知，披肝瀝膽無異詞。兩軍勇罕兩人匹，不約而襲非屑爲。

鬬牛　愍無罪也。

鬬牛與鬬非云牛，不盲而盲蒙馬頭。風馬牛本不相及，此何爲者如相仇？埸木圍圓二而一，或騎或步隊一律。步者紅白花繪衣，右手執巾引牛出。騎者刺牛矛丈長，被創角抵穿馬腸。再激再厲困獸怒，雨血風毛狼籍場。醉夢中馬斃四五，刀如割雞一人取。迎刃腦解牛無辜，鼓掌何心快先睹。

鬬雞　鬬無小也。

鬬雞趨於戰國俗，此豈別開一戰局。豐其毛羽因其材，勿驕縱之勿縛束。一睹勝負金百餘，兩雄初遇雌伏如。一怒一否若鋒避，擊懈百喙功無虛。勝之不武敗則已，例之蟋蟀等戲耳。吾則見鬬不見雞，蠭蠆有毒勿小視。

晝蚊 饑驅也。

露筋苦蚊夜不止，如雷今乃白晝起時古巴黑奴白晝攫食。其黑未見聞其聲，噅枵爾腹遽集此？宵小飽則安厥羣，驅之以饑時無分。君不見，古巴蚊。

銀錢孔 防利出也。

北洲銀幣流如泉美利加墨西哥銀錢，古巴用之鍼孔穿孔如鍼。見其入者不欲出，青蚨飛來難爲旋。吁嗟蚨母血入橐，子即不回無用權。

科侖波詩石碣 功難忘也。〇譯詩詳《圖經》。

骨雖不朽終難知，曷若在千萬人心無盡時。詩碣文殊誼可譯，如歌如泣如見之。我來此島且屈指，相去三百八十有四紀弘治十八年至光緒十四年。拓本摩挲中外同，低徊不忘足跡始。

雁多約得力 無用武地也。

鐵片照影影奇特小影在馬口鐵片上，膊大於首贈自或雁多育贈此，曰是舊友也。雁多約爲其人名，問厥姓氏曰得力。有力如虎肩如鳶，足了十人餘技全。千里馬無伯樂顧，蹴鞠場中年復年。扼腕三嘆投筆起，白首爲郎亦猶是。毛錐銷磨經世心，雁多約特一勇耳。

兵諸士島水　滌污也。

松根雲石產雲石松木乳不止水清甚，夏灣納南一島起。避炎者流棲固宜，居垢藪者乃移此罪人居此。渴不復飲狂泉源，汙不復引濁流水。洗心儻絕纖塵侵，枕流兼之石礪齒。

救火兵　民自衛也。

火山迢迢海潤夥，夏灣納迺數數火。饑烏忽赤人火多，何以救之計勿左。有心無力貧無來，富或不仁滋疑猜。當局月金助三餅，衣冠聊復資自材。其事如家其責己，人馬車如臂使指。火機軒輊嘖筒雙，電鐘一鳴賴有此，電鐘鳴則馬自轡，一如美利加然。

售籌女　與善也。○凡官民資善不足，則設投物會。

會曰投物非錢投，先期折柬爭唱酬。藉物易錢會有日，垂髮女手纖數籌。傾囊買籌恥少吝，籌物怯爽美目認。集腋成裘籌女歡，一刻千金覺非迅。或曰莫如此好德，或曰好德餌以色。卑無高論吾一言，樂與人善勿過抑。

冕得師柳約船 船醒也。

是何泛宅足且託，其名冕得師柳約。艙無差等清氣睽，意主運物客寥落。有客有客歡則那，其歡未央供顔酡。葡萄美酒日三啜，海航大東如無何。不愁責積笑餅罄有客請益，安得酒泉泛此艇？一醉十日杯同寬自古巴至果龍凡十日，盤冰沁脾我獨醒。

海地島兵船 國無小也。

水埠兵船無年無，測地練戰交相需。洋洋一葉遇則罕，南來從何懸飄孤。恐是北洲轉南駛，不然西海復磁指。問之乃自海地島海地島在古巴之東，南北美利加之間。明弘治五年，日斯巴尼亞遣科侖布亞尋地得之，名義斯尼約拉。後畔之，漸克自立，噫嘻此一小國耳十一月廿三日見之。

山地亞戈低古巴 游島東也。

自西至東圖非差，三日隅行東南斜。一灣口狹一艦受灣口裁客一艘，山地亞戈低古巴。寓公避暑眼雙碧，瞰敵樓起百餘尺。面水火器陳陳因，東山一臺峙今昔砲臺在灣東山嘴。

馬達里約城 城非虚名也。

海國部落城無城，沿其舊譯虚其名。此則石堞列百雉，例之諸夏無變更。海面突出廿五尺，水門雙納潮汐聲門向馬頭二。

避颿船 越經道也。

北緯十度輪頓停，上層視之來颿艄。艄無瀛機浪軒輊，避之一道煙非青。識涂者言越磁指，否則來舟不遇此。學中津梁如是觀，欲速不速悔誰使。

果龍 舟不得泊也。○果龍一作箇龍。

果龍豈無泊舟地，或則我先此後至。車日三行皆爽時如隨到隨泊，即日車至巴拉馬，灣口遲入一宿寄夜仍宿舟。驕陽西移潮霞蒸，筒煙收颿蚊雷騰。吁差此乃西除夕十一月廿九，目不交睫期岸登。

植無枯 時無冬也。

四時卉腓草一碧，葉或作花變晨夕即葉即花之類多甚。枝藤葉有微脱時，除是炎沙日灼赤。

一旱一雨榮枯從，晚花少輸春夏濃。赤道以南易冬夏，此則萬古時無冬古巴、果龍諸處皆然。

馬美車路阻也。

果龍飛車若流水，行道過半乃倏止。墨子回車非朝歌，前車覆轍未一里。地曰馬美無客樓，席地幕天炎風遒。去年西紀弟一日，十一月三十日，當西紀一千八百八十九年正月一號，憩馬美久之。倭京無此枵腹愁。儻乏陳氏二難力，奚言饑者易爲食陳志元與其兄恩信導憩其所，爲黍而食？何以酬之照影雙，道是宦遊嚮未息。或惜海道開未通海道如通，無此車阻，旁觀歡報旗不紅車道阻插紅旗，否則白，以爲常。是時易紅爲白，知道已通。車至再索阿堵物重索車貲亦非恒例，行行重行烟瘴中。

游秘魯詩鑑

秘魯畔日斯巴尼亞，借智利力，而强弱異轍。其立國規模一如華盛頓，而安危殊涂，一爲因人鑑，一爲襲跡鑑也。長民者視位如傳舍，瘠民職此，懷寶嚱饑，又好逸者階之。以古鑑，曷若以今鑑？以水鑑曷若以事鑑？游咏所及，亦聊自感自懲云爾。奏派游歷日本、美利加、秘魯、巴西等國，英日屬地加納大、古巴，知府用兵部郎中臣傅雲龍學。

巴拉馬行

海西滔滔水一止，我航東海路復始。巴拉馬地無秋冬，行人畏涂乃視此。借問行人何畏爲，但言黄疫居者危。今春華工偶一至，十人之中難九支。生氣遠出口四百，曾幾何時半罹厄光緒十四年春，華工四百至巴拉馬，同法郎西工開鑿海道，數月死者半。歸與歸與舟恐停，筋力雖强豈木石？問商何復熙熙來，來者無税關爲開。用物無一自爲者，女紅輸入皆利媒。雖曰利源伏禍水，水性於人損未已。終年水青涵山青，南洲風景罕其比。埠城巍然山之巔，風掃雨滌街橫連。外似居安可隨遇，疇歟戒心中無牽。青田石賈止中道青田人販圖章石，欲至巴拉馬，見者止之，舊金山售石歸，無爲爲之固歸好。我來驟雨冬暑輕，不怯勞勞媿草草。

十二月二日上開戳木耳船

冬船暑減上層樓天熱，艙在上層面海。面海一紘初月流月殆已見。鐵色布堪防露頂，非膠非漆借魚油以魚油鋪布於船頂，視之如馬口鐵。

海艘觀雨　三日

四圍雲白壓濤時，萬點珠圓逐水移。天意亦憐冬日酷，艘欄暑氣未全離。

過博龍島　五日

鳥語時聞蜨舞聯行島嶼間，時聞鳥聲，蛺蜨上船，如醉如舞，博龍南去一冬船。已鄰赤道無炎態，鎮日峯青波緑天。

瓦亞基行　五日

南洲之灣衆流出，赤道以南孰第一？瓦亞基河安所歸入瓦亞基灣，瓦亞基灣罕與匹。灣北一都埃括多，名譯赤道埃括多猶言赤道炎若何？三千尺高海之面，較之酷暑猶非苛。我聞秘魯沿海靡一碧，預揣沙驚坐飛跡。南與日近無如斯，夢罔或到畫境闢。豈意欲至尚未至，二百廿里潤生翠。海里六十。冬水行如春船天，重嶼無一不毛地。此灣南北潮汐通，北昂南低林青葱。記里灣口六十四海里十七，颿艘輪艘停西東。寓公導我屧欲倒，小艇揭來太草草。此中人何多北行，道是避暑布納島島爲瓦亞基人避暑處，在灣北。

擺達　七日泊

冰雪境西霖雨東安地師山西多雪，東多雨，如何沿海易乾風？舟程一萬三千里，擺達南行山盡童。

芝渣哈羅歌　爲雲龍購此者，梁文祺也。

呼粥曰芝渣，呼餅曰哈羅。四五百年物，出土今無多。欲尋破鞋鐵，株守智難挈。非無新陶工，摩挲非所屑。或誚文莫知，樸拙中自奇。癖古者未見，無意吾得之。

寫緑岡板牙　鐘山

顛倒方言豈似華，問名偏不象形差。依音譯得鐘山義，寫緑誰鳴岡板牙。寫緑之言山岡，板牙之言鐘也。鐘山在沙魯尾耳西南數十里。

嘉里約　十三日至嘉里約，乘火車至利馬。

未曉煙收軌一條，又停飛艇又催軺。臺高水面近千尺，晴夜燈孤光射遥嘉里約燈臺高海面九百八十尺，光達四十五華里。

車至利馬

郵紙全更秘魯文，又從方語補奇聞。數輪雷轉廿餘里英里八，屈指時需六十分辰正上車，巳初易馬車。

贈陳籍亭 亭

林少一枝疲鳥投，勞勞亭欲遍南洲。市廛也有元龍氣，容我臥高百尺樓鄭隨使爲覓此居。

贈王裕安 安

磊落胸無城府藏，市廛偏是姓名香。權輿如記盲工院，剏議而今人道王。

贈郭慶颺

不教脈訣外人猜，犵鳥春從肘後回。瓜果幾曾輕入口，養和丹自養生來。

基格納山 十九日游山，有記，詳《圖經餘紀》，可代詩敘與注。

基格納山無童時，山脈來自安地師。五大洲際此非峻，鐵道高莫高於斯。二百八十二里軌路辟，英里八十六。其高一萬二千二百二十尺。到此人愁空氣輕，呼吸之氣入難益。隊道一貫三十九，亦伏亦起曲非陡。嚮者人言涂宜平，我覺其然今否否。游者往往雙晨昏，遲車一宿山半邨。我游竭來日無間，如其王約乘高軒前一日，秘魯王面約此游，不用常車。廿人有九半中止，我有游責願車指。山下赤鳥猶扇雲，翠巔夏雨滌衣履。

三達嘎拉田寮　廿二日游，一宿而歸

生計諏何從，田寮其大宗。曰田不曰糖，兼酒時兼農。三達嘎拉者，十四之一也。蔗境甘老頭，視之願借馬。刳木爲鐙堅，韁端以爲鞭。渡溪一再策，桑梓傭在田。

華吉壩田寮　廿二日游

華吉壩一寮，車經長短橋。大小二橋。橋工出獨力，運物安辭遙。田器機西東，蔗根煤同功。種一穫則六一年種蔗，可收六年，所宜非冥濛。野格分植棉地畝曰野格，結實花田田。歲出七萬石，紡筒供三千密撻耳堞棉工廠取棉自此，紡筒三千。居倚嶺麓樹，流水有逸趣。甘者非自爲，利器彼寮坩其糖製自三達嘎拉，分十之六。

碧格福羅爾

體寸而腴，啄木其味。曰福羅爾，碧格自殊。一解。福羅爾之言花，碧格之言啄。
似蜨飛飛，而綠羽衣。禽耶蜨耶，一是一非。二解。
如曰禽也，飲啄上下。采采百花，如斯蓋寡。三解。
蝙蝠何先？雀蛤例沿。或曰蜨化，豈然其然？四解。

歸自田寮和李應鸞詩 李之兄爲仲弟鼎丁卯同年

年年蜃市漢旄持逢節輒竪龍旗，况近春王正月時。疇就六書師汶長，羞徒七步擬陳思。雕蟲久悔技兼小，行馬何關才不羈。數萬里程勞不告，但慙無策畣彤墀。

北洲未遍又南洲，屈指天恩許二秋。異地萍逢如舊識，新詩珠灑問前游。慰儂鉛槧遲青眼，羨爾舟車尚黑頭。歸自田寮先次韻，今朝蔗境試西騶。

除夕

五百晨夕新出京日近五百，六七萬里人。去去嘉里約，悠悠麥折倫。征涂日以遠，歸日日以近。餞歲多客中，屠蘇客開醞。

己丑元日

緯南當夏暑雲生以冬爲夏，爆竹千千歲自更彼族許弛爆竹禁。記否春游經大坂，去年今日無多聲大坂華商有爆竹聲。

紙貴無端肖洛陽，蠻箋製較衍波長法郎西箋長丈五尺許。倚裝明日巴西去，濡筆宵酬百數行。

二日發秘魯

欲北先南涂轉紆巴西之游，自秘魯而智利，至南緯五十四度，乃轉北而科侖布亞，而烏拉圭，而巴西，非逕行也。巴西前路問何如。鄉情到此濃於酒，爆竹聲聲送一車送者以爆伏隨行至火車場。舟輪未發夕陽西戌初開舟，人自一車分袂齊送者自備火車。智利舟名伊達達，艙通清氣不容低艙門面海。

淡木耳抹林　三日

戰風鏖石怒濤酣，一埠裁停艦又南。晚出珊沽盧昔峽，一弓波涌月初三。

抹臉多　五日

着糞巒頭鳥數過，海西分沃近如何鳥矢輸歐羅巴，籍以肥壤，秘魯無須乎此？見山我欲與真面，其奈舟經抹臉多。

游阿列格　六日

阿列格原秘魯關，如何埠欲舊圖刪。層岡平淡無奇外，智利旗支一税山山高三百丈，長五六百丈。

不曾足跡到華官，畺吏也迎握手歡。難得恩恩情欵欵，鄉人刀匕勸加餐。

碧沙灣　七日

舟到碧沙灣復灣，沙無一碧阜霜鬟。華人百數無相識，辛苦工商朝夕間。

意基吉　日同上

注目意基吉埠過，欲游其奈促輪何。鑛山無算工三萬，五大洲硝遜此多。

陶古何來欲問渠，偶停偏不緩居諸。記曾局本披新拓，兩字分明日廿餘利馬鑛務學堂曾見拓陶器本，圍圓數寸，有文爲昇，或曰是『日廿』也。似漢文小篆，此出土物也。意基吉某家藏之。

人日望島雲

天風微覺曳輕羅，人日舟疑五月過。沿海終年無一雨，閑雲偏是出山多。

過麥西約林司島　八日

一島荒難着一廬，平平更少白雲居。無風底事舟勤簸，首尾低昂八尺餘。

遷宜拉耳　九日

遷宜拉耳背山居，補石蒼然雲卷舒。一目却非能了了，此中人約四千餘。

嘎列納　十日

宵行聞亦鑛峰環，未曉輪停薄霧間。箇埠聽呼嘎列納，人家臨水不依山。

廿沙分載管多金日斯巴尼亞人問多少曰管多，數目裁從同處尋英吉利與此數目字同。文字輒殊言又異，諏名未厭審方音言人人殊，審之乃記。

葛根博　十一日

也漸青青草織煙，葛根博地勢天然。幾疑鬼斧開花様，碎石嵌成山骨堅。

南來增客輒停船，亦勉加餐亦穩眠。此去水程幾八百海里二百，風波往往恣滔天。

伐耳巴里所雜事詩　十二日至十九日游此，遂往智利國都三低鴉谷。

小艇爭迎到埠船，海關關吏謝無權行李權留税關。樓開西式同人上，華語偏從海市傳華人陸滿所開。

美牙馬埠瀛車長，一面與君避暑堂。照影遠投憑使報，是曾相識勿相忘美牙馬距伐耳巴里所約華里三十六，時智利國王避暑於此，約於十四日一見。其母與子亦出。已別，使語雲龍將贈照影，標字作記念云。

巴西王子認依稀，猶識于思照影肥。非願萍逢交臂左，兵船歌舞不曾歸王子將游上海，雲龍將游其國，願見而左。

醫國醫人如願不區德光知醫，諳智利方音，舌人不解者深賴之。獨醒難耤酒療愁邱福貿酒，時來照料。麟經儻更書無麥麥汝森通日斯巴尼亞文，遊歷所訪，得力居多，到此譯休筆也休。

初未威儀睹漢官，舟車南指恣人看。誰家開鏡悤悤照，易寫鬚眉寫性難。

工無商有轉優優，同願中華館額留初名中華公司，首事李吉、黃貴等屬署扁，因易名曰中華會館。聯字草成三十六，書聯曰：『六萬里日月所昭，會異地弟兄，同鄉父老。三百年衣冠初睹，計游州兩美，歷歲重周。』後游功儻補前游。

假道何心東道情，初無相與義環生。登舟送有王家艇小輪送至大舟，流水中含惜別聲。

鰍魚須杖

有杖堅且柔，似角非犀牛。閣客此何質，言是須出鰍。長材乃爲此，有文螭其頭。用者無失足區德光杖此，云價廿金，得自土人，歸杖鄉國謀。

達果窪羅　廿日

三低鴉谷隔飛蓬，達果窪羅入望中。不是馮夷遠相送，翻疑破浪怯乘風。

裸達　廿一日

三日行行埠再過，西經南緯浪銷磨。試思擺達航南後，奇木疇如裸達多？

柯濃乃裸　日同

鐵道環潮年復年，銅工雙廠起筒煙。十三海里須臾到，又泊柯濃乃裸前。

廿一日夜海濤拍窻

一點燈臺十里艭燈見十海里，月光臨水半輪雙。已眠猶放觀瀾眼，三丈浪花高拍窗玻璃窗兩層，洞見之。

船主照影

潮面映颿一綫長，有風浪更無山蒼不見一島。船頭寫影同開鏡，半借波光半日光。

不飲　廿四日

圖經餘紀紀游詩，不墨不丹筆一枝問事時假鉛筆。酒責獨無書責有，已非心醉六經時舟中七日一收責，今禮拜六日也，酒責居多，而我無之。

風順　廿五日

一颿風順一舟輕，一丈潮高坐尚平。猛省昨宵難夢穩，濤聲緊處雨無聲昨夜風雨，舟簸不亞夏灣納將至時。今朝北風，潮乘順風，雖高亦不覺其苦。

麥折倫峽雜詩

洋洋東尾即西頭出大東洋，入大西洋，麥折倫腰一束流。南緯度交五十四，洲南南去更無洲再南近南冰海。

近日槎思更近無，火漿間出火山朱島中火漿迸流，今未之見。天南此亦離明象，底事人稱弟一愚傳説土人甚愚。

時非雪往凍潮生，帶一分寒已不平兩日涼甚。依嶼航東千百里，明朝北逐煖雲行峽間東行三百六十五海里。

牒宜嘎達浸潮寒，三五低椽畫裏看。此地也歸英吉利，島聯一氣發哥蘭。

初上電燈出峽東，峽端西去亦車通。浮沙無石無林處，指陸非碑一塔紅。

游巴西詩志

《巴西紀游詩》古今體凡八十有餘首，uncommon七詩作於智利駛巴西舟中，至巴西國都後，游且晝夜並卜，安有餘力學詩？旋紐約海航一月有奇，《古巴詩草》既屬，以此繼之。起光緒十五年三月一日，訖九日，中間風浪輟二日，舟經赤道，數詩隨時續也。旱虐生還，無病何呻，鳥獸草木之名，識小云爾。若曰多識，則吾豈敢？然觀興羣怨之旨，求志久矣。寓正於葩，聊復見志，何詩無志？何游無詩？獨以名此。何也？巴西游最後，後先一致，志吾志者，或亦有取於斯。奏派游歷日本、美利加、秘魯、巴西等國、英日屬地加納大、古巴，知府用兵部郎中臣傅雲龍學。

烏拉圭國　光緒十五年二月一日泊蒙德維里羅，即其國都。

圓岡無嵯峨，結居東首多。都埠二而一，蒙德維里羅。人逾十一萬，合境益滋蔓。畔自巴西亞，南高北則遜。華黎一無止，宦遊我其始。巴西非同文烏拉圭用日斯巴瓦亞文，此去四千里海里一千有三十九。

春二月朔見螢

翳月雲暫横，波黑光眩螢。時復上篷背，避我觀書檠。昔聞此多類，微獨腐草成。或自竹根出，或以無翼更。逐流罔怯汐，意者萍化生。燭龍會銜日，察察空爾情。

苦蠅

營螢青未近幽居，猶憶風清月白餘。妄止何將樊視此，坿名翻覺驥難如。無多時慴趨炎後巴西北航，即漸涼矣，不斷聲憐因熱初前三日無之。料得陽襄雖入海，波隨流逐幾曾虛。

詩羅低纜　二月二日，舟過此島。

非從詩羅低纜過，心日中島蒼莽多。畫境或入淡遠派，其如未見斯島何。數椽不飾一臺白，一綫浮沙欲無跡。雜卉不着凹凸間，四顧茫茫海天窄。

作冰行 初三日

熱潮紅霞蒸，三日非氣澄熱已三日。炎涼一何速，苦熱舟始冰。冰非貪天功，人勞爲之空。機行自輪轉，一扇鎖暑風。再扇苦秋至，了無涇雲寄。數數轉無綴，履薄泮猶易。試雪非冬初，水寒寒無餘。再接再厲乃，越日冰天如歷廿四時而成。堆盤水晶似，清涼散服矣。我無因熱心，初心已視此。

機扇行

箑摺扇團無處無，西俗女執男向隅。一日三餐汗浹背，艙扇四張艙客娛。葫蘆依樣匪茲始，生面别開未見此。一扇大招黃浦風上海曾見大扇，北洲類聚亦形似美利加車路餐館往往排小扇而風。一張一翕皆人爲，此之風人機以司。布幅斷續若魚貫，直尺横乃五倍之。赤烏灼飆酷颸颸，坐中煦煦惠風暢。儻移前茲三晨昏，正月三日張。不暑而拂靡相向。用非其時功無功，藏非其時嗤技窮。遷地之良此猶遜，君不見銅輪尺許吹噓同見之紐阿連。

蟹甲

名問克拉瀑美利加人呼蟹曰克拉瀑，横行受厥目。甲爲其肉盤，橢圓尺有六。十二同餐人指同席，半食聊云珍。魁螯十倍此，非超雌黄倫。

里約熱内盧　巴西都，於二月六日泊舟。

寓公膜視關吏饞，岸難可登空使函巴西駐秘魯代辨使有書交關。蜨釵羽花泥客售，掉頭適見舟張颿英吉利公司小輪船。亦颿亦輪渺乎小，舟主導登共濟少同舟人皆畏疫，不登岸。同舟送我烟瘴行，脱帽摇巾出意表。

春二月八日見巴西王

巴拉西約闢門四土人呼王宫曰巴拉西約門多，白堊青軒海市地近海臨市。避暑伯託波利司，七日一旋見王易休息前日回宫。即之也溫如春風，自言約略西語通。屈指視事五十載，年六十四顔則童。

忘華語叟

坐無華語陪，華叟欣欣來非僑產子。與之坐而問，索解空徘徊。漢字一無識，安所需其材？多一彼族耳，鄉音翻疑猜。

阿低耳地法郎西　巴西客舍名

臥樓涼颼慳居三層樓最高，東瞰巴西灣。回首與目遇，窗西新奇山。星日割昏曉，泛宅問裏表。青青微波生，木罅一圓沼窗南對一小園。

甘苦三打納

有園有園石洞一，洞穴曲曲蟻穿出。石乳下垂石筍上，上有飛瀑旱欲畢。夜不秉燭池月涵，熒熒燈煇橋東南。橋柱橫木帶皮老，斜者交撑松兼楠。難更僕數木石跡，問之非木亦非石。藉泥爲之工代天，惜尠心裁遜骨格假木它園一例，石則團圞無稜。

原茶

七十八年前無茶，初諳楚產來自華。存乎其人生萌芽，沿名轉語音若沙巴西人語茶若沙。

植之王園胎試花，雨前分時農圃家。不採雀舌𪉇葉誇，知味者鮮香色差尚紅加糖。西人噴噴津齒牙，品之印度無此嘉土人呼印度沙，今呼柴納沙。安得遍植同桑麻，踵至寥寥良輒窊。王園種斷求野奢植物園初有華工廿，茶旺甚，今無之，製之者八工安加通國茶，土著無能製者，製惟餘華人八。

榻無帳

宵小無多擾未央，如雷蚊況避無方。睡中思借古巴帳，一萬里餘夢轂忙。

飲無水

山泉涸到一筒流，斷續幾難解渴謀。彈鋏未歌飲無水，催詩雨意已當樓。

動物園雜詩

八八改　圜園山名

彼禽者爪，曰八八改。維山肖形，豈曰未逮。
有雲其翼，有風其鳴。于今二載園開二年，厥工未竟，垣則天成以山爲墻。

密納伊奢瓢 園地名

車其止，在八八改之始。有驥奔泉，赤烏其駛。

彼乳者冰，旗亭上層。勿促勿阻，其見未曾。

烏黎果那

厥鳥維何？烏黎果那。不飛而翼，不枝而窠。其高二尺，其黑六翮。有冠在首，一毛則白。或簪如筆，或彎如釵有二種。其音鈴如，顧影自諧。

希魯牙列

赤霞白雪，照眼則分。黄裳紫服，而以爲裙。鷺形鶴性，松釵其宜。藉曰豈然，何頂祝爲？

希力鴨馬

六寸以長，二毛頡頏色襍黑白。鷺耶非耶，亦拳亦翔。豈曰啄木，而亦有冠？責之露頂，脱帽其難。

拉拉

拉拉于飛，在渚之磯。鷺其形矣，而朱其衣。近紫則褻，近紅則蒨。淡其宜矣，非素非絢。在水一方，半尺以長。睆人斯舉，非葭而蒼。

葉里立

非鵙非梟，體微而癯。曰葉裏立，其名自呼。飛之集之，在沼之湄。勿出於囿，魃虐何爲？

鵝別種

厥黑維何？昔思北列多。其名。其喙則赤，而恥逐波。厥白維何？昔思北朗多。其名。其喙則黄，泛泛盤渦。倍鵝者半，在沼之畔。不同而同，塗鴉勿换。

鸚鵡別種

烏魯八哥一種名，昔首婆婆。多言多敗，守黑則那身黑。有客有客，勿避勿逆。阿拉拉司又一種名，文采十百雜色甚多。其尾或綵，倍身者再。長短有差尾長、短毛各二，不掉則悔此種名哈敏拔。　曰溪路碧（又一種名），曲喙嘖嘖。人亦有言，不離禽跡。

無對

蹌蹌者隊，如裝如繢。雌雄影依，而曰無對其名。　其衣深淺雜平紛披，其聲宛轉。得意自鳴，同語蓋鮮。

梟

唬則否極，厥笑叵測。彼人亦云，屋脊勿息（巴西人言梟如集屋則否極，與華語同）。　其臭遺久，異詞何有。危科學飛，而甘厥母。

畜類

相彼畜矣，猶效秦牧。既孽且腓，其欲逐逐。　猛獸交虤，言畜其奚。徙之蕃之，其來自西（初無馬牛羊豕貓，移自歐羅巴，今無處無之）。

獅

犬喙而短，狼身而魁。黃毛種種，耳名則雷。　嚮亦見止，于石于紙。儻入工目，虇無一似中華所雕所繪，皆無一似。　或有異詞，何一視爲。　形神證北美利加獅與石獅皆見，易地如斯。

虎豹

既羅致之，復格限之。　有文何蔚，有力何施。　聞嘯而叱，窺斑其一。　不知爲知，盍默盍密。

狼狽

鑒前何危？　忽後何支？　十目所視，而恧姦爲。　其讒製貝，而自云良。　陷穽置之，何短何長。

象

鼻琴足鼓，膝行貢娛鼻吹風琴，復弄琴如調，以足擊鼓，跪行臥起，皆唯人所欲不少爽。　厖然其體，而儕侏儒。　其材在齒，其使如指。　得食則行，而技止此。

拉挲　野牛名

拉挲非寡，勿放勿舍。　于田權輿，在畿之野初國都人獵野牛。　野獵未斷，畿俗則痞。　匪俗忘前，拉挐其罕。

汪碧立司

貌取者失，形襲者離。非麐一角，汪碧立司。其角則單，在鼻之端。驢耳馬首，目倍于貛。毛黑而黄，守黑無方。攘雞自飽，在麥之場。

安多蟻畣　食蟻獸

蟻其食，彼尾之力。匪尾驅之，蟻就而息。蟻其眠，嗜尾之氈。獸起則食，蟻來復然。如線舌納，如錐啄合。厥名維何，安多蟻畣。

猿類　夥甚，略咏數種。

頻婆其糧，鼠尾身長。婆猓抹石其名，雌雄同行。圓尾或短，前足則長。立且至地，豈猿而狼。三寸未逮，尾倍至再。其嘑吉吉，無畏縮態。

嘎司嘎肴　以下蛇之屬。

頂鈴有聲，觸之輒鳴。匪鈴係頂，天然雙成頂有天然雙鈴。聞鈴蟾走。終爲所有。匪驅而吞，蟾自入口。　體方異蛟，文黄互爻。　問彼名矣，嘎司嘎肴。　慘緑而驕，大腹不枵。　無足者行，四足則跳。

熱格列　四足蛇

非蜥非螭，三稜尾奇，身長五尺，尾復倍之。

百葉簾

低昂百葉緑窗兼窗葉可上可下，又見巴西百葉簾。　潮雨欲來風入坐十二日風狂促雨，尋止，花香不散捲無嫌不薰香，餐席攢花。

植物園雜詩

之園中涂

植物一園松嶼嵐，朝游如約催兩驂。　約之華里近三十，邨經獅子車停三獅子邨爲三停車處。權輿輪軸如禽鳴新車輪鳴如鳥，兩馬及代車爲更每停易馬，今並易車。　欲至未至島灣抱，木末石骨扶雲撐。

棕櫚

入園八十棕櫚株，兩行亭亭當門俱。其葉如蓋本豐甚，一例百尺高猶逾。樗腫楓瘦對之媿，颯爽炎風陰赤烏。

鐵樹

有木有木例堅鐵，枝葉近槐耐飈熱。造舟爲梁鹹潮禁，閉門造車不易轍。衆擎易舉材兼收，何以樹之域中列。棫樸同作期十年，百年樹人矩可絜。

斑博曳

葉葉枝分桑柘來，花黄疑脱秋葵胎。而亦有紅瓣無異，送之水面風徘徊。問彼名曰斑博曳，譜之譜之芳難該。

低夫約阿拉布列西利美 木名

豈曰樹根聊備荒，不荒而食根則良。其實似橘未足重，根以爲粉爭充腸。天然菽粟補農力，名欲錫之巴西糧土人視爲巴西麵包云。

葛葛瓦

枇杷葉大青不毛，金粟花白形差毫。果青如瓜未可噉，黄如瓜蔞供老饕。其仁中外判白紫，其本往往二丈起。花實高下無處無，它木枝幹未見此。

忙葛

果曰忙葛日烘塢，色借黄李大倍五。皮裹絲絲無紊條，着核核絜橢圓矩。木瓜木桃輸新鮮，味酢且澀靡所取。

熱司

世味備嘗酸苦滋，巴西今復嘗熱司。非橘非柑體微具，皮裹有格筋四支。中非敗絮外金玉，鴨緑鵝黄先後時。望若梅實渴亦止，回甘且復常蜜之。

石里納阿低魯長修嘎　植物名

淺緣曲上壁沿屋，千个萬个葉肖竹。昔聞把臂林下風，居竹不聞食無肉。此似錯節兼盤根，底事嘖嘖果人腹可食，以味美嘖嘖。

竹

地背之洲北無竹，偶亦有之借它族園林數竿，徙自南洲。三竿兩竿癯而珍，我航將南揣心目。南來漪漪羅竹孫，林下風多輸此園。小立一洗濁俗氣，如逢舊雨參盤根。一種清節匀無差中國所謂京竹，籜高而細非傾斜。又或骨格上百尺，大節罕匹堅緻加節大而密。並以心虛著謙吉，心無粉飾則宜實實心。外觀節希篁若微，内鏡性成勁且密。海國畫竹初患多，亦既見止言悔苛。襲古强云寫真手，其如生非疏畧何。

魯野拔奢　園名，十五夜游。

有臺觀海夜瀾澄，對岸熒熒照水燈。假石模稜成慣技，一雙白塔却三稜。

拉里格路司　園名，十五夜游。

頭頭是道鐵欄圜園門四，其垣鐵，花少木森流水希。相彼前王遺像在，銅臺勒馬怒仍飛。

博物院雜詩　十六日游。

模藪院名

人物不在糾，數數見何有。貞樂不在奇，出土貴其久。擇焉虞不精，而彼則否否。七日户一闢每休息前一日開院門，方語曰模藪。

星石

有名非方員，彼云來自天。地着巴西亞，屈指無二年一年前星隕巴西亞。都程距四日，徙此門當前。磨之光熊熊，韜之無失堅。

鑛質

地背不愛寶，南金賽北好巴西五金，不讓舊金山鑛。其質非一名，其産不一島。何患藏無餘，所嗟舊工老。儻弗明辨之，携取太草草。

斷碣

聚好詘歐趙，餘風入海杳。古碣今在茲，狂喜出意表。文殊珍則同，段半誼或曉。況剩人文鐫，或雜獸若鳥。樸拙聊摩挲，問年昧所肇。一室羅列多，拓本見之少。

中國船式

争識中華船，誰歟牙爲鎸。裁長二尺許，共濟崖略傳。即今舟所至，何知刳木年。

土人像

羽冠復羽裳，珠絡穿郎當。善射不虚矢，善田拉挐狂拉挐，野牛，見前。面目異白黑，土著其色黄。奇形見未見，下唇三寸長。

土人器

故土器未朽，幾千百年久。慘緑銅鐵斑，竹木制咸有。古陶纖巧空，如鬲復如缶。問之安所需，鎔鑛嚮携取。

農圃物

區區藏何居，豳風遺意歟。松檜輙十寸，皂筴三尺餘。它物亦稱此，長毋忘權輿。

人骸

何絶狐兎憐，而誇千餘年。頭顱儻飲器，無血筋皮連。萃目半珠燦，石槽枯骸全。不巧乃止此，無復名氏傳。

鳥屬

葩經名陳陳，彼皮兼縮申。冠張白摺箑，橐駝禽效顰。喙或曲如月，抑或長倍身。如績復如染，花工恒相因。五色燿文采，片羽翻足珍。

獸屬

水陸獵刜紹，毛骨腊裏表。獮猴三寸庬，海象丈其小。欲圖奇獸形，一目自了了。

蟲屬

蜴毒輒長尺，鼇魁微於蠅此其一種，亦有大者。蝙蝠二十寸，蟬類非其恒。栩栩蜨名著，一釵金數增。飛者跂者夥，莫遑揆異稱。

鱗屬

或肖科斗形，圓長一尺許。或獨下翅濶，聯絡首尾與。其鱗疑跳珠，其色攙粉朱。又或鰲其首，似鯆翻無須。檜下不足論，樂水弗自遁。獨怪庭前鰍，臥骨過千寸。

三至甘苦三打納

至再至三無一同，記曾園徑假悤悤。游分前後無心出，一向燈中一日中。

花有香

偏是南薰花味長，折枝餐席下風當。海西聞吝芝蘭臭，回首北洲無此香據巴西人言，歐羅巴洲、北阿美利加洲花有色無香，赤道近處則香，而巴西花香著名。

旱疫行

炎風驚沙驕陽生，魃虐競促狼籍聲。天緯赤道地背暑，浮海我來巴西京。彼王若官罔耐此，避之自出百餘里英里四十。醫寮裁容三千餘，日二三百患不起。腓卉百瘠筒吸纖，平池難供魚苗潛。大雨不雨六閱月，兩月來無徵膏沾。仲春中旬一再雨，滌塵有餘澤何補。鬱難久居游復游，夜游一籌勝日午。東雲爭歸熇難禁日本人六同僑巴西有年，近則二日而寡其二，乘此舟旋，涸轍之鮒疲飛禽。登舟未發雨送客，艦窗瀝淅三日霖。

舟易期

行止割晴雨，遊記惜居諸。舟期易三四，前無茲紆餘。無獨不有偶，遥應灘壩車。

巴西鴉　鴉一作亞

北程九百一十九二百三十九海里，埠居第二倚灣口。面西首北低西南，棕櫚亭亭緑户牖。我聞一百二十九年之前枰局輸，敵踞里約熱内盧。計無所出徙之此，巴西無都權有都。尋復舊地兵息譁，水埠視之名無加。成功不居信者鮮，君不見，巴西鴉。

巴納巴活

一道瀑横數千丈，視之潮來越隄廣。一例六尺隄石堅，隄北一臺夜燈朗。入隄泊舟雙晨昏，二十餘樹恣蒼莽惟泊舟處木廿餘。

蟲基隄

初未之知，於先塔盧斯見蟲房，諏其所出，云房與隄皆出蟲之一種，遂補作此。

寸累萬千越隄起，朝潮夕汐一爲止。其面則易其基難，伊誰之力乃致此。噫嘻吾意人工齊，豈知一蹴非人躋。其技則小力則衆，我欲名之蟲基隄。蟻穿魚穴乃隄蠹，未聞鳩工水蟲聚。黄河非辭涓塵功，安得蠕蠕萬萬數。

馬乃戎

巴西北航泊之此，七千五百有餘里海里千九百四十六。浚沙之機舟則雙，似嫌商船遠埠趾。一葉衝濤畺吏來問其名氏，曰苛司違組業士，漢官之儀願見始。埠人二萬逾五千，僑居自華六人耳。且慰且祝重稱觴，遊目不吝一一指。日駛將入輪欲開，把臂惜別別而起。

巴拉

巴拉水埠炎近曦，赤道一度南有奇。較之去冬泊舟處，此復近於瓦亞基。環埠緑雲樹不斷，千燈萬燈烟雨時燈背雨雲益明。

烏拉圭人索字

有客有客窺拈題，睍之虬髯腮半迷。象譯爲言偶一至，僑埠來自烏拉圭烏拉圭駐巴拉領事，法蘭昔司哥其名也，所薩其姓氏，來舟一視。願得吾書一華紙，博物之院衆目視。何以酬之蘭言箋，行之彼國我其始三月五日夜，輪舟中書。臨別握手，雲龍曰阿里約時，彼喜曰：『亦解日斯巴尼亞語。』重握手而去。

舟經赤道

三月六日日移午，舟經赤道采雲組。去年子夜初過之，厥日屈指季冬五。南去北來皆炎天初南航，今北航，未九十日道再取。昔航東海今則西，洋洋兩行一詩補。

三月九日航中阿美利加

碁布密疏島不同，邐腰南北二洲中。緯過七度風何定，百十晨昏舟再通南北阿美利加洲之聞，起北緯七度，訖二十二度，曰中阿美利加，西印度群島在焉。凡赤道北四度至十度，風無定。去年冬遊古巴，亦中阿美利加也。

巴別突司

西印度群島小安低列之一島也，隸英吉利，三月十日舟泊二時許。

南北洲腰島爭出，莫或使之莫或尼。屬國則五分經營英吉利、法郎西、和蘭、瑞典、丹麥，巴別突司廼其一。其肋則雞食緩蠶，日七聊復游宴耽。非此商航不紆折航此少紆，埠南一臺燈汐涵。

先塔盧斯雜詩

丹屬地，三月十二日泊此二時餘。

水埠

不欲利漁解蚌鷸，屬丹三島此其一。灣口如門東西臺東北砲臺一，西北燈臺下，白雪燦燦石低出西北白石有標。島腹紅綠危結居，舟人指是百年屋。

煤黑子

中國京都呼肩煤筐者曰煤黑子，其人非本黑也，藉以爲題。

筒煙暫歇灣復灣，一棧危聯煤如山。何以運之瀛罐側，艇來鐵面多垂鬟黑人女多於男。纏頭巾紅曳裙紫，踵頂一色與煤似。能爲白眼雙睨人，非此烏足語黑子。于以筐之首鰲戴，魚貫而進鹿逐退。海雲堆墨潮雨青雨中行，赤足步脱畏縮態。

蟲房

蠭房蟻垤術未已，五十尺上海珍起五丈下無細蟲。貝錦數見多不鮮，中有一物變形似。圓者如菌靈如芝，又如蘭竹根四支。數尺或肖鹿角解，又或褪紅珊交枝。恐是風力水鐫石，不然海底木變跡。問是蟲技爭窮工，此其一種白雪白亦有黃色，未之見。

飆島　在先塔盧斯東北數十里，灣口可見。

出島東北飆一懸，往日久之揚雨天。問之非飆島孤立，以形得名年復年。噫嘻何無遂流習，其外無繫中無牽。無恙謂必聽颯轉，請君試游飆島前。

三月十三日舟出中阿美利加界

數更車道七呼船，指大輪舟言，小輪艇不在其内。冬仲南遊記去年。緯度今將過廿二中阿美利加止北緯廿二度，飆斜又影北洲天。

將至紐約大風三日　起十六，訖十八日，於十九日到紐約。

炎飊不興艙樓平，課如閉户丹鉛程。望後一日海風緊，筆仍未止春蠶聲。向晚浪立廿六尺，三十丈舟一葉跡。潮雨如盆傾盤渦，水筒溢漿數晨夕。涼潮熱潮兩相迸，墨西哥灣罕如鏡。無風恒愁舟難行，況復助力十倍勁。登舟送我三日霖，淫雲壓濤非例今。寸分陰歇墨花舞，安能阻我欬牀吟？

寶山空回非空回行

有客問我來巴西，身入寶山應目迷。儻得奇珍見未見，不然石飽金剛携。鑽石俗呼金剛鑽。應曰否否空疑猜，所寶非寶心爲裁。從吾所好學不壓，寶山空回非空回。

後序

達人争命，才人寡行，俗人少韻，淺人多競，人則人矣，而非其竟。生今之世，合天下之人，求無失其爲人，勢非君子不可。君子有儒者氣象，儒者通天地人，而克成其爲人者也。然其人戞戞乎難之。余歷游十數行省，結納殊廣，顧少當其選。念人文淵藪，首推京師，襆被往徠，殆將十度，求得其人，師之友之，久之，聞有兩人焉，産浙東西，一爲會稽李農部炁伯慈銘，一則今游歷使起部德清傅君懋元。炁伯與余無一面緣，然爲余友壽平余庶常師，文章心術熟聞之，懋元既與同鄉里，又同官春明，識懋元者，僉謂名與炁伯埒，以著述爲性命，所修《順天志》，世人咸韙之。初，余隨軺至日本，懋元適奉命游東瀛，得朝夕聚。聚凡閲五月，察言鑒心，又從而讀其書，其與炁伯誠未敢論其優劣也。嗣星槎指美利堅，音問數月時一達，稍稍知踪迹。越年重過江户，爲洗塵湖心亭，歡然語所著，又得數十卷。而先以《詩董》、《詩鑑》、《詩志》三種令卒讀，則游古巴、秘魯、巴西所成者。且曰：『此調不彈已二十年，勞頓之餘，藉以宣鬱滯、活心機，子盍序一言？』余既受命，排日讀之，淵乎森乎，吾先金石聲也，而成子之書。情因事而發，事以境而殊，曰鑑曰志，要皆無愧於董狐所謂君子儒也，而非歟？他日還朝誇示炁伯，域外之編，當讓君以獨步，而自遜不如，而又何論於夫夫？顧簑喜廬所著書，已二千餘萬言矣。即論茲游所成《圖經》，日、美兩都各三十卷，加納大、古巴、秘魯、巴西等，又各得數卷、十數卷，《餘紀》若干卷，詩其技餘耳。然尚有日本之《詩變》，美利堅之《詩權》，加納大之《詩隅》。在讀者即是編而進求其全，而後知懋元舉天地人而一以貫之，而不愧爲儒者，以成其君子儒也。於是乎余言更信而有徵矣。光緒己丑十五年五月下浣，來安孫點君異拜撰於日本東都使署之嚶鳴館。

跋

世人言詩者多矣。人同此心，心同此學，而高下醇駁判天淵者，其故何也？或者謂性質不等，殿最所由分，而不知涵養深造有優劣存焉。夫詩發於性情，根於學問，猶水之有源，源長者流遠，木之有本，本大者葉茂。昌洵嘗讀古先儒者詩，見其和平温厚，典雅俊逸，卓卓乎自成一家言，非俗士所能襲，于以知學問之道，未可僞爲也。德清懋元先生，精博有遠識，器深而道美，循循然今之儒者。前年試游歷，以第一人奉命來日本，昌洵亦隨使至，相處四閲月，得盡讀所箸《日本圖經》，紀敘詳明，考論精確，繼《史》、《漢》不多見，後先競美矣。先生固私淑馬、班者，篤學數十年，箸書盈篋，猶復勤敏不已。探頤索隱，研理宏源，以視子長、孟堅志量爲何如哉？昨游竟美洲、巴西、秘魯、智利暨英屬地，復憩駕東瀛，計刊所續箸各國圖經，以證足跡之所至，舉十萬里風土人情，政教技藝，滙萃於一編，簡而不漏，博而能該，凡山川之形勢，與夫製造之精微，條舉目張，如繪諸掌，足醒見聞而資經世之用。讀者咸驚爲未曾有，而歎服其難。將壽諸棗梨，先以詩若干卷試工，皆所經車塵馬跡、狂濤駭浪中，昕夕積景累情而發於歌詠者。長篇雄變，如蛟龍之幻化，短章秀傑，如珠玉之瑩潤。是非學力素優，安能於僕僕勞瘁之餘，得有如斯風雅乎？昔昌黎韓氏序荆潭唱和詩，謂文章之作，恒發於羈旅，固已，然使無其才其學，則終其身於羈旅中，亦未必能超羣絶特，傾倒於一時。余又以是知先生之涵養深造爲不可及也。嗚呼，俗學盈世，儒者無聞，即詩而論，求所謂和平温厚、典雅俊逸者，常百不得一，而況乎其他。今不意於先生之詩，得儒者旨趣焉。則向之徒見其詩者，今幸並見其人矣。景仰欽服之情，因積於懷而不能去。光緒十五年己丑夏六月朔，瀏陽李昌洵謹識於日本使署。

昔杜工部善陳時事，世號詩史。今讀懋元傅駕部游秘魯、古巴詩兩卷，縱篇目不多，而用筆之簡，紀事之詳，直可稱爲詩志。以視嘲風雪，弄華草，相去幾何耶？斯足傳已。己丑夏海鹽陳明遠。

《詩董》、《詩鑑》、《詩志》若干卷，德清傅君懋元所爲也。君奉命游美利加諸國，行九萬餘里，凡所聞見，莫不網羅而殺列於《圖經》及《餘紀》中。詩以紀事，其餘事耳。然詞之奇，格之高，非易而爲也。榘嘗慨詩之境界，至於今將窮矣。而造物忽别啓奇境，以供才人取携，然非君之識之學，幾何不虚此一游。長吉錦囊，方斯蔑矣，更何論尤氏《竹枝》諸篇邪？傳之何疑。然自君視之，猶末也。刊將盡，榘乃略志巔末如此。光緒己丑，貴陽陳榘。

梅聖俞曰：『詩自三百篇以降，漢魏質過於文，六朝華浮於實，得二者之中，惟唐詩爲然。』

然唐詩除浣花老子外，大半吟弄風月，感慨悲歌，其有補於世道者甚少。德清傅懋元先生奉命游歷美、日、秘、巴諸國，凡足之所經，目之所覩，記載成書，多至數十卷。舟車之暇，偶一吟詠，皆紀天文地理、風俗歲時，與一切利弊之所在，適與前人采風之意脗合無間。其有益於世道者良匪淺矣。讀是編者，師其利而去其弊，庶不負先生命意之旨也歟。劉慶汾謹識。

此詩先生游美，次古巴，曰《詩董》，次秘魯，曰《詩鑑》，次巴西，曰《詩志》，雖口占韻語，皆采風之紀實也。諳其土俗攸關於今日切務者，摘要去繁，思慮精密，是爲有用之書。夫有用之書，必用有心人讀之，方不可惜。後學顧澐謹跋。

吾師德清懋元先生遵朝諭游歷海國，治西學一如漢學。向苦追隨末由，光緒十五年夏，自舊金山航太平洋達横濱，適與先生同行，所謂天假之緣，非歟？風浪不得止，先生獨伏餐桉，簑《圖經》，補《餘記》不少輟，西人嘖嘖其勤。桂森睹草，嘆如淵海。先生出示《游古巴詩董》、《游秘魯詩鑑》、《游巴西詩志》諸種，受而讀之，少知門逕，遂手鈔之，晝夜兼卜。詩皆記事，亦不知令人愛不能置，何以至是？欲贊一詞，無以贊也，輙集本詩題以識之：幾千百年久，《土人器》。餘風入海杳。《斷碣》。即今舟所至，《中國船式》。一目自了了。《獸屬》。屈指無二年，《星石》。竹木製咸有。《土人器》。奇形見未見，《土人像》。故土物不朽。《土人器》。山水有逸趣，

《華吉壩田寮》。或雜獸若鳥。《斷碣》。無意吾得之，《芝渣哈歌》。狂喜出意表。《斷碣》。門人開平周桂森謹題。昔賢有言曰：『詩本人情，該物理，可以驗風俗之盛衰，見政治之得失。』信哉是言，詩顧可忽乎哉！游歷使者傅懋元駕部軺車所至，公事之暇，日以吟咏，凡其國之政治風俗，小而至於鳥獸草木之名，無不興起而感發之，作爲詩歌。一昨歸自美洲，出示大著，稿本《圖經》之外，曰《詩董》、《詩鑑》、《詩志》，則游古巴、秘魯、巴西等國所作，前後輸跡所經數萬里，而成詩亦數百篇。敘事以實，著筆皆新，洵爲考見事物有本有用之作，迥非世俗之往來贈答、風月陶情者所可同日而語也。德培既承命署其首，復僭跋數言於後，以誌欽佩。時光緒十有五年夏六月，山陰錢德培同客扶桑。

皇上御極之十有三年，詔試儒臣游歷各國，於是吾浙德清傅先生以試列第一人奉命游歷日本、美利堅、秘魯、巴西、西班牙等國，輶軒所及，采風問俗，著爲《圖經》，餘則紀之以詩，而先以《古巴詩鑑》、《秘魯詩董》、《巴西詩志》付手民。大均不知詩，然取而讀之，覺山川之奇秀，人情之美惡，鳥獸之怪異，無不羅致。誦詩知國政，其關係豈鮮淺哉！携歸中土，紙貴洛陽矣。會稽陶大均拜注。

丁亥春，朝廷議剏游歷東西洋各國，時子蕃讀書郡國，應當道試，嘗論其事，固謂攬内外之形勢，察遠近之民風，知習尚之好惡，覘政治之得失，以及物産之繁庶，財賦之嬴絀，防守之疏密，非有記載不可，非有圖表尤不可，然其事難。今德清傅駕部懋元奉朝諭游歷日本、美利堅、巴西、秘魯等國，自丁亥秋至今，閱兩冰暑，往返九萬餘里，成箸述洋洋千百萬言。凡所至國，形勢、民風、習尚、政治與夫物産、山川，爲之《圖經》，《圖經》而外，復紀以詩。詩凡六宗，日本、美利堅諸詩，卷帙較繁，先以《詩董》、《詩鑑》、《詩志》見示同人。卷帙雖簡，然見見聞聞，讀者何啻身游其地。以詩律稱之固可，以詩史例之亦無不可。噫嘻，豈天之欲顯其才而故刱是局歟？抑有是局而必令駕部應之歟？如駕部之才，豈易易哉？光緒十五年，奉化蔣子蕃。

嘗讀《滄浪詩話》，謂『詩有别材，非關書也，詩有别趣，非關理也』。然非多讀書，多窮理，則不能極其至』。玩味斯言，久不能釋。今讀德清傅懋元駕部《詩董》、《詩鑑》、《詩志》，天材天趣，超然悠然，始信讀書窮理之言，實爲詩家要略。而又知駕部之詩，是從多讀書、多窮理來也，讀是詩者，豈可驚其紀事而畧其造詣乎？華亭廖宗誠。

詩無難，以詩紀事爲難。以中土之詩紀中土之事無難，以中土之詩紀海外之事爲尤難。汝騤少游美國，習其方言，因畧識海外山川雲物之勝，鳥獸草木之名，輒苦其音佶屈聱牙，不能筆所見所聞以告中土博雅之士。今讀懋垣先生所著《詩董》、《詩鑑》、《詩志》，簡而能該，實而有徵，使人驚心醒目，不啻於異邦之名勝如親閱歷，而天情圓韻，不以辭害義，非博覽中外，才學素優者，而能得如是哉？雖然，先生之篤學無厭，志趣超邁，固不在是詩之傳而已。香山鄭汝騤。

附録

目録

翔鳳輪製造相關函件

致張蓉軒第一信

蓉軒方伯年大人執事：自獲受教，數年於兹矣，無日不暢聆指示，學步邯鄲，今雖暫别，得毋有茅塞之虞。比來賢勞益健爲頌。弟于月之十二日到京，本擬先見各總辦，而因冬至祀事，皆言到署再見，尋至慶邸，適在假中，須至十八日假期方滿，然傳諭十五日未刻來見。弟輒于十四日巳刻到海軍衙門幫總辦上行走，總辦未旋，好在十五日考試出洋人員，弟於是日早到海署，兩總辦、四幫總皆來晤談。或言兼差爲不隔閡起見，或言王爺眉批：王爺皆改邸帥時言及弟，而又恐與候補有礙，是以至今始派，必于文内言在局應差也。此惦記厚意。或言幫總辦上向無漢人，有之自弟始，然此添漢人意似起自大内，是以十月三日海軍衙門考取部員管股章京八人，留衙門者四，餘分内學堂等處。或言既在王爺處當差，則回話不坐，坐亦侍側，然弟謁時必讓客位，更無旁几，安敢固辭，聽其久立而讓耶！即此可見凡事難可預執成見也。是日未刻見王爺面諭難可盡筆，大旨謂輪船八個月工限，在秋七月恐阻雨水，倚虹堂至萬壽寺河道已限四月内工竣，如能五月解船方可無誤内用。弟言中堂已飭速加夜工，而不敢遽言六個月者，恐工有難速也。謹當飛稟中堂，一面函致本局增工卜夜，能否五月内完工起解，容俟續陳。王爺又諭如克早完，必可加獎，且重言以申明之無論何人同解，諭弟不可辭勞，且須帶匠，以備船到京時即可恭請御賜船名也。太后時坐船頭，是以仿照恒春船，取其稍寬也。其艙仿照捧日船而去更衣、盥手兩處，爲設寶座，欲其寬展有餘也。弟因言如責局工恭設寶座，恐式未盡合，不若仍由京設，王爺深以爲然。弟又言中堂因聞將設寶座，已飭局格外慎重，即如鍋爐壓水，擬加二百磅以外，而行船用氣仍不過八十磅爲率，蓋慎而又慎也。其他類此。王爺亦以爲然。此問答情形也。臨行時執事已有設法加工後可緩先其所急之議，況精細周密，弟所素佩，必能上承中堂訓示，及早完工，無俟弟參末議矣。然相隔二百餘里，弟願受不必言而言之誚，而不敢蹈當言而未言之愆，聊供千慮之愚，非敢爲一得之助。鋼板輪船估工在木工、木樣、熟鐵、鑄鐵、鍋爐、機器諸廠，少則四百三十工，多則六千工。以多者計，一人一工爲六千，而廿人同工即爲三百日，加以夜工則百五十日足矣。人愈增則日愈減，尚須匀出油漆之工限，一也。工以緩急爲次第，二也。工限或逾，議罰章，三也。日同工倍，立賞格，四也。至於局員、匠頭之加獎，王爺既已言之，中堂亦必允准。總之，此次輪船實關慶典，非僅内用已也。前賜示即交小子速寄。餘容續布，敬叩勳安，惟教不逮，無任悚惶待命之至。年教弟傅雲龍頓首，十一月十五日燈下。

致張蓉軒第二信

蓉軒方伯年大人執事：月望一書，計可先到。此惟安善。弟本擬即回，而連日進署，各總辦非問今年旋否，即問明正何時可來，並無不必來之語。邸帥假滿後有無示諭，尚不可斷，難可即行。弟雖不敢以廉自名，然素性所安，爲執事所深知，而當此兼差，其難有四：上游既以筆墨憶及區區，豈有他責？然回事不回，來日再來，恐誤公事，不少周旋，難一。前官兵曹，布衣敝乘，我以我法。及至天津機器局，又得執事依然儒素，弟亦得以由袍秦裘自若。而到此則不貽蘇拉皂役掩口葫蘆者幾希。車騾跟騾，執御執刺，敷衍場面，難二。子華衣裘，非志也，然不能不去其太甚，難三。旅費又增，難四。至於譯署、兵曹之舊日同寅，舍弟、舍侄之新舊同年，此不盡□差□至，尚未敢縷陳中堂前，既不敢欺，而于執事前亦不必欺。弟稟辭時，中堂曾諭及津貼有潘道樣子，可與執事商量等□，弟未知此行久暫何如，是以未敢議及。今思承静雨、沈森甫月支津貼數皆與潘所用同，擬求執事回明中堂，俾有定數，可以先後撙節而行，是否有當，仍望裁奪是幸。輪船計工能否六個月告竣，即求示知。敬叩勳安，惟教不逮。教弟傅雲龍，十一月十七日。

致周馥

津門秣馬，適捧惠書，受教多多，未遑倚裝握筆。敬惟玉山方伯大人北洋鎖鑰，兵艦樞機，外問起居，久深欽佩。弟蒙傅相與邸帥商定，檄派兼充海軍衙門幫總辦上行走，於月之十二日到京，即於十四日巳刻到署。邸帥適在假中，幸蒙體恤，許於十五日叩謁請示。問及曾否隨同傅相大閱，弟即答以方伯有信屬選，匠[將]于明年隨閱，細心考究矣。儻得如示一行，不敢謂於製造有裨于萬一，而區區志趣，萬不敢畏難苟安。況得執鞭以隨旌節，不勝大願，惟弟諸多未諳，既由方伯大人裁奪，是否尚須傅相檄飭，敬求示知是幸。肅此，敬叩勳安，惟教不逮。教弟傅雲龍，十七日。

致張蓉軒第三信

蓉軒方伯大人執事：昨得復函，備辱謬獎，既銘且慚，在中堂鑒從公之拮据，在執事達無私之苦衷，甚佩甚感。輪船工限承允如約，尤見納涓受壤，實事求是。近日樞臣忽有更動，此事稍緩，即回明邸帥也。弟日前奉邸帥面諭『新造輪船酌改之件，即與海軍衙門所屬内學堂王總辦商定』等因，一再晤王總辦。據言改制各輪船藍帳棚原言紅邊，今改黄邊，新造船亦如之。艙内洋椅，前係紫絨，今改深品月色之絨，其飾窗櫺之緞，今改藕荷色，尚有欲加洋燈之語。王總辨言弟問答甚爲明晰，頗稱相得，將來解船到京，弟與之當面交接，可省無數糾葛等語。謹先馳告。弟既難可常在海署，而在京之日不能不間日一往，然於款項之類，萬萬不敢預問。素性使然，執事所深知。又不欲仍當京官，仍以局事爲重，好在京津皆以中堂訓示遵行也。常總辨言，海軍志亦有欲弟先擬事例之意，弟婉言年内不遑議及也。弟擬早旋，隨同執事督工，而總辨云不云傳諭之件尚宜稍待，而日短道長，凡長官老師招飲處又有不敢不到者，于弟朴拙天性殊不宜也。惟執事教之。西年已過，鎔鋼較前如何？凡海軍衙門所需構造之賬，求飭提調開單示知是幸。敬叩勳安。年教弟傅雲龍謹上，十二月朔。

致張蓉軒第四信

蓉軒方伯年大人執事：别來惟賢勞益健，甚善甚念。弟正月廿七日到京，即於廿八日早到海署隨同看文畫諾，午後至慶邸，據回事人云須俟二月二日，邸中采觴後方克見也。廿九日弟見徐大軍機，言初三日某王又宴慶親王，恐是日尚未遑見，然則弟見慶邸非二月三日以後不可，俟見後再稟中堂，倘若便中先代上達，幸甚幸甚。頃晤内學堂王總辨，言品月絨稍深一色亦無不可，矚弟問及輪船工程，不必在通州補油飾工，盡可帶工料逕運至湖再作油飾可也。可否祈酌之。海軍衙門團拜待弟同作主人請客，是以弟到日即定二月初一日矣。主凡九人，有神機營恩君在内，以此見年節酬應尚未完也。先此肅請勳安。年教弟傅雲龍，正月廿九日。

致内學堂王總辦王大人

子儀大公祖大人執事勳啟：薊門小住，辱荷教言，受益多多，既感且佩。敬惟勳偕日懋，福與春長，翹首三遷，殷心再□。弟叩別後，於月之十七日安抵津局。新造輪船本以八個月爲工限，兹已凜遵邸帥面諭，設法增工卜夜，又復申明邸帥加獎之諭，局工乃更感而益奮，雖嚴寒年節皆不停工，弟日夜督察，不敢片刻因循，約計六個月可以告竣，無誤邸帥明年五月解船之諭。艙内遵執事面屬，添設洋椅，高與中國椅子同，用深品月色絨，一如面交樣子，而料加好，並爲恒春、捧日兩船添椅各一，已繪圖函致上海趕作矣。篷改藍色，邊沿黄色，遵命而行。惟篷沿如改藍色，則福壽字不甚顯。兹令工人先作樣子三種：一藍沿黄邊，一黄沿紅黄邊，一黄沿杏黄邊。似乎黄沿杏黄邊爲佳。用特專差持樣敬求閲擇，何者爲定，明晰示知，以便交工速制，是所至禱。肅此，敬叩年禧，順頌鈞安。即候回示。治教弟傅雲龍謹肅無日期。

致王子儀

子儀大公祖大人執事：别後回津，又將帀月，每懷雅範，輒佩教言。此惟勳高望重，指顧鶯遷爲頌。輪船晝夜加工，求速求密。其窗簾因天津料不甚齊備，兹得正面遵示用湖色摹本緞，里面湖縐□恰好楊妃色，現用窗綢均鑲洋絛，先成兩幅，專人呈乞察奪。如以爲可，即求速賜回示，以便於上海照樣買備緞綢、條子。弟定于四月初三日隨李中堂出洋大閲，廿七日回津，是以此須專人，務乞即給回信，務于初二日趕到天津爲禱。内學堂學生外火器營英縈因病尚未到學，務乞飭催速回，以便考試分別送上兵輪也。餘容續布。治教弟傅雲龍。

致李鴻章札

欽差大臣、督辦海軍事務、太子太傅、文華殿大學士、直隸總督、部堂、一等肅毅伯李爲札飭事。據天津機器局詳稱：『竊職局承造翔鳳輪船，前經禀明八個月完竣，本應六月内起解，惟現時輪船内油飾及各零件雖未齊備，而船身機器大致告成，業已試行。職等公同商議，擬趁此天晴雨少、河水暢順、陸路尚不泥濘之時，先將翔鳳輪船連同大沽船塢造成舢板一併預爲運赴京中，由局派撥各匠工作，以畢未竟之工。如此預爲辦理，俾免臨期天時、道路或有阻滯。除照向章飭派委員張家和、武弁許士貴、洋教習施爵爾帶工定於五月初四日起運外，惟合事關重要，應請憲台札派大員督率運交，以昭敬慎，並請預爲分咨海軍衙門、順天府、步軍統領衙門查照，行知通州大興、宛中[平]兩縣雇覓大車並挽牽人夫解京交卸，所有車船人夫雇值各款均由職局自行照發。除伺各項齊備造具鋼板小輪船丈册、機器料物陳設件清册，具文詳報外，爲此備由具詳，伏乞照詳施行』等情到本閣爵大臣。據此，查此項小輪船、舢板，恭備頤和園應用，關係重要，應派會辦機器局兼海軍衙門幫總辦傳道雲龍督率員弁匠人等，妥慎管解赴京，仍由通州大興、宛中［平］各州縣預雇大車人夫以資提運，並沿途妥爲照料，勿稍疏虞，除批飭送照並咨行外，合行札飭。札到該道即便遵照妥慎督運，勿稍疏忽，切切。此札光緒貳拾年伍月初二日到。光緒二十年五月初一日，監印官文巡捕花翎四品銜直隸州用候補知縣廖炳樞。

稟王爺

敬稟者：竊雲龍稟辭時奉王爺傳諭『回局速督輪船工程，飛速具稟』等因，職道叩别後，於月之十七日到天津機器製造局。遵查，新造輪船前以八閲月爲工限，自職道蒙王爺派兼海軍衙門幫總辦上行走差使到京，奉面諭『倚虹堂至萬壽寺河道明年四月工竣，如能五月解船，方可無誤内用』，又奉面諭『如克早竣，必可加奬』等因。職道遵即稟知李中堂，一面切實函知津局，約工惰之罰，立功倍之賞。此次回局又復申明王爺加奬之諭，局工廼更感而益奮。料以急而先，工以夜繼日，課愈勤則功愈倍，人愈增則期愈減。職道不時稽察，未敢片刻因循，約計六個月可以完工，無誤王爺明年解船之諭。船頭與恒春同，船艙與捧日同，而復工堅料實，格外慎重。即如鍋爐壓水，擬加二百磅以外，而行船用汽仍不過八十磅爲率，蓋慎而又慎也，其他類此。至於洋椅窗簾，已遵諭與内學堂王總辦商定照辦，以期仰副王爺委任之至意。除伺鐵殼成後計工繪圖，于明年正月至京呈鑒面聆鈞誨外，所有遵諭督工緣由合肅丹稟恭叩福安，伏乞訓示。職道謹稟。

敬附稟者：竊職道前奉面諭，以内學堂，學生在北洋水師學堂飭即就近照料等因，職道遵即傳諭學生勿負王爺裁成厚意，學生頗知感奮。除隨時激勸外，謹附稟聞載叩福安。職道謹再稟。

稟王爺

稟王爺，敬附稟者：竊職道前肅兩稟，度邀垂鑒。新造輪船遵諭加工卜夜，職道于季春回天津機器局後，復晝夜督修，並申明王爺加獎前諭，倍形奮勉，是以求速而不草率，求實而不浮冒，求堅而不稽延，入夏即大段完具，較之上次精益求精，而工速兩月有奇。隨即于上海添僱油漆工匠，以補局工所未逮。四月初，中堂以海防軍火造自機器局者居多，飭派職道隨節閱操，並以定欽使，亦海軍衙門幫辦堂官，飭職道逐日面陳應辦事宜，並于煙台護送定欽使至營口，復至山海關隨中堂乘火車于四月廿三日回津。其時新造輪船已蒙懿旨賜名『翔鳳』，遵即敬謹鐫字，安置機器，職道試行如法，時四月廿七日也。稟請中堂于廿八日躬乘輪船試行，亦如法。雖油飾未畢，不能不乘雨水未行之時先行運京，已奉中堂檄飭，職道于五月初四日啟行。正值糧艘邌擁，設法交讓以求保護，即以昭敬謹。已于初八日行抵通州，一俟輪舟登岸，即安軌道轉移而進。除逐日安置具報，並于到京時晉謁面聆訓誨外，先肅稟，恭叩福安，伏惟垂鑒。章京職道雲龍謹稟，五月初八日。

稟中堂

稟中堂，敬稟者：竊職道仰蒙憲檄飭『委運交新造内用翔鳳輪船』等因，遵即于五月初四日檢點軌道等物，分駛小船先行，以仙航輪船拖帶翔鳳。是日風大，僅行數十里。初五日至天津縣屬之旱口，初六日至武清縣屬之河西務，初七日至通州所屬之鹽坨，初八日安抵通州。沿路糧船邐擁，並棹聯帆，每至河灣溜狹，在在堪虞。雖經職道先期函致天津道轉致江浙糧道分諭押糧員弁，而空行之艘雙駛横流，比比然也。職道督同員弁工夫人等先之以氣鳴，繼之以多讓，與其争先而危，孰如慢車轉危爲安，仰體憲意，得以水行無恙。傳聞有以翔鳳與恒春易用之説，果爾則又非解至倚虹堂矣，停船油飾之處亦非因地不可。是以職道於翔鳳到通州後一面切諭員弁董夫先後拖船及機器上岸，即安鐵道，不許如前滋事。一面由職道于日内至邸請示，並訪内學堂總辦，商定解收及修理處所，一有定見，即行親至通州督同員弁工夫人等趲行速修，俾免周折。除隨時稟報外，合先肅稟，恭叩爵綏，伏惟垂鑒。職道謹稟，五月初八日。

稟中堂

敬再稟者：武弁石正本管帶仙航輪船，拖帶翔鳳輪船及員弁洋匠諸船曲折盤行，于糧艘若林若巷間歷危而安，略示體恤，必益奮勉。查職局辦硝帥委員曾爲武弁王自明請加月薪銀二兩在案，可否沿照王弁，仰懇憲恩准加石正本月薪銀二兩之處出自憲裁。合坿稟陳，載叩鈞綏，伏乞訓示遵行。職道雲龍謹再稟。

稟中堂

敬稟者：竊職道于五月初八日解翔鳳輪船到通州，當即具稟憲鑒在案。初九日職道乘車親勘安置鐵軌，土道雖陂可平。隨至海軍衙門，候至未初晉謁慶邸，即到即見。蒙王面諭太后旨意，因翔鳳稍長而頭寬，與恒春輪船互易，是以此次新船須解至廣源閘，與萬壽寺近。並飭職道即時常住寺，督工速竣速交，較之海軍公所爲便，其寺亦歸内學堂，並由王爺諭王總辦撥房矣。復據王總辦言，將來恒春出湖時，擬于廣源閘東暫添一閘，可省建壩之費等語。職道即刻傳諭員弁，務於今日將輪舟、機器及軌道一齊上岸，一面安軌轉移而進。除將逐日運舟陸續具報外，合肅丹稟，恭叩福綏。伏惟垂鑒。職道謹再稟，五月初十日。

敬附稟者：竊職道謁慶親王曾面陳，前承王諭『中堂晉京時可住公所，中堂已有信致謝』等語，當奉王諭『海軍公所有兩處，前言一處有海軍工程在内，是以今改其南一所，可以全所皆作中堂公館，有廚有廄』等因。職道擬先將王諭知照總辦，一俟輪舟解到，職道即往海軍公所看定繪圖，謹呈憲鑒。王又詢及中堂閲操賢勞，職道隨問隨答中堂巡閲如何精密，如何操防，如何著效，履勘炮台如何周到，王甚藉慰。王又言及，吉林已靖，而朝鮮事慮不在濊而在倭，藉名保護，亦非朝鮮志也，譯署不過照約知照耳。謹呈大略，戴叩福綏，伏惟垂鑒。職道謹附禀。

禀中堂

敬禀者：竊職道于五月初八、初十等日兩肅丹禀，度邀鈞鑒。初十日翔鳳輪船上車，十一日軌道起通州北關外之浮橋口，訖草房，計行六里有四十四丈六尺，蓋一百八十丈爲一里也。上届由西人和店行八里橋，其道陂甚。此次改由西行耿家口而草房，每日多行二里有餘。十二日起草房訖長營，計行六里有七十九丈。十三日起長營訖平房，計行八里有一百廿丈。十四日起平房訖同和窑，計行七里有八十丈。此四日共行卅五里有奇。職道前奉慶親王面諭，軌道至廣源閘而止，並飭職道住萬壽寺督工，已陳鈞聽。然職道親履細勘，廣源閘不便下船，必至閘東北二里之麥莊橋，方易于輪船修飾後設法下水。謹當遵照憲檄，運至昆明湖水操内學堂西船塢驗收。据王總辦云，修竣時職道自行試驗即可，約其同試，再請王定期試驗而後交收也。除由職道按道計里逐日催促前進，以免雨水濡滯外，肅禀恭叩爵綏。職道謹禀，五月十五日。

禀中堂

禀王，敬禀者：竊雲龍于五月初八日解翔鳳輪船至通州，即于初九日先行晉京。兩奉王爺諭，知新船與恒春互易，並諭雲龍即住萬壽寺歸內學堂之房督工等因，雲龍遵即于初十日到通州督同員弁工夫人等拖船上岸，安置軌道。十一日船行軌道，起通州北關外之浮橋訖草房，計行六里有四十丈六尺，蓋一百八十丈爲一里也。十二日起草房訖長營，計行六里有七十九丈。十三日起長營訖平房，計行八里有一百二十丈。十四日起平房訖同和窑，計行七里有八十丈。此四日共行廿八里有一百四十三丈六尺，其去廣源閘卅三里有奇。惟雲龍往返細勘，閘側難以下船，必須運船軌道安至廣源閘東北二里之麥莊橋，始能于輪船修飾後設法下水，由此可達昆明湖水操內學堂西船隝驗收。查從前解船每日行四五里，此次因恐雨水將行，是以雲龍仰體尊意，先之以身勞，繼之以勸導，罔不奮勉有加，日行六里有奇，如或灣少路坦，增行八里，較之昔行彌形踴躍。計自浮橋口至麥莊橋凡六十四里，一俟到彼，雲龍即遵諭督工速修速交。合先肅稟，恭叩福安，伏惟訓示。職章京職道雲龍謹稟，五月十六日。

稟中堂

中堂，敬稟者：竊職道于五月初八、初十、十五等日，三肅丹稟，度邀鈞鑒。十五日翔鳳輪船由同和窑訖大橋，計行六里有一百三十丈。十六日起大橋北訖地壇，計行八里。十七日起地壇訖土圍小西門東，計行八里有五十丈。合之十一日至十四日所行二十八里有一百四十三丈又六尺，凡已行五十一里有一百四十三丈六尺，其未行者僅十餘里。而十七日夜大雨，十八日雨未已，是以未克前進，一俟雨止，即當設法催運。但軌道以濡而滯，行里亦以難而遲耳。電燈公所新增機器將至自香港，有借軌道運車之議，果爾，則輪船運到軌道等物尚不能全數回局。先陳大略恭叩福綏，伏乞訓示。職道謹稟，五月十八日第四稟。

致王子儀

子儀大公祖大人閣下：敝局奉中堂札，飭准海署咨調工匠、物料修理各輪船，已由局上詳情，咨派去漆匠許良祚、陳茂雲、王永順、耿順四名，銅匠王得山一名，鍋爐匠于金生、諸寶林二名，管解各料赴都。兹該匠等已先來一人聽候指示，應如何到工修理之處，即乞飛示，以便轉飭該匠等如命遵行。再者如翔鳳輪船油飾工偶不敷，尚欲于數匠等中隨時奉商借撥，先此布臆。即問勛安，五月十九。

再啟者：安瀾、翔鳳、恒春、捧日，四船之篷雖已做就，然須于本船上沿邊，方能尺寸不差，兹已預備篷匠兩名到通州聽示驅策。再敂勛安。銜名。

轉行事五月十九日奉爵閣督部堂李批：『據禀及另單均悉。該道督飭員匠運送翔鳳輪船，初八日已抵通州，該武弁石正本管帶行駛尚屬妥協，應准月加薪水銀貳兩，候飭天津機器局照辦』等因，奉此合行轉札，札到該弁即便知照，此札。右札管帶仙航石弁正本。

稟中堂

中堂，敬稟者：竊職道前肅四稟，度邀鈞鑒。十七日以前翔鳳輪船行五十一里有一百四十三丈六尺，是夜大雨。十八日午後雖晴而途濘難進，職道躬勘雨水所積之處，督夫戽水，期于無礙軌道。十九日輪船起土圍小西門東訖大佛寺西，計行五里，廿日起大佛寺西訖麥莊橋，計行四里有三十丈，合之前行里數，凡六十里有一百七十三丈六尺，中間雨阻一日，凡行九日。從前無此迅速，少一日程即少一日費。廿一日已督夫于橋側開輪船下水之壩，然擬先行油飾船底以省周折，雖油漆匠工未至，職道已商調修理恒春等船未用之工料，于廿二日開工油飾，一經轉移，兩無縻誤，以期仰副中堂慎重辦公之至意。職道即住萬壽寺西之三笑庵督工，除俟修竣試驗即行交收外，合先肅稟，恭叩福綏，伏惟訓示。職道雲龍謹稟，五月廿二日第五稟。

稟中堂

敬再稟者：竊職道前于春間歸自京師，海軍衙門總、辦幫總辦等曾有保案摺尾聲敘，除由海軍衙門照章核獎外之請已蒙憲允，今臨保矣，屬申前請，敢佈鈞聽。昨接張藩司書云，奉中堂以海軍局保檄限十日先行造册立案等語，臨行又以職道前來與保垂問至再。職道竊維非出路難期有爲，非曲成末由出路，而三年一保，中堂自有權衡。謹呈履歷，敬候鑒裁，不敢於上届作造次之求，又何敢于因時避雕朽之德也。又承面諭派點景差事，雖未捧檄，謹當講求。合十八省之點景歸慶小山郎中寬爲政，然其人亦海軍衙門章京也，既係同舟，或不膜視。除俟諮訪大略再行佈聞外，合先肅禀，載叩爵綏，伏惟垂鑒。職道雲龍謹禀。二十二日第五禀。坿圖。

謹坿禀者：譯署吕總辦海寰新授常鎮道，據云夙荷裁成，良深佩感，兹擬于六月初十日後晉謁門牆，面承鎔範，進而教之，不勝大願。職道曩與同官戎曹廿三年矣，又共事于會典館，不得不據情上陳鈞聽云云。

禀中堂

禀王，敬禀者：竊職道前禀翔鳳輪船於五月十四日行至同和窑，計已行廿八里有一百四十三丈六尺，度邀電鑒。十五日起同和窑訖大橋北，計行六里有一百三十丈。十六日起大橋北訖地壇，計行八里。十七日起地壇訖土圍小西門東，計行八里有五十丈。是夜大雨，十八日午後雨止而途濘未克前進。職道躬督夫役厓水準道。十九日起小西門東訖大佛寺西，計行五里。廿日起大佛寺西訖麥莊橋，計行四里有卅丈。自十一日至廿日凡行六十里有一百七十三丈六尺，上屆行六十四里，而此次較減省。職道督同員弁相度地勢，裁灣就直，行夫亦因勸而奮，是以道同而里減，夫同而行速，藉以仰副王爺面諭之至意。既至麥莊橋，職道即遵諭住萬壽寺之三笑庵即内學堂房宅督工，將船底先行油飾，一面督夫開壩安木，預備輪船下水之道，一俟下水後修飾告竣，再行請示試驗。合先肅稟訓示遵行。章京職道雲龍謹稟，五月廿二日。

稟中堂

敬稟者：竊職道前肅五稟，度邀鈞鑒。十七日一雨以後，時雨時止，幸翔鳳輪船已到，否則不惟途滯，費且彌增。張委員因病請假，職道逐日勘工，其修恒春輪船之油漆工料先至，而西塢未竣，開工尚須數日。至修翔鳳工料大有相需愈殷相應難速之虞，職道挹彼注兹，先後所至，工力合作，如雨不連綿，廿五日即可移船下水。其短夫到即遣散，其留夫時可酌省，其機器工亦可於置瀛鍋隨時回局，于省費之中寓倍功之意。恒春諸船篷工、油工，職道亦謹當于隖成時就近督工修飾。謹肅丹稟，恭叩福綏，伏惟垂鑒。職道雲龍謹稟。

敬附稟：竊職道之子、即選縣丞傳□□雖知化學、電學、圖算學門徑，而竹屑木頭，恐未足以當器使。迺荷憲恩批准承道之稟，派充委員，俾得隨辦電燈事務以資學習。受裁成之恩重，慚報稱之力微，職道謹當嚴飭勤慎學習，奮勉從公，以期仰副中堂廣育人材之至意。所有感激葵忱，合肅丹稟，叩謝憲恩，恭請爵綏。職道雲龍謹附稟。五月廿四日。

稟中堂

敬稟者：竊職道前肅六稟，諒邀鈞鑒。張委員患病，而夫之去留，費之支用，仍由該員一手經理，以專責成。至於船工勤惰，現有縣丞傅范初蒙憲台派充電燈委員，此去電燈公所甚近，是以即令傅范初于未安電燈機器以前，就近隨同職道督工速修。已于五月廿六日于麥莊橋西之北岸開壩下水，其瀛爐、機器亦即用起重架移置船上，明日試輪之捷便與否，當可駛泊三笑庵前趕緊修飾。現在慶親王傳問可否乘船至萬壽山等因，遵即回明。廿八日以後可以乘用，然修飾告竣約在六月六日前後，又有皇太后幸湖之説，是新船之修交斷難稍遲，即桌椅之安置不容再緩，雖再四由局電催，而至今無到京日期。職道萬分懸望，惟有仰求憲台飭催速來，俾免延誤。電燈公所借鐵道直段廿，曲道一十，平車四，此借用仍可還局者也。然据内學堂王總辦言，電燈公所用後應留直道十，曲道五，車二，以爲運恒春輪船之用，日後不能交回，此留用未克還局者也。除遵照辦理外，合肅禀聞，恭叩爵綏。職道雲龍。五月廿六日。

敬附禀者：竊職道前于五月初十日奉慶親王面諭『海軍公所有兩處，今以其南一所爲中堂祝嘏行台』等因，當即禀陳鈞聽，職道尋即躬至其處察閲。此所行台在宫門東南一里許，其屋廿九間，其大門一間，其過道一間，其馬棚十間，凡四十一間，似足敷用。其西一所爲王大臣公所，而後面罩房六間則歸此所也。迨至月之廿日翔鳳輪船到麥莊橋以後，職道一再率同子范初前往測量，兹將所繢一圖呈乞憲鑒，其正房應俟七月後裱糊，其廚房之類有無改移，伏乞□訓示遵行，恭叩爵綏。

附呈公所圖一張。

稟中堂

敬稟者：竊職道曾肅七稟，度邀鈞鑒。前稟言修飾翔鳳輪船六月六日前後告竣者，據估工言也。自船下水，經職道督同員弁晨夕課工，事半功倍，大約六月初一日即可大致完工，所不完者，不過表框篷環之屬，擬即函致内學堂總辦行文，于初二日開繡漪橋閘門，職道試行輪船入湖以驗瀛機，即以熟船道也。試行如法，當于慶邸請示驗收。而桌椅未到，清册亦尚未來，職道竊惟桌椅再延固恐有誤内用，而造册再遲且必有誤交收。據前途云，如册不同交，雖勉强留于内學堂，而收如不收，恐有後言。職道焦急萬分，既函催矣，又以電催，一俟册來即可交收。肅稟，恭叩爵綏，伏惟垂鑒，無任悚惶。職道雲龍謹稟。五月廿八日。

敬坿稟者：頃接張藩司函屬令張委員先回等語，職道查，該員重在經手支發錢數耳，船到夫回，成數已定，該員病亦未痊，即由職道率同員弁課工勤惰，前已稟陳鈞聽，兹令先行回局，其經手銀錢由該員回局自行報帳。合并稟聞，恭叩福綏。職道雲龍謹附稟。

稟中堂

稟王，敬稟者：竊雲龍督工油績翔鳳船底船側，已於五月二十六日由麥莊橋迤西之北岸下水，隨用起重架安置瀛鍋機器，精選良工修飾船艙首尾，如無霖雨，約計六月初六日以前可以告竣。一俟雲龍試行，即當趨叩請示驗收。如王爺于修飾前先試機輪之便捷與否，則五月廿八日以後即可聽候示期，以便于他船借用桌椅伺候也。所有翔鳳輪船桌椅，雲龍已電催速解。又据電燈公所言，新添電燈機器六月初間可到，屬借直鐵道廿段、灣鐵道十段、平車四副，雲龍已屬照數留用，合先稟聞，恭叩福綏，伏惟垂鑒。章京職道雲龍謹稟。五月廿七日。

敬附稟者：竊查電燈公所承道霖派自天津機器局，現因排雲殿添設電燈，分支繁重，且新雇安設機器之洋匠不通華語，深虞隔膜。以後電燈有加無減，稟知李中堂擬請由局添用委員一人，已于五月廿五日奉李中堂批：『縣丞傅范初諳習英文、圖算，深知化學、電學門徑，應准派充委員，隨同該道辦理電燈事務，以資學習。候飭天津機器局轉飭該員遵照』等因，遵查，儘先選用縣丞傅范初已隨解翔鳳輪船到京，應由電燈公所總辦等於見王爺時請示飭遵。職道所以不能不先行稟陳者，傅范初即雲龍之子，亦派自天津機器局。職道既蒙拔識於前，雲龍子尤乞裁成於後。受恩愈[厚]，圖報愈殷，謹當嚴飭一俟鈞諭當差，即行倍加勤慎，勉答鴻恩于萬一。合先肅稟，載叩福安。

致王子儀

致内學堂總辦京堂王大人子儀大公祖大人執事：兩辱枉駕，藉領教言。弟試翔鳳輪船，蒙允『于工竣定期函告行文開閘』等因，兹經弟于翔鳳船底油竣下水後，躬督諸工晨夕修飾，六月初一日大致即可告成。弟擬于初二日辰刻開輪晉湖試行，以驗瀛機，即以熟船道。是日如無連綿大雨，即乞行文，屆將繡漪橋閘門開放，希先示復，實爲公便。接敝局電信，船中器具已到天津，弟又電催速運矣。并以奉聞，肅此，敬請勛安，惟教不逮。治教弟傅雲龍頓首。五月廿九日晨。

致王子儀

子儀大公祖大人執事：昨謁慶邸，請示驗收翔鳳輪船日期。奉邸帥面諭『俟初七日方可定期，又云屆期必早到』等因，本擬俟定期後早爲奉聞，今恐初七日所定，即是初八、初九亦未可知，是以函達尊處，可否先行轉致河道檔房奉宸院預備開橋閘之處，即希酌奪。屆期必須前數時生火，初七日堂期或執事先聞，王諭亦求速即示知，並求飭于他船派熟悉水手三人，至翔鳳輪船聽用是幸。先此敬請勛安，即繳回示不一。治教弟傅雲龍頓啟。六月初五日。

貴堂諸公同此。

稟中堂

銜名謹稟宮太傅爵中堂鈞座，敬稟者：竊以爲今之東事可兩語決也：先之以主戰，斷之以不輕諾。當戰不戰，則不僅朝鮮非我屬，不必諾而諾，則又不僅日本之要求無已。即使到既不能戰、又不能靖之時，尚有牽制之一策，必不欲使彼獨利也。彼竟欲以朝鮮爲琉球，我何不可以朝鮮爲瑞士？此其故當在洞鑒。職道自愧平時未能作有裨於時之事，倘荷驅策，則肝腦塗地所不辭也。請自述實事一二。職道何敢言有爲先有守也，然前游歷日本，徐某爲寄家書，曾坿致二百銀，家人疑而致問。職道函即以原封還。其後徐事發而得無牽，又何敢言有學期有識也。然日本名琉球爲沖繩縣，民地兵賦皆合爲一，職道著《游歷日本圖經》時苦爲分明，見者輒笑爲迂，其後俄界據使圖而争，人方爲職道幸。此皆就在日本事言之，而得爲憲台之木頭竹屑久矣。惟進而教之，斷不至臨難求退，是否有當，理合稟請憲台訓示餘遵，恭叩。

敬再稟者：正封稟間，承道厚交到憲檄，以『慶典點景飭委職道敬謹照料』等因，奉此，職道一俟翔鳳輪船驗收後，謹當于承道敬謹照料，除俟分段再行續稟外，所有奉委緣由，肅稟申謝，恭叩爵綏。職道謹再稟。

稟中堂

敬稟者：竊職道前肅八稟，俱邀憲鑒。屢奉批示『仍將情形隨時報查』等因，遵查，六月初一日翔鳳輪船大致工竣，職道函請内學堂知照河道檔房開繡漪橋閘，又由海軍衙門船政股知照奉宸苑長春橋，即于初二日試驗機輪如法。其桌椅已蒙憲台派仙航輪船于初四日運至通州，職道得電即先派許弁士貴至通州，雇夫十五名，一到即日解京矣。副册現亦催到，而船上器物或册有而無者，想因局中事忙未及細對，而職道不能不專差察補，且正册聞已申發，至今未到此，所以不克力求即日驗收之實情也。而近日慶親王又因東事無暇及此矣。初四日職道謁王，面諭此數日忙，俟初七日再定收船期，至初七日職道至邸候至戌初，尚未由譯署回邸也，衹好静候，一面催正册而已。職道居食不支公項，尚可無慮虚縻，而弁工人等多一日即多一日之費，是以職道已將工匠裁遣，每項酌留其必不可少者，以仰副憲台審慎之至意。除俟定期驗收再稟外，肅稟恭叩。六月初八日第九稟。

敬附稟者：初四日謁慶親王，諭及日本事，職道當據愚見略陳梗概，而王之憂慮自亦深遠。初七日至譯署，戌初未回，職道不能不急於回萬壽寺者，恐局差時至，或補所未來也，每得海軍衙門知會又不敢不去，而數十里泥途賓士，自慚仍無實濟。前聞慶郎中寬包攬十八省點景事，宜秘而不宣，職道未奉憲檄，亦姑無亟亟咨訪。而慶寬被劾十條，徐、敬兩公追問甚嚴，然則點景必有章程矣。肅稟，恭叩爵綏。職道謹附稟。

稟中堂

稟王，敬稟者：竊惟患不在濊而在倭，患且不在倭而在俄。王爺憂深慮遠，誠所宜然，而雲龍則竊爲所以利害數言卻也。所慮其代辦使不能作主。大凡漁翁得利，苦於鷸蚌而不自知耳。日本既非無知，則我以俄爲實用不可，以俄爲虚聲則又未嘗不可。雲龍現有一策，雖不能使俄肯不與聞此事，而必能使倭不欲俄與聞此事，然非於日本外務未言所欲之先，而以雲龍之策使日本代辦使知此利害也。蓋一言所欲則俄得以入手矣，所謂時不可失者此也。雲龍游歷日本，悉其情僞久矣，回華時又與大島同舟，日日筆談，其贈雲龍詩有『但恐北風吹雨至，綢繆牖户是精忠』，其意亦可以見矣。現在小邨雖不多見，而其參贊中島亦熟，倘蒙不棄葑菲，乞傳諭來人，雲龍即當趨謁面求一切。雲龍久蒙拔識，若不因時而抒千慮之一得，其何以仰答鴻慈耶！

稟中堂

稟中堂，敬稟者：前十一稟度邀鈞鑒。驗收翔鳳輪船仍未定期，職道惟有城鄉往還，夙夜莫遑而已。排雲殿電燈尚須由局添購各物，職道因所需不少，已求其開單行文，昭慎重也。西隖工程職道往察固已竣矣，即日飭葛弁報竣回局銷差，免糜費也。其修恒春諸船，職道亦時往稽察督催。餘容續稟，載叩爵綏。職道謹稟。六月十四日。

稟中堂

敬再稟者：竊惟翔鳳輪船之所以未遑驗收而又未派員者，原以持議未定耳，今早既有電諭矣，職道擬明日即至慶邸，請于内學堂派員先行驗收，尚未知王意以爲然否。彼既不畏主戰之議，必有自恃周密以無恐者。然我中堂高瞻遠矚，布布爲營，更必有層層援應之策也。肅丹，載叩爵綏。職道謹再稟。

稟中堂

稟再陳管見，由全銜謹稟宫太傅中堂、爵中堂鈞座，敬稟者：職道前將管見陳乞憲核。今戰猶未決，職道竊以爲無論戰否，一言以決之曰『速』。不速則彼之戰艦不止十增其六，不速則彼之扼要不止十里一營，不速則彼以韓都爲巢穴，以東學黨爲腹心，以黄髮碧眼爲羽翼，如布棋然，着着加密。彼初不料我之主戰也，主戰則彼萬萬不肯遽戰，而又萬萬不言不戰，此非徒以老我師，蓋將有以彌其隙。彼多一日經營則我少一分把握，不待智者而知。中堂自早洞鑒，然恐中外異言，依違互議。與其讓彼以從容，曷若運我之籌算，戰争此時未必不勝，不戰而議于此時亦未必不平，迨至彼可決戰，則戰適入其術中矣。前稟所言『彼以朝鮮爲琉球，我何不可以朝鮮爲瑞士』，在此時爲最下之策，恐在他時欲以爲最上之策而亦不可得。所謂當斷者，此其時也。惟有仰求中堂，電商總理各國事務衙門早決爲得。是否有當，不得不稟請訓示析疑。恭叩。六月十九日。

稟中堂

敬再稟者：竊職道于光緒二十年六月十三日奉恭辦慶典，總理海軍衙門事務慶親王諭『幫總辦上行走傅雲龍著派充隨同照料萬壽點景段落差使，特諭』等因，奉此遵查，前蒙憲檄委派照料直隸分段點景差使在案，除敬謹一同照料外，合肅稟聞，恭叩福綏。職道謹稟。

稟中堂

敬再稟者：竊雲龍于六月十四日奉王爺諭『派常明、王福祥驗收翔鳳輪船』等因，遵即至署，由船政股知會。兹已於二十日經海軍衙門常總辦内學堂王總辦遵諭驗收，雲龍與之，由萬壽寺開輪乘船入湖，氣器如法，其隨船器物及舢板四隻均按照李中堂咨送海軍衙門，清册點交清楚，應候王爺察核其奏，一面將委員工夫名摺交常總辦呈核。除將交船日期稟明李中堂外，合肅丹稟，恭叩福安，伏惟垂鑒。章京雲龍謹稟，六月廿日。

稟中堂

敬稟者：竊職道前將遵奉憲檄督解翔鳳輪船至京、並董工修飾告竣，先後稟明憲鑒在案。六月初二日入湖試驗氣機後，慶親王本擬定期親試，因公未遑及此，旋即呈請派員。于十四日慶親王諭『派常明、王福祥驗收』等因，由海軍衙門常總辦、内學堂王總辦開輪入湖，同驗瀛機如法，隨即按照憲台咨，送清册一一點交清楚。除由王總辦收船入隖，職道即將交船日期稟明慶親王外，肅稟敬求訓示，恭叩福綏，伏惟垂鑒。章京雲龍謹稟。六月廿一日。

稟中堂

敬再稟者：竊於六月二十日交船，職道隨即移寓頤和園宫門外海軍公所，擬將電燈公所及内學堂所借鐵道運車木料等物點交清楚，一面未回工匠、夫役人等即日遣回，以省糜費。再前奉慶親王諭將東南之海軍公所爲中堂祝嘏行臺，職道遵即往視，稟奉憲批。另稟，海軍公所房地計有四十一間，足可敷用。正房東間宜添隔扇，後面罩房六間似可住人，其廚房之類不必改移，届時均宜裱糊完整等因，職道擬於交船後即速遵批辦理。適海軍衙門工程處恩大臣佑于二十日同舟至萬壽山察工，且與職道同居，據云公所工程系天德木廠承辦，願爲招呼，當即由其令木廠司事隨同職道至公所，指明于正房東間添設隔扇，其裱糊事宜當遵諭辦理。合先肅稟聞再叩爵綏，伏乞訓示。職道謹再稟。

稟中堂

敬稟者：竊職道前奉憲檄，以慶典直隸點景地段委職道前往敬謹照料等因，遵于六月二十日交收翔鳳輪船後前往慶典處，問明各省派員報到已多，據云直隸居首，以報到差爲是，然有一報到即可應差，他省一員居多等語。職道即于二十四日到差，呈報慶典處，聽候分定直隸段落敬請照料，所有到差日期合先稟聞，恭叩福綏，伏惟訓示遵行。章京職道謹稟。六月二十六日。

稟王爺

王爺殿下，敬稟者：竊惟王爺上孚帝心交儆之深謀遠慮，自非庸愚所能妄參於萬一。雖然，高於山而未嘗辭壤，大於海而未肯遺涓，每仰吐握之虛衷，輒媿露塵之末益。職道前遵王爺奏派游歷日本，情僞盡知之矣。其黨有六：效西而構衅者惟改進黨。其額兵不足五萬，而預備兵不逮遠甚。其地截長補短不過五萬方英里，其地數不足五千萬，而敢如是，恃蓄謀久耳。中國籌餉雖難而易于彼，招勇雖後而多于彼，然非事事求實恐無以自濟。職道自奉調海軍衙門幫總辦上行走以來，雖未嘗不言，而未得即行。目擊時艱，敢擇急務之梗概，繕摺爲王爺陳之，倘辱下問，必當瀝膽披肝，冀稍有濟於事。肅丹稟恭叩崇安，伏惟垂鑒。

稟中堂

敬稟者：竊職道叩辭後即日啟行，於月之十八日至京謁邸，適因有會議事，十八日始見慶親王，問知憲台賢勞倍昔，精神不減于平時，甚以爲慰。職道遵照憲臺面諭，以應否祝嘏婉言轉陳。奉邸諭『如軍務時尚未靖，中堂自難晉京祝嘏，下月必有旨意』等因，謹以奉聞。太后于八月廿七駐蹕昆明湖，慶邸不能不於前一日至湖，然日内已有陳請帶兵駐防東路之奏，並荷面諭，如行，當約職道從戎等語。至於點景或云在第六段，或云在十三段，或云在三十一段，皆非無據，然内監及各將軍呈請分段點景層見迭出，内務府單由軍機處隨時改定，尚無定單，一伺定準，職道即當遵檄前往照料。合先肅稟恭叩爵綏。八月十八日。

稟王爺

稟爲敬陳急則治標管見事：竊職道前稟兵部保送總理各國事務衙門考試，奏派游歷日本等國，所箸圖經進呈御覽，嗣蒙召見，兩承面諭『箸書詳細，欽此』，感荷天語重褒，彌媿千慮而無一得以裨時艱，蒿目棘心，烏能已已。謹陳蠡測，其略有六：一、重帥不宜分心力也。東三省兵防不及北洋十之二二，得宋慶而耳目一新，然募勇未齊，扼防未久，山川險要，方虞彌隙有未周至，尚何暇察辨他將事宜哉？畏首畏尾，宋慶當不出此，而或操之過嚴，則威望不足以攝之，稍涉調停，則聲聞又將自此而減，即使措置裕如，而於公事多一分肆應，未免於軍情少一分縝密，似不若專事戰守之爲愈。一、旅順不宜兵力轉單也。毅軍本爲旅順勁旅，今既移軍而東，則所以增益其後者當必有在，否則慮爲敵目所乘。一、海口宜絶奸宄也。水雷之遏駛，地雷之阻□，敵覺之而得失已虞參半，況敵覺之而復誘宵小剪電引以損之，其爲害何可勝言！天津爲畿輔咽喉，大沽之守猶易，由山海關以至北塘，深恐百密一疏，俗有所謂營混混者，其奸更勝民蠹，應責成專辦團練大臣察其詭踪之所由，以輔帥目之未逮。一、兵艦不宜置之無用地也。南洋兵艦不肯盡調於北，意爲南北難可偏重，未爲非是。然留扼海口則可，留泊江陰則不可，與其置之不必恃兵艦之江陰，又曷若酌分數艦暫濟北急之爲得。一、商輪可暫改礮船也。職道前游歷南北美利加洲，於美利加南北兩黨之交惡，智利、秘魯兩國之修武，訪其於兵艦不敷時，未嘗不借用商船。竊以爲，招商局輪船既因軍興而停，可以四五安置礮位，不恃以戰，而恃以防，且不專恃以防，而先藉以作聲東擊西之計。募敢死士，俟其兵輪無至，即由上海進向長崎，彼艦一出，我舟急旋，數四游駛，彼必不敢專以重兵守朝鮮而出鴨綠江也，既不分鐵甲之力，而可助鐵甲之功。一、神機營鎗礮舊隊宜改也。至今日鎗非軋火，礮非後膛不足以摧堅，且不足以自守，人無智愚皆知之矣，而練鎗礮法亦愈新愈勝。與其糜餉而練不可恃之舊技，曷若行權而改大可恃之良法。六者之外又有武試一端，似非所急，而實非急改無以臻實濟也。弓矢之沿古不必遽廢，而鎗礮之宜今不可不增。否則所用非所習，一無可用，此今天下之大患，不獨武試爲然，而武試尤顯焉者，職道游目所見，實有由此則治，不由此則不治之策，如操勝，然而未易瀝膽陳也。謹先略言其萬萬不可緩者如是，可否代稟之處，伏乞王爺訓示遵行。謹稟。九月廿三。

稟中堂

敬稟者：王大臣貢品已于九月廿五日呈進矣。分段點景雖有停辦懿旨，而已辦並未撤去。兹得禮部知會，十月初二日皇太后由西苑還宫，各省派出點景人員均應在北長街按段跪迎，務於九月廿八日率同人員各穿補褂至北長街福祐寺會同本部排班演禮，各帶如意，臨時捧迎等因，職道謹當遵照辦理。惟它省點景帶有員弁，職道自奉憲檄後，當道所薦有萬難概卻者，酌留員弁各二臨時排班，以歸一律，其餘開銷仍不克免。除俟演禮後如何遵辦續稟外，合先肅稟恭敬崇綏，伏惟垂鑒。

稟中堂

竊□□於光緒二十年五月二十三日蒙本任督憲李檄派隨同照料萬壽慶典點景直隸分段，遵於六月二十四日赴户部、禮部、内務部及恭辦慶典王大臣各處呈報到差日期。嗣于八月初四日蒙本任督憲李具奏，奉旨：『知道了，欽此。』□□即由京至天津請示，蒙本任督憲李面諭『准領點景雜費銀□□兩，無論敷用與否，撙節即以用，不准再領。此項不能報銷，止可支自閒雜款』等因，遵即於八月十一日具領字，奉本任督憲李批『海防支應局在閒款内照發』等因，□□領銀即日晉京隨辦。雖臨時有停止之處，而早已預備，未敢稍忽，所有迎送禮節均改於北長街敬謹遵辦。其不敷用銀四十兩□示應由□□自備，不敢再行請領。所有支用數目理合開摺，呈乞□□批交海防支應局備案。

謹將自光緒二十年六月二十四日遵派照料慶典直隸點景到差起至十月二十四日止計四個月支銷雜費細數開摺呈請鈞鑒：

差弁四名，每名月支薪水、飯銀九兩，四個月共支銀一百四十四兩。

照料夫役十名，每名月支工銀三兩、飯銀三兩，四個月共支銀二百四十兩。

分派十三堂聽差傳話夫十三名，工飯同前，四個月共支銀二百一十二兩。

京津雜齎夫三名，工飯同前，四個月共支銀四十二兩。

恭進玉如意一柄，價銀四百六十九兩。

租辦公房一所，茶銀十五兩，打掃銀十五兩，又每月租銀十五兩，四個月支租銀六十兩，通共房銀九十兩。

車馬騾夫每月費銀二十八兩，四個月共支銀一百一十二兩。

稟中堂

敬稟者：職道前肅一十六稟均邀憲鑒，職道前奉憲檄督解翔鳳輪船入隖，九月廿三日蒙恭、慶親王片奏請旨，即日得旨：『傅雲龍著賞戴花翎，欽此！』職道鮮補時艱，方深抱媿。迺荷錫恩之重，愈思飲水之源。藉非中堂不棄菲葑，曷克沐之！木雖朽而受雕，駑以策而彌奮。鶴慚不舞，鼇戴如斯。謹修蕪稟，敬謝栽培。恭叩鈞綏，伏惟垂鑒。職道雲龍謹稟。九月廿六日第十七稟。

附奕訢等五人代傅雲龍遞上奏摺

臣奕訢劻等謹奏，爲據情代奏叩詢天恩事。竊臣等於本月二十三日附片具奏：「臣衙門幫總辦上行走、二品銜直隸即補道傅雲龍，兼管津局差使，此次由津運京翔鳳輪船出力，照案懇請恩施予以優獎。」本日奉旨「傅雲龍著賞戴花翎，欽此」，當即飭知遵照。茲據即補道傅雲龍呈稱「游歷識淺，報效力微，蒙恩錫自天，益覺悚惶無地。惟有奮勉趨公，倍矢勤慎，以期仰答高厚鴻慈于萬一」等情，呈請代奏前來。謹據呈代奏叩謝天恩，代乞皇上聖鑒。謹奏。光緒二十年九月二十六日。

臣奕訢

臣奕劻

臣李鴻章 在任

臣定安

臣劉坤一 在任

九月二十六日奏奉旨：知道了，欽此。

詩

聞石達開就擒，次徐秋湄茂才韵

幾回鏖戰羽書馳，萬隊貔貅破敵時。怒馬投鞭江水斷，狂狼入檻塞雲知。摩天路險先操勝，射石奇功抬□□。南北瘡痍從此没，帝心簡在久相期。

草木都愁石季龍，十年苦戰幾軍從！横江對壘風三百去歲劉翼長水軍扼石逆於横江，相嶺傾巢雲萬重賊走險，糧絶。畫角聲殊騰露布，旄頭夜落想軍容。當年諸葛平羌又作『蠻』處，又掛雕弓第一峰。

無題

黄葉西風起，庭前壽菊開。承歡樂頤養，萊子此心懷。

黄葉西風起，菊花又盛開。明年春意轉，巢燕復同來。

黄葉西風起，江南二月花。秋容勝春色，吟賞酒須賒。

佚題

華髮老翁黄口孺，一吟一啼相嘈嘈。破屋狂風聲怒號，我今扃户息塵勞。忽聞有事須晨朝，□明早來日必高。設有遲誤必貽笑，安車蒲輪加錦條。又遣解詩訪老嫗，□迓初□走之勞。歸歟歸歟！婦孺盼□首問翹。

贈館森鴻 字子漸

如君好學幾人同？脣齒誼深筆舌中。臨别贈予文一首，情殷無奈太匆匆。

悼子作

牽衣痛哭惜分襟，誰道明珠化作塵。兒若有情須待我，他年地府再相親。
愛誦香山長恨歌，拈鍼時□細吟哦。誰知今日真長恨，從此教儂涕淚多。
頻年惟我最傷心，離合悲歡且□論。比□雪花開頃刻，一場春夢了無痕。

石亭山

飛甍一角翠微間，雲裏寺門風爲關。春雨隨車三兩點，小桃紅過石亭山。

半壁山

侵曉怒飈歇，黄塵半壁收。積嵐沈石壑，初日照華斿。兩馬山俱遠，雙虹水曲流。動予濠濮想，了了見魚游。

臨江仙・荷花生日光绪廿一年四子范翔日記中述及，語曰：『大人……撿舊笥，有少作詞一闋《□祭・臨江仙》，似荷花生日。』

早過百花生日後，酒籌數到池邊。香風水殿碧雲天，鴛鴦三十六，相向舞花前。　争獻碧筒杯一一，酴醾露釀如泉。制衣初渡語流連，願清芳不改，人與□年年。

史傳資料

傅雲龍履歷

清代官員履歷檔案全編

傅雲龍，現年五十八歲，係浙江德清縣監生。同治十一年十一月由兵部候補郎中保補缺後以知府分省補用，先换頂戴，經吏部議准，十二月二十五日奉旨依議。光緒十二年七月因創修《順天府志》書成列保，經吏部議俟知府分發後加三品銜，十月十二日奉旨依議。嗣充兵部則例館纂修。十三年奉旨傳考出洋游歷，經兵部保送，經總理各國事務衙門王大臣考取第一名，六月初四日引見，奉硃筆圈出，由總理各國事務衙門奏派游歷日本、美利加、秘魯、巴西、及英屬地加納大、日斯巴尼亞屬地古巴，假道新加拉納大國、埃瓜度國、智利國、巴他峨尼國及丹國屬地先塔盧斯，凡歷十一國，計一十二萬餘里。十五年十月十七日差竣，十二月二十日經會典館總裁以『遇事講求，必期明備』，奏充繪圖處纂修官，奉旨依議。十六年四月捐離郎中任，六月經總理各國事務衙門王大臣以『堅忍耐勞，於外洋情形考究尤爲詳確。所著游歷日本等國圖經八十六卷業經先後進呈御覽』，奏請『免補知府，以道員分發省分，即補賞加二品銜』，請旨發往北洋差遣委用，奉硃批依議。八月吏部議准註册，奉旨依議。九月十六日遵海防例分發直隸，十月十八日吏部帶領引見，奉旨照例發往。二十日召見一次，跪聆聖訓，嘉許『著書詳細』。二十八日到省，經前北洋大臣李鴻章札委會辦機器局。一年期滿，甄别，十七年十一月以才具敏練，奏請以繁缺序補，奉硃批『吏部知道』。十九年十一月奉海軍衙門行知兼充海軍衙門幫總辦上行走差使，又會辦天津海運，賞給二品封典，十一月吏部議准，奉旨依議。二十年正月復經李鴻章檄委兼辦天津水師内學堂，又督造翔鳳輪船。工竣解交水師内學堂，於九月二十三日由海軍衙門王大臣附片請旨，得旨賞戴花翎。旋經李鴻章飭派隨閲海軍，復奏派辦慶典直隸分段點景。十月初一日奉旨賞加一級。二十一年四月二十日經前北洋大臣王文韶檄委總辦北洋機器局。是年經王文韶會同盛京將軍保送東邊道擬陪。二十二年被議降調，經吏部請旨准其捐復。旋經捐復，經王文韶奏留北洋總辦機器局，十月二十四日奉硃批『著照所請』。二十三年經管理神機營王大臣行文派令兼充神機營機器局總辦。本年三月會典館開單奏保請賞加二品頂戴，奉旨『著照所請獎敘』。五月初四日大學士直隸總督榮禄傳知奉電旨飭令來京聽候召見，遵即領咨起程，現在到京。

傅雲龍訃聞　幕設上海泥城橋塊憶鑫里本寓

顯考皇清資政大夫、覃恩晉封榮禄大夫、賞戴花翎、欽加二品頂戴、記名出使大臣、擬陪東邊道、直隸補用繁缺道、恩賞餑餑桌張、奏充會典館圖上纂修官，歷充萬壽慶典點景官、西陵隨扈官、兵部則例館纂修、海軍衙門幫總辦、神機營機器局總辦、北洋機器局總辦、北洋機器局會辦、北洋水師内學堂旗生事務會辦、天津海運會辦、督造昆明湖水操内學堂翔鳳輪船、隨閲海軍、奉旨傳考出洋游歷第一名、奏派游歷日本美利加秘魯巴西及英屬地加納大日斯巴尼亞屬地古巴假道新加拉納大埃瓜度智利巴塔峨尼亞等國、知府用兵部武選司兼車駕司正郎、壬午順天鄉試挑取謄録、國學生懋元府君，慟於光緒二十七年辛丑四月十二日酉時，壽終滬寓正寢，距生於道光二十年庚子四月初四日辰時，享壽六十二歲。不孝等親視含殮，遵製成服，擇日扶櫬回籍安葬。哀此，訃聞。謹擇於四月十八日引帖發引。

慈命稱哀　孤哀子傅　范　翔　初　鉅　泣血稽顙

齊期孫　祖同　泣稽顙

期服弟　雲夔　抆淚稽首

期服姪　壽生　乾初　抆淚稽首

功服姪　富保　貴寶　拭淚稽首

傅雲龍行狀

哀啟者：府君天性耿直，生平不善突梯滑稽，而勇於任事。性好學，四歲受《大學》，疑輒問，不通大誼不止。先王父鄉賢公嘗曰：『此子可學。』五歲受《詩》，解《詩》指，蕭君隆範奇之，贈以書箑。十歲屬文。年十二盡通經史。十六歲丁鄉賢公憂，賴先祖妣姚太夫人力，學不曠。十九游巴蜀，箸《餐喜廬詩初集》。習兵學，咸豐十一年三月二十七日，滇寇李永和圍潼川府城，賊逾十萬，擁兵者觀望。阮知府祐，文達公子也，知府君學，留主其家。府君以爲守雉傳令，宵不得停，曷若無燎且無聲，此出成法，微獨免僨，守且戰二十三日，圍解。箸《潼川府守城記》一卷。賊去兵來，争犒且獎，阮論功，府君笑謝之。繆先生荃孫編修和詩曰『功成不膺天子賞』。

同治元年，阮署永寧道，説阮以團擊李寇天洋坪，走石炭溪，禽厥母妻。尋繇八角寨遁龍孔場，劉布政蓉禽之。林自清勇驕，府君策布腹心，林去之，檄周兆岐解敘永圍，收復長寧。姚太夫人在開縣，烽熾，府君聞之心膽頓碎，自欲馳省。阮曰：『長毛短搭交逼吾圉，先生去，誰策者？不若選使代迎板輿。』姚太夫人至，府君泣，姚太夫人亦泣。嗣聞阮之敗李寇、散林勇、解敘永圍、復長寧城，府君並借箸焉，破涕爲笑曰：『鄉者人言汝如處子，豈知汝者！』府君每畫一策，阮輒坐待，草未半，吏環濡筆，有紀事詩二十首。阮言之駱文忠公曰：『解散脅從，其意出己，餘皆傅力而不自功。』駱允補，庸論收復長寧縣績？而彙册者以不言而附末，不辭亦不居。明年阮移重慶，謂府君『盍同往』，領之。

暇理經史，以先仲叔父文就正費先生嘉樹，代執弟子禮。迎從父姑自貴州依姚太夫人爲命，延師爲先季叔父學。四年入成都，主孫知府濂。孫曰：『葉子戲，雅片煙，比比然也，傅獨嗜學。以彼易此，洵未易得。』越三年，奉姚太夫人命爲郎，兼應京兆試，八年自蜀而楚而豫而晉［冀］，箸《北上里志》一卷。

至京師，官兵部。時兵燹既戢，天下無事，郎署清暇。府君日發篋陳書，夜刻燭爲限，酷暑嚴寒不稍輟。箸《簣喜廬經翼》十卷、《史徵》八卷、《子衡》四卷、《説文解字正名》十五卷、《説文古語攷補正》二卷、《許學文徵》二卷、《讀通鑑札記》二卷、《續全唐文札記》二卷、《金石集成》三百卷、《簣喜廬訪金石録》六卷、《隸續目》一卷、《水經注碑目》一卷、《補晉書藝文志》二卷、《北堂書鈔引書目》一卷、《四庫未載書略》一卷、《續彙刻書目》十二卷、《博學宏詞録》一卷、《吴柳堂先生年譜》一卷、《全漢文》五百卷、《唐文精粹》十卷、《簣喜廬文初集》十八卷。同治十三年穆宗皇帝駕謁西陵，府君隨扈，凡輦蹕所至，服御禮數，日月晴雨，道里河渠之屬，罔不載筆，成《西陵蹕程録》一卷。光緒三年府君旋里，宗譜久殘闕，冬十月旋京師，箸《德清傅氏宗譜》十二卷、《鄉賢公事略》三卷、《鄉賢公年譜》一卷、《姚太夫人年譜》一卷、《傅氏本支藝文志》四卷、《傅氏往籍略》二卷、《傅氏進士録》一卷。十二年順天府尹奏創纂府志，府君纂

《河渠》、《方言》等志四十六卷成，上之，分纂者數十人，府君纂居三之一。

先是，府君以兵部軍需績保補缺，後以知府用，至是詔得知府後加三品銜。十三年中旨傳考學問博碩者，將以使海國，府君箸論二千餘言，名第一，上以府君使日本國、美利堅國、秘魯國、巴西國及英屬地加納大、日斯巴尼亞國屬地古巴，假道新加納大國、埃瓜度國、智利國、巴他峨尼國及丹國屬地先塔盧斯，凡歷十一國，往來一十二萬餘里，赤道北道北温帶至北寒界，南逾南温帶，距南寒帶界五度又三分度之一，緯線半周又半象限。箸《游歷日本圖經》三十卷、《游歷美利加圖經》三十二卷、《游歷加納大圖經》八卷、《游歷古巴圖經》二卷、《游歷秘魯圖經》四卷、《游歷巴西圖經》十卷、《游歷圖經餘紀》十五卷、《游日本詩變》前編二卷後編一卷、《游美利加詩權》一卷、《游加納大詩隅》一卷、《游古巴詩董》一卷、《游秘魯詩鑑》一卷、《游巴西詩志》一卷。

既旋朝，上所箸書。上側前席而慰勞，褒獎『書甚詳細』至于再。詔加二品銜，以道員分發直隸補用。十六年府君至天津，會辦北洋機器局兼水師旗生内學堂事，箸《機器圖説》八卷、《實學文導》二卷，以示諸生。十九年兼充海軍衙門幫總辦，至京師，博攷製造諸學，成水操翔鳳鐵甲船，詔賞戴花翎，以勵所學。二十年府君以萬壽祝嘏至京師，恩賞珍食，加一級。時海疆不靖，府君上《急搗敵巢疏》。二十一年府君總辦北洋機器局事。曩北洋鍊鋼未成，糜帑無算，府君視局事四十六日鋼成，鋼彈之屬，無須資自海舶。曩北洋無所謂無煙火藥，府君力爲攷求，製造成，以視德國工製，匪惟直廉，且適用倍。曩北洋無所謂鑄銀錢，鑄之自府君始，市肆稱便。其他鑄造稱此。著《攷工記》若干種及《比例圖説》一卷、《饔喜廬文》二、三集。當府君歸自海外，會典館總裁以府君『遇事講求，必期明備』，奏充會典館纂修官。二十四年書成過半，詔賞加二品頂戴。會北洋大臣王夔帥奏保使才，首舉府君。五月府君至京師，召對稱旨，由總理衙門記名。二十七年恭逢覃恩，請給頭品封典。五月拳匪亂起，府君蒿目時艱，又以兩宫蒙塵，悲憤填膺，遂患下血。時不孝范翔、范鉅侍家慈在滬，不孝范初遂奉府君從藥林彈雨中來海上就醫。七月下旬府君血證稍愈，九月不孝范翔侍府君還鄉里爲鄉賢公修家祠，復病發熱，猶力疾從事。十二月兩耳重聽，至滬就醫。今年正月不孝范鉅侍府君及家慈還鄉里補修家祠，葺宗祖墳墓，補立碑碣。族人之寡者月贍米一石，孤者資之入學讀書。上抱杞憂，下贍族黨，家國交謀，心力因之况瘁。四月初六日事竣至滬，初七夜大便復下血斗餘，牀衾殷紫，汗如雨下，暈厥復蘇，而腹部痛不可遏。不孝等一面延醫診視，一面電禀家慈，比家慈十二日至，而府君竟於是日酉刻棄不孝等而長逝矣。

嗚虖痛哉！溯府君未冠以前孱弱多病，二十以後日漸强壯，雖同治十二年、光緒三四年三次疾病，皆經家慈剪股入藥而愈，近年益復矍鑠。嘗篆印曰『堅苦人也』，譯署奏獎府君，亦有『堅苦耐勞』之語，不謂竟以勞苦終身，未獲稍事頤養，此皆不孝等侍奉無狀所致。搶地呼天，百身莫贖，祇以窀穸未安，不得不勉力支持，上承慈訓，以襄大事，尚乞大人先生錫之銘誄，以光泉壤。苫塊昏憒，語無倫次，伏乞矜鑒。

棘人傅范翔
　　　　范初
　　　　范鉅　泣血稽顙

誥授資政大夫覃恩晉封光禄大夫賞戴花翎二品頂帶奏保出使大臣
直隸補用繁缺道傅府君墓誌銘

光緒二十有七年夏四月十二日，我顯考傅府君繇浙江德清縣籍馳赴行在，卒於上海行館，春秋六十有二，將以其年十一月卜葬于尚博上淇墩，祔曾祖王考輔仁公之墓。子范初、范翔、范鉅，既狀府君生平言行尤著者勒諸繫牲之石，復謀所以誌墓者。女子子范淑起言曰：『當府君官京師，昺若季悉隨侍。洎府君游歷海國，載筆甚詳悉，凡所言行，諸昺季類能言之。自府君官直隸，仲兄范初供職京師，弟范翔、范鉅就傅北洋大學堂，率經旬或匝月乃一歸省，惟范淑侍𠜱下無虚日。府君在直隸，先四年會辦機器局事，無辦事權，其所設施多在後三年總辦局事時。有爲范淑所稔聞之事而昺若季所未詳知者，請補述以誌府君墓，可乎？』

府君以光緒廿一年夏四月奉北洋大臣直隸總督王公文韶檄，總辦北洋機器局事。局舊患盜，獲則械諸門外，盡縲絏也。有鎮兵四十，練軍營兵四十，名爲巡防，實逋逃藪，府君請於王公裁撤之。精選巡夫四十，分局地爲十段，段夫四人，夜設鐙如晝，分上下班，步巡勿怠。獲盜則視所盜物獎夫而懲盜。夫頭八人，亦分班以糾巡夫之勤惰。巡夫或睡，必取其帽或械，始憑以定賞罰，杜仇訐或倖邀功也。於是道路肅然，局門外經年無荷校者。

閏月，軍械局請於北洋大臣，以庫儲空銅盂五百萬咨交機器局代裝藥彈。府君視其引火爆藥爲平鋪底面者，錫片凹凸，問之，則購逾十年，乃悟去年甲午之役，前敵動委彈發多不響，殆職此。乃上書王公一律易新引火，而以秋分後代裝。藥粒秋冬則縮，春夏則漲，漲則恒失之輕。裝宜足用，不宜多。通例未滿三年備戰，未滿六年備操，如逾三年，將不盡如法，此代裝異於自製，備操異於備戰，不可不審也。王公曰：『明白如話，即門外漢亦領會。』於是軍械局據以知會各營，始審鎗彈。

北洋鍊鋼機器購自十五年，十八年鑪工鄧納、鑄鋼匠喬尔池至自英國，其明年化鋼匠施德林繼至。初用鑪曰瑞克提立夫，造不如法，鋼未盡鎔輒先凝，或已鎔而滯鑪内。凡西匠三人，歷六七寒暑，費十餘萬，鋼不一成。至是府君改用西門斯鑪，參西門斯麻廳法，去舊法之不可沿者九，視事裁四十六日，鋼成十鑪未已，嗣是二三日輒成一鑪。乃請於王公，藉軍械局快礮、快鎗、麥克新連珠礮及鋼礮彈爲程式，彈欲鋼而鋭，鎗礮欲韌而固，于是北洋始造快礮鎗、鋼礮彈之屬。新法鎗炮競用無煙火藥，局造僅栗藥、黑藥，府君以爲徒仰鼻息，無裨也。考求其法造成之，眡舶來者漲力轉減，而適用倍。無煙火藥鎗彈，鋼皮鉛心，而鎳其外，非設媷機不可，于是併請王公剏設無煙火藥廠、無煙火藥鎗彈廠，更增新淋硝房、新鏹水房以輔之。設電燈以燭加要工之夜作者。

會中旨令局造鋼甲小輪艦，備京師内學堂水操用，即以所鍊鋼造成，賜名翔鳳。

有時局事日益繁，府君于用人課工，罔或假借，以爲一局之勤惰在賞罰，積習之劣員不去，有爲之志士末繇興，乃屏局員之有挾而來、不任驅使者十餘人，以圖算學生補其闕。曩局設圖算學堂，諸生學成不用，有持顯達函至，雖厮養不敢揮使去也。府君毅然去之，改用學堂生，一時負才有志意者慷慨奮發，盡遵約束，弊剔利興。

有局近三十年，僅流水簿，無所謂舊存新收、開除實在，府君曰：『是滋疑竇。』造册凡三：一呈北洋大臣，一存文案，一存庫房。于是北洋機器局始有四柱清册，王公批公牘有曰：『下車新政，粲然可觀。』

廿二年夏四月，部議覆御史陳其璋奏變通錢法摺，咨直督，于是王公奏繇機器局試鑄制錢。先是局曾鑄錢，每千虧六百，中止。蓋繇機器鑿方孔難，而圓孔又泥于圜法。府君乃條于王公：『銅鉛攷定一率，戒攙砂質，雖土法何害？硬垛仍費，改用山東輭垛，乃不虧。』其後督辦鐵路大臣胡公燏芬之修京津鐵路，患持銀幣無以易多錢，乃悉取携于局。鐵路之成，僉曰賴此。

王某者，提調王錫藩弟也，謁兄至局，夜以鈔二百緡函獻。府君書其函曰『視我爲何如人』，卻之，翼日，廠失錢數百千緡，知即王某，鞫伏之。 王公鑒府君廉明，時部議當設局鼓鑄銀圓，遂以委府君。 帑方支絀，府君以爲可恃商款周轉，以不動庫儲爲宗旨，贏餘悉歸公，委員以年終分平餘請，不許。 自正月至于七月，贏餘銀七萬七千餘兩有奇，或勸取之，曰：『恐無以對天地，質鬼神。』悉爲公積。 銀銅九五率，遵部定也，隨時聽西人化試，以示無私，于是北洋銀圓且通行山東、河南各行省，及英之滙豐、麥加利，德之華德，俄之道勝諸銀行，願輸銀乞代鑄銀圓。

先是御史某以府君實鑄北洋銅錢，意必利藪，遣索賄，曰『索錢樣』。 府君曰：『錢自有樣，非爲某設。』怒，蜚語百十事，登白簡。 上派員察，悉子虛。 提調王錫藩以其弟盜錢事銜府君甚，爲益二事。 二事者，一范初、范翔、范鉅入圖祘學堂肄業，一邱生司發工食，謂有瓜葛，坐不知遠嫌鐫級，局衆二千人譁曰：『肄業准自前北洋大臣、肅毅伯李公鴻章，前胡有沈總辦之孫喆孫，其名已報部，後胡有左會辦之子念康、念貽。』邱生亦曰：『匪獨傅氏家乘自明迄今無昏媾邱氏，即邱亦自有家乘在。』語達王公，知府君冤抑，既部奏准捐復處分，王公爲請于朝，仍留府君總辦機器局事。 於時湖廣總督張公之洞、山西巡撫胡公聘之争先延致，府君感王公之知遇，皆不果行。 張公致電有云『欽遲有素，意欲借重長才』，胡公亦有『千金燕館，愧難禮致名賢』之語。 皖人某，垂涎鑄銀圓久。 廿四年夏五月，府君以王公奏保使才，召見至京師。 時王公入軍機，代任直督北洋大臣者，實惟裕禄公，某因私人言于裕禄公曰：『傅虧空局費且二十萬。』裕禄公立檄某總辦局事。比涖局檢簿册，則清如列眉。伺隙不得，以銀四百賄段樹屏，改簿册以實其言。樹屏故廠吏，爲人慧黠，府君所用以識簿册小印多刊自樹屏，遂摹刻以識于假册。既簿册多存，不能徧改，局員又有曲之者，乃復還其所改者如初。自五月至十一月不上達，府君迫辦交代，乃具白于北洋大臣，除贏餘若干外，虧空凡七錢二分。

府君以□□年奉慶親王檄，兼充總辦京師神機營機器局事，年支銀百八十。慶親王聞府君去北洋機器局，乃益薪水，年支銀三百六十，而留府君于京師。

自某總辦局事，凡鑄鋼礮、鎗礮彈、無煙火藥鎗彈，諸事之剏自府君者疾如仇，廢電鐙巡夫，製造窳不問，員匠悉易其人，府君所爲數年廢眠忘餐經營締造者，蕩然俱盡。某本注意銀錢，銀攙銅質多于部定數，北洋銀圓始不通行于他省及匯豐、麥加利、□□銀行，僅行天津一隅。某見無利，乃取府君所存銀錢廠贏餘銀七萬七千兩，分若干于局員之善己者，自取若干，請于裕禄公爲易北洋支應局總辦。

府君之去局也，張貴莊、李明莊、程林莊、小王莊、于明莊、朱家莊邨民數百來獻萬名繖牌，府君曰：『我自辦局事，無與民事，何繖牌爲？』皆曰：『公不憶改橋爲堤耶！』初，局西八里，跨堤一橋，向修自局，蓋爲局道也。屢修屢沖，始猶以爲通水便民，問之，則實有害，因問，而稟請治水之邨民踵至，府君曰：『此局事也，既便民，當改堤以省局費。』乃請于王公，派練軍助修之，益種菽粟地無算，邨民之來爲此。府君謝曰：『我分内事。』

先府君而總辦是局者，爲前福建布政使司某。方府君奉肅毅伯李公檄會辦局事，語府君曰：『此我等養老地，君胡至？君來蚤，我午睡尚未醒也。』既府君總辦是局，雞初鳴，聞汽筒嗚嗚聲，輒先工匠而起，夜分始卧，轉側榻上，必擬次日所欲辦事而後就寢。嘗致洪給諫良品書曰：『某性迂學淺，然自惜名節特甚。中外宦游卅餘年，未得作有益于世之事。自去年夏總辦局事，于是振刷精神，眂國事如家事，不苟一錢于己，亦不費一錢于額外之國帑，惟自信無它而已。』

裕禄公爲北洋大臣之明年，拳匪亂起。時府君以神機營機器局購料事至天津，蒿目時艱，憂思成疾，七月患下血，范初等侍奉府君從藥林彈雨南下求醫。今年春，體氣漸復，曰：『兩宫蒙塵在外，草莽之臣不可自安。』乃束裝馳赴行在，假道上海。疾復作，下血斗餘，床寢殷紫，暈厥復蘇。卧疾六日遂卒。易簀時，言及國事、深宫起居，猶涕泣太息不置。

府君性好學，雖簿書鞅掌，舟車異域，一編未嘗去手。著書二千餘萬言，多進呈御覽，天語褒許『著書詳細』，書目詳碑文，不具述。

府君諱雲龍，初名雲鄷，字懋元，一字醒夫。曾祖郁文公，諱廷琇，娶陸夫人。祖輔仁公，諱同聲，娶吴、楊、沈夫人。父商巖公，諱羹梅，雲南恩安知縣，崇祀鄉賢祠，娶張、姚夫人。三世以府君貴，皆以覃恩累晉光禄大夫，贈如府君官，夫人皆一品夫人。府君以三品銜補缺後知府用兵部武選司兼車駕司郎中。應游歷試，名第一，引見後奏派游歷日本國、美利加國、秘魯國、巴西國及英屬地加納大、日斯巴尼亞屬地古巴，假道新加拉納大國、埃瓜度國、智利國、巴他峨尼國及丹國屬地先塔盧斯，凡十一國。旋朝賞加二品銜，以道員分發直隸補用。肅毅伯李公奏才具敏練，堪以繁缺序補。王公奏擬陪東邊道，奏保出使大臣。皇太后六旬萬壽祝嘏，恩賞食品，加一級。翔鳳輪船成，慶親王奏請賞戴花翎。《光緒會典》書成過半，賞加二品頂戴。天津海運告竣，賞二品封典。歷充萬壽慶典點景官、西陵隨扈官、會典館圖上纂修官、兵部則例館纂修官、海軍衙門幫總辦、神機營機器局總辦、北洋機器局總辦、北洋水師内學堂旗生事務會辦、天津海運會辦。吾母李夫人誥封一品夫人，孝恭雍穆，戚族咸偁壼德。凡范初、范翔、范鉅、范淑等，識字受經，悉吾母躬自課之。著有《女藝文志》、《續小名録》共一卷，《紅餘籀室詩》二卷。吾母自爲《壽箴》在府君壙右。銘曰：

視國事如家，事既治，遑恤乎它！懿乎淵乎，志之堅乎，府君之心孰鑒？鑒於天乎！嗚虖！

子謙初初道員用、分省補用知府、范冕天文算學生、曆翻譯官、范翔候選知州、范成、咸初、范鉅候選知州、熊初、郟初、范焜，謙、冕、成、咸、熊、郟、焜殤。女范淑，事親不字，得旨旌表，著有《小紅餘籀室詩》一卷。孫祖同，孫女慶長。女子子范淑謹撰文書丹。

傅雲龍傳

傅雲龍，初名雲鄸，字懋元，别號醒夫，鄉賢羹梅長子。幼就塾讀書，有疑義輒索解。十二歲通經史及諸子百家言，長又研究兵學。清咸豐九年，滇寇李永和率十萬衆圍潼川，知府阮祐，文達之子也，知雲龍學，留主其家，爲畫守城策，共二十五日，圍遂解。阮欲以奏獎，笑謝之，不受。編修繆荃孫有詩曰『功成不膺賞』，指此。阮擢永甯道，禽李賊，敗林自清，解敘永圍，收復長甯，皆與有力焉。時母姚僑居開縣，大亂，雲龍聞之，心膽俱碎，欲馳省，阮曰：『内憂外患，交逼吾圉，先生去，誰與策者？』遣使迎母。至，見母泣，母亦泣。既聞擊賊有功，破顔爲笑曰：『鄉者人言汝如處子，豈知汝者！』嗣奉母命入官京曹，籤分兵部武選司兼車駕司郎中。時兵燹既戢，郎署多暇，出其餘緒，著《經翼》十卷、《史徵》八卷、《説文解字正名》十五卷、《金石集成》三百卷、《漢文》五百卷、《唐文精粹》十卷，餘著述甚夥。有旨傳考學問博碩者使海國，雲龍著論二千餘言，第一，遂出使日本、美利堅、秘魯、巴西，及英屬地加納大、日斯巴尼亞屬地古巴，假道新加納大、厄瓜多、智利、巴他峨尼、先塔盧斯，凡歷十一國，皆著有圖志。既旋，呈所著書，德宗側席慰勞，褒曰：『書甚詳。』以道員分發直隸，直督李鴻章檄會辦機器局事，清慶王奕匡劻以雲龍兼充海軍衙門幫總辦，以漢員膺此，前未之聞也。直督王文韶檄爲機器局總辦，疏保使才爲諸臣冠。裕禄代任直督，撤總辦事，乃去。直邨民數百人獻德政繖牌，雲龍辭曰：『民雖見愛，但我辦局事，無與民事，何繖牌爲？』蓋在局時，凡遇便民之事，無不爲。民間有橋改爲堤，種菽粟，堵水害，故甚感之。值庚子蒙塵，雲龍束裝擬馳赴行在，以疾卒於滬。覃恩給一品封典，歸葬德清。性孝友，爲人正直不阿，又勇於任事，所至親王鉅公皆器重之。每陳時事，輒數百千言，當道爲改容。配氏李，有淑德，三次刲股愈夫疾。另有傳。子范初、另有傳。范翔、范鉅，女范淑。另有傳。